Au palais d'un ennemi

*

Un aveu saisissant

KIM LAWRENCE

Au palais d'un ennemi

Traduction française de
ANNE DAUTUN

AZUR

HARLEQUIN

Collection : Azur

Titre original :
AWAKENED IN HER ENEMY'S PALAZZO

HARPERCOLLINS FRANCE
83-85, boulevard Vincent-Auriol, 75646 PARIS CEDEX 13
Service Clients — www.harlequin.fr
ISBN 978-2-2805-1030-1 — ISSN 0993-4448

Édité par HarperCollins France.
Composition et mise en pages Nord Compo.
Imprimé en septembre 2024 par CPI Black Print (Barcelone)
en utilisant 100% d'électricité renouvelable.
Dépôt légal : octobre 2024.

FSC www.fsc.org MIXTE Papier issu de sources responsables FSC® C159065

Pour limiter l'empreinte environnementale de ses livres, HarperCollins France s'engage à n'utiliser que du papier fabriqué à partir de bois provenant de forêts gérées durablement et de manière responsable.

1

Debout près de la vaste baie, Theo présentait son profil de médaille aux quatre hommes présents dans la salle du conseil d'administration. Il se préoccupait fort peu de son apparence, cependant. Il avait ses défauts qu'il aurait été le premier à reconnaître – sans pour autant s'en excuser –, mais la vanité n'en faisait pas partie, même si ses plus sévères détracteurs admettaient qu'il aurait eu de quoi être vaniteux.

Avec son mètre quatre-vingt-quinze, son impressionnante silhouette athlétique que son costume impeccable ne masquait guère, il attirait l'attention où qu'il aille. Sa forte présence se doublait d'un instinct affûté, et il avait la réputation de porter aux détails une attention d'entomologiste. Nul ne participait à une réunion avec lui sans s'y être dûment préparé !

Aujourd'hui, cependant, il n'était pas très concentré. Il ne captait qu'un mot sur quatre, ce qui n'échappait pas à son entourage. Mais, à part quelques imperceptibles haussements de sourcils et des regards échangés par ses interlocuteurs, qu'il payait grassement pour leurs conseils, tous autour de la table se comportaient comme si de rien n'était.

Celui qui était en train de parler perdit le fil et marqua une pause, réalisant qu'une paire d'yeux de jais le fixait, impénétrable. Il laissa échapper un soupir de soulagement alors que le grand

Italien, les mains dans les poches, se remettait à contempler la vue panoramique tout en fronçant les sourcils d'un air irrité.

L'agacement de Theo était dirigé contre lui-même. Il détestait avoir les idées ailleurs. Ailleurs... Façon de parler, en l'occurrence, car il savait très bien où elles l'emportaient : en Toscane.

Une vision du palais où il avait grandi s'imposa à son esprit. Il la refoula vite – mais il avait eu le temps de se revoir enfant, en train de déposer des fleurs sur la tombe de sa mère, ses larmes tombant sur la terre sèche alors qu'il vouait une haine éternelle à son père.

Il pressa les doigts contre ses tempes douloureuses et continua à regarder au-delà de la baie vitrée, prenant conscience pour la première fois de la pluie qui tombait depuis une demi-heure.

Pleuvait-il aussi en Toscane alors que Salvatore rejoignait sa défunte épouse dans le caveau familial ? Ou bien un soleil éclatant baignait-il la bonne – et moins bonne – société italienne vêtue de noir, à l'écoute des mensonges du prêtre prétendant que son père avait été quelqu'un de bien ?

Theo aussi avait pensé cela, autrefois. Il avait adoré son père, jusqu'à ce qu'il découvre la vérité. Il avait treize ans alors, et il était encore en tenue de deuil, terré dans un placard pour dissimuler les larmes qu'il avait contenues pendant l'enterrement de sa mère. Celle-ci avait toujours détesté le voir pleurer – cela la rendait malheureuse.

« Pourquoi ne vas-tu pas à l'enterrement de ton père ? » lui avait demandé Cleo au moment où il avait quitté l'appartement, le matin même.

La voluptueuse rousse n'avait manifesté qu'une vague curiosité, et ne s'était pas inquiétée de son silence alors qu'elle refaisait avec soin son rouge à lèvres. C'était pour cela que Cleo était à ses yeux la compagne parfaite. Amante ardente et passionnée, elle ne prenait pas ombrage de ses absences et ne demandait rien.

Pourtant, alors qu'il atteignait le seuil, elle avait prononcé la question fatale qui l'avait ramené sur ses pas.

« Alors, où cela nous mène-t-il à présent, chéri ? »

Il avait livré une réponse brève et précise. Si certains assimilaient la franchise à la cruauté, ce n'était pas le cas de Theo. Pour lui, la vérité était la vérité, point, et il n'y avait pas lieu de s'en émouvoir. Il avait donc lâché :

« Nulle part. »

La rupture avait été nette, simple, et sans complications comme il les aimait. Dommage... Cleo était belle, désirable, et jusqu'à ce qu'elle lui pose cette question fatale, exactement le genre de femme qui l'attirait. Une femme talentueuse, aussi ambitieuse et déterminée que lui, et qui menait sa vie à l'écart de la sienne. Le fait qu'ils n'aient ni amis ni centres d'intérêt communs avait été un élément positif. Ainsi, pas de risque pour lui de se montrer en sa compagnie, au risque de devoir poser pour quelques photographes people lors d'un événement mondain.

Durant leur relation, il s'était demandé si leur alchimie sexuelle ne finirait pas par entamer sa conviction qu'il n'était pas fait pour le mariage. Une inquiétude non fondée, car jamais il n'avait perdu la tête au point d'oublier que rien n'était éternel – et certes pas l'attirance physique. Or, qu'est-ce qui réunissait les hommes et les femmes, à part cela ?

Pour Theo, il y avait deux sortes de mariages : ceux qui s'achevaient par un divorce difficile, et ceux qui perduraient dans le mensonge. La première catégorie était à son avis infiniment préférable. Il était vrai qu'il avait connu de près un mariage malheureux, mais qui avait duré : celui de ses parents, qui formaient un couple parfait aux yeux du monde, alors qu'en réalité ils jouaient la comédie pour dissimuler leur malheur mutuel...

Un rayon de soleil perçait enfin à travers les nuages lorsque Theo se retourna vers les avocats. Il les survola du regard, la pose décontractée de sa haute silhouette contrastant avec l'attente tendue du groupe.

— Je veux vendre.

Ces mots furent accueillis par un silence stupéfait.

— Vendre ? demanda timidement l'un des avocats.

— Une part de terrain ? coupa un autre avec enthousiasme. Sur le plan financier, ce serait un bon coup à jouer, un coup assez sûr. La zone forestière recèle de toute évidence de belles possibilités de développement. Le lobby écolo va protester bien sûr, mais aucun arrêté de protection n'est irréfragable, et au sud, le secteur domanial...

Surgies de nulle part, des visions d'une fraîche oasis défilèrent dans l'esprit de Theo.

Il serra les mâchoires. Il était résolu à se dépouiller de son passé, et il se flattait de ne pas être sentimental, mais à la pensée de détruire cet écrin de verdure il eut le cœur serré.

— Vous parlez de la forêt du nord, n'est-ce pas ? demanda Theo.

Son interlocuteur s'agita avec nervosité et consulta l'écran de la tablette placée devant lui, sur la table de travail.

— Oui, il me semble. Le terrain est très accidenté... Mais un village de vacances pourrait...

Theo refoula une vision de pentes mises à nu dans un vacarme de machines.

— Impossible, dit-il froidement. C'est une zone protégée, et il y a des clauses dans les actes notariés du palais.

— Bien sûr. *Palazzo delle Stelline*... Le palais du Ciel étoilé. Quel nom évocateur !

Theo accueillit froidement la prononciation italienne outrée de son interlocuteur.

— Il y a déjà eu de timides approches de plusieurs développeurs intéressés par d'autres parties du domaine, continua l'avocat. Le Wenger Group...

Comme un seul homme, le quatuor de l'équipe juridique se mit à consulter ses outils numériques.

— J'ai les détails ici. Ils ont approché votre père l'an dernier, mais il n'a jamais donné suite. Il était de la vieille école, ce qui est compréhensible, et puis le caractère historique de la propriété…

Theo passa la main dans sa chevelure brune – un signe d'impatience.

— Peu m'importe l'histoire.

Je veux seulement lui échapper.

— Et ce n'est pas une partie de terrain que je veux vendre. C'est la totalité. Le palais, ce qu'il contient, le domaine… Débarrassez-moi de tout ! Je ne veux rien.

Sauf le portrait accroché dans le bureau de son père. S'y trouvait-il toujours ? se demanda-t-il. Salvatore l'avait-il conservé pour se remémorer sa culpabilité ? Ou avait-il récrit le passé pour mieux s'en accommoder ?

Il quitta la pièce sous les regards ahuris de ses collaborateurs.

— La moitié ? répéta Grace. Des livres, vous voulez dire ?

Elle survola du regard les rayonnages de la bibliothèque où ils étaient assis. L'avocat occupait le fauteuil où Salvatore avait eu coutume de s'installer quand elle lui faisait la lecture, ce qui rendait sa disparition encore plus réelle que lors de l'enterrement.

— C'est vraiment gentil ! dit-elle. Mais je ne pourrais jamais démanteler cette collection… Elle a beaucoup trop de valeur ! Je peux choisir un ou deux ouvrages, peut-être ?

— Mademoiselle Stewart, vous ne comprenez pas… Quand je dis « la moitié », je veux dire la moitié *de la totalité* : le palais, la propriété, les comptes en banque… Cela vous a été légué à tous les deux, à parts égales.

Grace le dévisagea d'un air interdit, puis éclata d'un rire nerveux. C'était insensé. Et son rire devait avoir quelque chose de dément, lui aussi.

— Mais enfin... il doit y avoir une erreur... Pouvez-vous vérifier ?

Elle se leva à demi, puis se laissa retomber sur son siège, la voix lui manquant soudain.

L'homme à la barbe poivre et sel soigneusement taillée lui sourit avec bonté.

— Voulez-vous un verre d'eau ?

Grace secoua la tête. Un verre d'alcool n'aurait pas été de refus, en revanche ! Elle tremblait de tous ses membres. Après quelques profondes inspirations qui soulagèrent un peu ses tempes bourdonnantes, son engourdissement se dissipa, cédant la place au choc et à l'incrédulité.

— Ce n'est pas une blague ? Non, pardonnez-moi... Bien sûr que non.

Un avocat pouvait-il plaisanter ? En se fondant sur sa propre famille – son frère était membre de cette corporation – Grace supposait que non. Mais son autre frère, le psychiatre, ne riait pas souvent non plus. Pas plus que sa sœur écologiste, dont la série télé venait d'être vendue aux États-Unis.

Ses proches étaient très doués. Et ils essayaient d'être indulgents avec Grace, qui n'était pas académiquement parlant la plus brillante du clan Stewart. Ses parents – son père professeur à Oxford et sa mère historienne, tous deux experts reconnus et auteurs à succès – avaient été sidérés lorsque Grace, à la surprise générale, avait obtenu une place convoitée à Oxford, mais avait choisi de se lancer dans une formation d'infirmière.

— Vous êtes désormais une jeune femme très riche, reprit l'avocat.

Grace se força à revenir au moment présent, qui lui paraissait hautement surréaliste.

— Riche ? Je crois que vous faites erreur. Je rentre en Angleterre, aujourd'hui, pour une semaine de vacances avant ma prochaine affecta...

Elle s'interrompit, le souffle coupé.

— Ce n'est pas normal ! s'écria-t-elle. Pourquoi Salvatore me laisserait-il quoi que ce soit ? Je n'étais que son infirmière. Je l'ai connu quelques mois seulement…

Soudain, elle se figea. Que penserait-on d'elle ? Le pire, comme la dernière fois. Tout le monde dirait qu'il n'y a pas de fumée sans feu…

Son cœur battit la chamade alors que ces souvenirs s'échappaient du recoin où elle les avait enfermés, résolue à aller de l'avant. C'était sa deuxième mission pour l'agence d'infirmières. Dans une famille charmante, reconnaissante, avec laquelle elle avait été en excellents termes – avant la disparition d'un collier de valeur et d'une coquette somme d'argent liquide.

Ç'avait été un véritable cauchemar. Grace avait été suspendue, accusée par cette famille d'être une voleuse. La vérité avait surgi presque aussitôt, et preuve avait été faite qu'elle était tout à fait innocente. Mais l'événement avait laissé des traces.

— C'est… cela paraît incroyable.

— Je vois que ça vous cause un choc… Mais un choc agréable, j'espère ? lui demanda le visiteur, avec un sourire bienveillant.

— Non… Enfin, oui mais… je le connaissais à peine. Ce n'est pas normal ! Puis-je le rendre ?

— Rendre quoi ?

— Tout, dit Grace. Cela peut revenir au personnel. Marta et les autres…

— Les membres du personnel ont été généreusement remerciés dans le testament. Je puis vous assurer que personne n'a été oublié. Vous devriez prendre le temps de vous habituer à cette idée, et ensuite…

— Non ! J'étais son infirmière. Les gens penseront que j'ai profité de…

— Pas du tout, coupa l'avocat, apaisant.

Mais il évita son regard. Car de toute évidence elle avait raison. Il la considéra un instant, puis il ajouta :

— Écoutez, si c'est votre sentiment, il y a une option – même si je vous conseille de ne pas prendre de décision tout de suite...

— Une option ? Laquelle ?

Une heure plus tard, Grace pénétrait dans la vaste cuisine, dont l'équipement ultramoderne et sophistiqué était en harmonie avec les tommettes anciennes, les épaisses poutres et la cheminée d'origine. C'était la pièce la plus conviviale du palais qui, sans surprise, en comprenait un nombre incalculable.

Marta, la gouvernante, vêtue de son chemisier blanc et de son pantalon noir habituels, introduisait des données dans des tableurs, sur son ordinateur portable, tout en savourant une tasse de café. Elle leva les yeux.

— Je sais que l'informatique est censée faciliter la vie, mais là, franchement...

Elle s'interrompit, le sourire s'effaçant de son mince visage quand elle vit l'expression de Grace.

— Vous êtes toute pâle ! dit-elle. Ces jours-ci n'ont pas été faciles. J'aimerais que vous me laissiez reprogrammer votre départ un peu plus tard dans la semaine.

Grace s'efforça de sourire. Quand elle était arrivée, un peu plus de deux mois auparavant, la gouvernante, très protectrice envers son employeur, s'était montrée méfiante à l'égard de cette infirmière anglaise soudain admise dans le *palazzo*. Elle avait demandé pourquoi une agence spécialisée dans les soins palliatifs n'avait pas envoyé une infirmière parlant italien.

Grace elle-même s'en était étonnée. On lui avait répondu que son patient parlait couramment plusieurs langues, et que son ignorance de l'italien ne lui posait aucun problème.

« Une armada d'infirmières se succèdent déjà à son chevet ! avait lancé Marta, dédaigneuse. Qu'est-ce que vous êtes ? Une faiseuse de miracles ? Vous allez le faire vivre plus longtemps ? »

Grace, qui avait perçu le chagrin derrière ces propos, avait répondu avec douceur :

« J'espère pouvoir lui apporter un peu plus de confort. »

La gouvernante avait changé quand elle avait vu l'effet du nouveau protocole de traitement de la douleur introduit par Grace, et son action, coordonnée à celle du médecin personnel de Salvatore, adoré de tous les employés du palais. Des larmes avaient perlé dans les yeux de Marta le jour où, entrant dans la cuisine, elle avait vu Salvatore, auparavant alité, assis devant la table où elles se tenaient en ce moment même.

Grace avait eu beau protester qu'elle ne faisait que son travail, elle avait eu droit à une chaleureuse étreinte.

— Je ne prends pas l'avion. Je reste ! dit Grace, tirant une chaise et s'y laissant tomber.

— Vous restez ?

— Il... Salvatore... il m'a laissé la moitié de sa fortune.

La gouvernante porta une main à sa bouche, et posa sur Grace ses yeux écarquillés.

— J'ai dit à l'avocat que... que je ne pouvais pas accepter. Que ce ne serait pas convenable. Il a dit que... son fils, Theo, voulait tout me racheter. Il propose une somme colossale. Je ne veux pas d'argent, Marta. Je ne veux rien du tout ! gémit Grace, la voix vibrante d'émotion.

— Oh ! je le sais. Tout le monde ici le sait. Nous vous connaissons, Grace. Mais je suppose que Theo considère que cet endroit si chargé d'histoire devrait rester dans la famille ? suggéra son aînée, comme pour s'excuser.

— Je l'ai pensé aussi, et j'ai dit qu'il pouvait avoir le tout, évidemment. Même s'il paraît...

Grace se mordit la langue et eut un faible sourire. De façon inexplicable – du moins pour elle – le personnel du palais ne disait jamais de mal du fils absent. Grace avait son avis au sujet de Theo Ranieri, qui n'avait *pas une seule fois* rendu visite à son père mourant, ni n'était même venu à l'enterrement. Mais elle le gardait pour elle.

— Theo est loin d'être pauvre, vous savez. Vous ne devriez pas tout lui céder.

— Je n'en ai pas l'intention. Il veut racheter la moitié qui m'est léguée, mais uniquement pour revendre tout ! acheva Grace, les larmes aux yeux. Je n'arrive pas à y croire. On dirait qu'il veut faire disparaître tout ce qu'aimait son père ! Son héritage ! Comment peut-il... ?

Elle s'interrompit et, au prix d'un suprême effort, contint ses émotions. La gouvernante, elle, était devenue toute pâle.

— C'est un peu ce que je redoutais, admit-elle.

— Ne vous inquiétez pas. Je ne le laisserai pas faire. Je peux l'en empêcher, dit Grace, les mâchoires serrées, ramenant en arrière ses mèches vagabondes. Si je dis non, si je reste, si je vis ici, il ne pourra pas vendre !

Marta parut dubitative. Sa main tremblait quand elle resservit du café.

— Theo peut se montrer très têtu quand il a pris une décision...

— Moi aussi, affirma Grace, l'air sombre.

— C'est si triste d'en arriver là !

Triste ? pensa Grace. C'était parfaitement *scandaleux*, plutôt ! Et le mot était faible pour exprimer ce qu'elle ressentait. Elle ignorait ce qui avait provoqué la rupture entre le père et le fils et, en dépit de sa curiosité, elle avait toujours considéré qu'il aurait été déplacé de poser la question. Même à présent, alors que la situation avait changé, elle ne pouvait se résoudre à la formuler.

Pourquoi détestait-il tant son père ? Ce n'était tout de même pas l'indifférence qui expliquait sa conduite ?

— Salvatore se doutait peut-être de ce que ferait son fils ? Quelle que soit la raison, dit-elle en acceptant la tasse de café que Marta poussait vers elle, son fils ne pourra pas vendre si je refuse et si je vis ici. Ce domaine, ce palais, les gens, c'était la vie de Salvatore, et je ne permettrai pas que son fils la détruise ! Je ne bougerai pas d'ici.

2

Après avoir remis sa démission à l'agence d'infirmières, Grace avait envoyé un courriel à ses parents pour les prévenir qu'elle ne rentrerait pas. Elle avait brièvement expliqué la situation, puis avait attendu que son mobile sonne. À présent, elle s'entretenait en visioconférence avec sa famille, réunie dans la bibliothèque débordant de livres de ses parents.

Jusqu'ici Simon, son frère avocat, avait suggéré que le fils aurait de bonnes chances de faire casser le testament, et lui demanderait quels médicaments avaient été administrés à Salvatore.

— Le fils pourrait-il prétendre que...

Grace avait tout de suite su où il voulait en venir et lui avait coupé la parole.

— Salvatore a gardé l'esprit aussi vif que toi et moi jusqu'à la fin !

— Bon... inutile de t'échauffer ! J'envisage les diverses possibilités, c'est tout.

— Je ne doute pas que tu sois un très bon avocat, Simon. Mais tu es aussi mon frère.

C'est alors que Rob, le psychanalyste, intervint.

— Exactement ! Grace a besoin d'un peu de soutien, dit-il. As-tu... couché avec le vieil homme ? Note que je ne te juge pas... J'ai vu des photos. Il était séduisant, malgré son âge.

Eh bien, s'il ne la jugeait pas, il serait le seul ! pensa Grace, assombrie. Le directeur de l'agence avait distillé quelques remarques bien senties au sujet des patients âgés et vulnérables, et de l'éthique des soignants.

C'était maintenant au tour de sa sœur, et Grace fut presque soulagée de constater que Hope, dans cette affaire, se préoccupait surtout de ne pas perdre son temps.

Grace eut un mouvement de recul alors que sa sœur se penchait vers l'écran. Si elle avait eu le moindre bouton, elle l'aurait vu en gros plan. Elle n'en avait pas, bien sûr. Sa peau était parfaite. Avec son physique de top model, Hope avait tout pour elle.

Y compris George, le seul homme que Grace eût jamais aimé...

Grace se demandait parfois si elle éprouvait *encore* de l'amour pour lui, et si c'était pour cette raison qu'elle n'avait pas eu de véritable petit ami après lui.

George n'avait pas du tout changé, mais il n'avait plus cette adorable mèche qui glissait sur son front, dont elle était tombée amoureuse, ni ses dents du bonheur – Hope avait tenu à faire disparaître ça en vue des photos de mariage.

— Il faut que tu rentres, Grace ! dit-elle. Nous partons en week-end à Paris, George et moi. Tu le sais bien !

Derrière elle, son époux esquissa un signe de main, l'air contrit – le même qu'il avait adopté pour lui annoncer qu'il s'était épris de Hope, mais qu'il l'aimait toujours, comme une sœur. Comme si cela avait pu la consoler !

— La nouvelle série me prend tout mon temps, continua Hope. Je suis épuisée. Et George est super stressé !

George tenta de protester mais son épouse l'ignora, continuant sur sa lancée.

— Grace, tu as promis de garder Artie ! Tu sais très bien qu'on ne peut confier le petit à personne d'autre. Il est si sensible ! Et Aria veut absolument que nous assistions à son mariage.

— Désolée, dit Grace.

Artie était le bébé le plus adorable de la planète, mais elle ne se laisserait pas forcer la main.

— Hope, tu n'es pas le centre de la Terre, tu sais !

Cet argument de poids venait d'une source inattendue : la mère de Grace.

— C'est une énorme opportunité pour ta sœur, et il me semble très judicieux de sa part de rester pour défendre sa position. C'est une excellente tactique pour faire monter les enchères. Ne te laisse pas marcher sur les pieds, ma chérie !

Grace soupira. Il était rare qu'elle ait l'approbation de l'un ou l'autre de ses parents, et si elle l'avait maintenant, c'était parce qu'ils se méprenaient sur sa motivation. Ils pensaient que le fait d'« occuper le terrain » la servirait, or elle en doutait de plus en plus.

— C'est bien, Grace, dit son père, l'air tout aussi distingué que sur la couverture de son dernier best-seller.

La modestie lui interdisait de mentionner qu'il avait, l'an passé, occupé pendant huit semaines la première place sur la liste des meilleures ventes de non-fiction...

— Ne te laisse pas intimider par ce type. J'effectue des recherches sur lui, tout en parlant. C'est quelqu'un de brillant bien sûr, mais il a la réputation d'être implacable et manipulateur. Je pourrais te rejoindre. Te soutenir...

— Je ne veux pas obtenir davantage papa. L'argent ne m'intéresse pas. Et la mort de Salvatore n'est pas une *opportunité*...

— Bien sûr que non, ma chérie, coupa sa mère. Reste sur ton attitude hautement morale. C'est la sincérité qui te caractérise le mieux. Mais il faut être pragmatique dans la vie, surtout quand on n'a aucune perspective. Tu n'as pas idée du souci que nous nous faisons, ton père et moi, au sujet de ton avenir quand nous ne serons plus là.

À l'idée que son énergique mère, qui se levait à 5 heures du matin pour faire des pompes, puisse être à l'article de la mort, Grace faillit éclater de rire. Sa colère se dissipa alors que le ridicule de la situation s'imposait à elle. Elle avait décidé depuis longtemps qu'elle aimait les siens, et que le meilleur moyen de ne pas se disputer avec eux était de les considérer comme des acteurs. Des acteurs comiques, beaux et talentueux de surcroît.

Parfois elle avait le sentiment d'être le vilain petit canard de la famille.

— Je doute que ta disparition soit imminente, maman. Quant à prendre soin de moi... j'ai quitté la maison à dix-huit ans, je te rappelle.

Dès qu'elle eut lâché ces mots, Grace sut qu'elle avait eu tort d'aborder le sujet toujours sensible de son départ de la maison. Son refus d'intégrer Oxford pour devenir infirmière à Londres avait failli provoquer une rupture entre elle et ses proches. Elle les aimait tendrement, mais contrairement à elle ils étaient tous des intellectuels de haut vol, très snobs qui plus est. Elle savait aussi qu'ils seraient là pour elle si elle avait un jour de réels ennuis.

— Je ne suis pas intéressée par l'argent, reprit-elle à la hâte. Oh ! mince... je crois que ça va couper...

Elle coupa délibérément le contact, sans se sentir coupable le moins du monde.

Theo desserra sa cravate, qui ne tarda pas à rejoindre son veston sur le siège arrière de la voiture. Il avait roulé directement des bureaux de Florence jusqu'au palais. Même s'il était désormais surtout aux États-Unis et à Londres, il avait conservé des liens forts dans son pays d'origine.

Il n'était pas revenu ici depuis ses dix-huit ans, âge auquel il avait découvert la nature réelle de son père et décidé de couper dès que possible tout contact avec lui. Interne à Londres, il ne séjournait au *palazzo* que pour les vacances. Chaque fois qu'il le pouvait, il les passait avec des amis, mais lorsqu'il était contraint de rentrer chez lui, il évitait son père. Il partait chaque jour dans les collines, seul ou avec Nico, le fils de l'administrateur du domaine qui, lui aussi, ne pensait qu'à fuir les lieux.

La colère était toujours présente en Theo qui s'était juré, à son départ, de ne jamais remettre les pieds au *palazzo*. Il avait déclaré à son père, livide, qu'il était adulte et que désormais ce n'était plus sa maison.

Pourtant, voici qu'il était de retour… Et cela à cause d'une certaine Grace Stewart. Quand son équipe juridique lui avait appris qu'elle refusait de vendre, cela l'avait irrité, et il leur avait confié la tâche de découvrir ce qu'elle voulait et le lui accorder. Ils étaient revenus avec la nouvelle qu'elle ne voulait rien – ce dont il ne croyait pas un mot. Tout le monde avait un prix, et cette femme ne ferait pas exception.

Le mince dossier qui avait atterri dans sa boîte mail n'avait guère suggéré qu'elle pourrait être différente des autres, seulement un peu plus ennuyeuse. Il n'y avait certes rien qui puisse être utilisé contre elle dans ce dossier. Cependant, il avait engagé Rollo Eden pour creuser davantage.

Theo n'appréciait pas tellement Rollo, mais la sympathie n'avait rien à voir là-dedans. Ce détective privé lui avait permis de gagner – ou plutôt, de ne pas perdre – un contrat de plusieurs millions de dollars. Enquêteur habile, il avait fait sortir du bois la taupe qui, parmi ses employés, donnait des informations à une entreprise concurrente. Alors, quelle importance s'il frôlait parfois les limites ? Du moment qu'il obtenait des résultats, Theo continuerait à recourir sans scrupule à ses talents.

Mais il n'était pas du genre à attendre que Rollo livre des résultats. Il avait enclenché lui-même un plan d'action. Il avait d'abord envisagé une discussion directe avec la croqueuse de diamants, puis une autre solution lui était apparue, beaucoup plus simple.

Puisque Grace Stewart refusait de quitter le *palazzo*, il s'y installerait à son tour – histoire de lui rendre la vie impossible ! Si elle se voyait en châtelaine, elle en serait pour ses frais ! pensa-t-il avec dédain.

S'il ne pouvait pas vendre sans son accord, l'inverse était tout aussi vrai. Si elle avait des projets sur le domaine, il faudrait qu'elle en passe par lui, et elle ne le trouverait pas coopératif !

En dépit du sourire amusé qui errait sur ses lèvres, il sentit monter en lui la tension. Après le prochain virage, le palais apparaîtrait à sa vue. Il ne pouvait plus le considérer comme son chez-soi – il avait cessé de l'être à l'enterrement de sa mère. Il lui en avait tellement voulu de l'avoir abandonné ! Puis, par le plus grand des hasards, il avait découvert la raison pour laquelle elle l'avait laissé, et sa colère s'était reportée sur le véritable responsable.

Il se surprit à lever le pied, retardant le moment où apparaîtrait la vue iconique reproduite dans tous les ouvrages sur les joyaux architecturaux de Toscane. Qu'ils la découvrent par hélicoptère ou en voiture, les invités avaient toujours un moment d'éblouissement en la voyant.

Le *palazzo* était érigé sur le site du cloître originel qu'avait fait bâtir un de ses ancêtres au XVIe siècle. De proportions classiques, il comprenait encore un antique campanile et ses bâtiments religieux qui s'étendaient autour du palais.

Theo visualisa en pensée les portes massives de cette somptueuse bâtisse. Sur l'avenue bordée d'arbres qui montait vers le *palazzo*, les visiteurs pouvaient admirer d'impeccables jardins en terrasses, parcourus d'allées pavées et ornés de statues, pour parvenir enfin au sommet d'une falaise donnant sur la mer azurée.

Le cœur battant, et réticent à l'admettre, Theo s'arrêta sur le talus herbeux dans un crissement de freins. Il voulut se convaincre qu'il avait besoin de se dégourdir les jambes, mais ce prétexte ne pesait pas lourd quand il ouvrit la portière et fut assailli par l'odeur de terre un peu âpre qu'il n'avait jamais oubliée. Elle lui emplit aussitôt les narines alors que ses pieds foulaient le sol tapissé d'aiguilles de pin.

Il refusa de s'avouer à quel point cette sensation familière le troublait, à quel point le fait *d'être là* le troublait. Il ne s'était pas attendu à ressentir ça !

La mort de ce père qu'il avait rejeté avait achevé un chapitre – qui ne serait entièrement clos que lorsqu'il aurait vendu son héritage. Le seul obstacle était cette femme qui avait jeté le grappin sur Salvatore. Comme disait l'adage, « il n'est pire fou qu'un vieux fou », songea-t-il, furieux.

Non que son père eût été âgé – aujourd'hui, à soixante-cinq ans, on ne l'était pas, et Salvatore était mort à trois jours de cet anniversaire. Theo avait appris l'événement après coup, par les avocats. Les mots froids, cliniques avaient jailli devant ses yeux : *regret de vous informer... mort... perdu son courageux combat...* Il avait mis un moment à donner leur sens à ces tournures éculées. Ce père dont il était coupé avait-il envisagé de lui tendre la main quand il avait su sa fin proche ?

Theo refoula cette interrogation. Vaine spéculation que cela. Son père n'avait pas tendu la main – sauf peut-être, pensa-t-il avec cynisme, à l'infirmière qui avait été sa « compagne » dans les ultimes semaines de sa vie. Il ferait mieux de se concentrer sur l'obstacle dressé sur sa route, plutôt que sur les émotions libérées par la mort de son père, se dit-il.

Il se sentait insulté à l'idée que cette femme croie pouvoir le racketter. Si elle pensait qu'il ressemblait à son père, elle découvrirait vite qu'il n'en était rien !

Il revenait sur ses pas quand un bruit lui parvint, comme une plainte. Il se figea, et tendit l'oreille.

Grace avait un peu dévié de sa trajectoire, et elle savait qu'en s'approchant du ruisseau dans lequel elle avait glissé elle prolongerait d'un kilomètre sa randonnée matinale. Ce qui ne lui aurait posé aucun problème si elle ne s'était pas foulé la cheville...

Elle marqua une pause, appuyée sur la branche qui lui servait de béquille, puis se pencha pour dérouler le T-shirt qu'elle avait trempé dans l'eau glacée puis enveloppé autour de son membre lésé afin de soulager un peu la douleur. Malgré la compresse froide improvisée, sa cheville déjà enflée avait triplé de volume et pris une couleur violacée.

C'était moins sérieux que ça n'en avait l'air, se dit-elle sans conviction.

Sous le couvert des arbres, Theo observait la cheville blessée avec un détachement clinique. Ce détachement se dissipa vite tandis que son regard remontait le long des jambes de la marcheuse, atteignait l'arrondi discret des hanches, souligné par une taille si fine qu'il aurait sûrement pu la ceindre à deux mains. En cet instant, il n'attachait qu'une importance relative à l'identité de cette femme et à ce qui avait pu la conduire là, car une bretelle de son débardeur avait glissé sur son épaule, révélant en partie la brassière de sport qu'elle portait dessous. Une goutte de sueur perlait à la base de son cou, glissant vers la naissance de ses seins.

Il eut la sensation que les bruits de la nature s'assourdissaient autour de lui tandis qu'il suivait du regard la progression de cette perle d'eau glissant sur sa peau claire, et qu'une vigueur incongrue raidissait son membre viril.

Pendant un instant d'abandon, Theo accueillit cette sensation bienvenue, embrassant du regard les courbes minces de l'inconnue, son cou élégant et gracieux, ses cheveux d'un blond pâle, presque argenté, qui encadraient son visage et cascadaient dans son dos.

— Ce n'est pas très joli à voir...

Au son de sa voix virile, l'inconnue tressaillit comme une biche effarouchée, et elle leva la tête juste à temps pour le voir surgir d'entre les arbres. Le bleu étincelant de ces grands yeux effrayés le figea sur place, dans un nouvel accès d'excitation.

Une poussée d'adrénaline fouetta le sang de Grace, lui intimant de combattre ou de fuir – hélas la fuite n'était pas une option, constata-t-elle en se redressant tant bien que mal sur ses deux pieds avec un cri de douleur. Elle se maintint en équilibre sur une seule jambe, sans quitter du regard l'homme qui la dominait de toute sa haute taille, la branche levée en un geste défensif pour le tenir à distance. Elle garda sa pose le temps de prendre une profonde inspiration – puis tomba à la renverse.

Dans le bref intervalle qui sépara sa perte d'équilibre et son contact avec le sol, elle eut le temps de mettre un nom sur l'inquiétante apparition : Theo Ranieri.

Des photos plus anciennes du cohéritier du palais étaient disséminées un peu partout dans le *palazzo*, mais elle l'aurait reconnu même sans les avoir vues. Bien avant son arrivée ici, elle avait visionné une interview mémorable où il avait incendié le reporter qui avait eu l'outrecuidance de mal préparer la rencontre qu'il lui avait généreusement accordée.

Le souffle court, elle leva les yeux vers lui.

— Cela a dû vous faire mal.

Grace redressa le menton d'un air de défi, croisant le regard de jais de l'homme qui lui faisait face. Puis elle chassa d'un revers de la main une mèche échappée de son chignon.

— Ça va, dit-elle, les dents serrées, en passant la main sur son visage en sueur sans avoir conscience d'y déposer une traînée de poussière.

En chair et en os, Theo Ranieri était encore plus saisissant qu'en photo ou à l'écran. En le regardant, elle se sentait soudain toute petite, et très faible. Un effet de la douleur, se persuada-t-elle, et de la peur qu'il avait suscitée en elle quand il avait surgi de nulle part.

Quelqu'un d'aussi imposant n'aurait pas dû passer inaperçu, décida-t-elle tandis qu'elle parcourait du regard ses chaussures en cuir empoussiérées, ses longues jambes. La coupe soignée de son pantalon ne dissimulait rien de ses cuisses musclées. Il avait des hanches étroites, des épaules bien découplées, et elle devinait, à travers le fin tissu blanc de sa chemise, l'ombre légère d'une pilosité toute masculine.

Elle tenta d'oublier l'émoi sensuel qui l'avait prise au creux du ventre en le découvrant. Theo Ranieri ne déparait pas dans cet environnement naturel et sauvage, dont il semblait même faire partie.

Il avait des traits parfaits. Ses hautes pommettes obliques, son nez aquilin, ses sourcils au dessin net et son regard brun, presque noir, n'étaient pas du tout adoucis par ses cils longs et fournis. La courbe plus charnue de sa lèvre inférieure contrastait avec la fermeté de la lèvre supérieure, lui conférant une expression sensuelle et provocante, assortie peut-être d'un soupçon de cruauté.

Elle s'empressa de baisser les paupières. Il considérait sans doute qu'il méritait d'attirer les regards, mais elle n'allait pas alimenter son ego démesuré !

Ironiquement, elle avait peaufiné pendant des semaines les commentaires acerbes qu'elle aurait aimé délivrer au fils dénaturé de Salvatore si elle en avait l'occasion. Mais maintenant qu'il était là, à la merci de sa langue vengeresse, elle avait la gorge nouée. Et s'il y avait une chose qu'elle refusait par-dessus tout, c'était de craquer devant cet homme !

— Je vais bien, mentit-elle.

— Avez-vous alerté quelqu'un ?

— J'ai oublié mon portable.

— Une imprudence...

Elle se surprit à détester ses inflexions traînantes.

— Pas de souci. J'habite tout près.

Elle soutint son regard en feignant le détachement, ce qui, vu sa position, était un sacré tour de force.

Il haussa les sourcils, puis elle comprit qu'il l'avait reconnue.

— Vous êtes Grace Stewart, n'est-ce pas ?

Theo s'irrita contre lui-même à l'instant où cette question inutile franchissait ses lèvres.

Il s'était lourdement trompé en croyant tomber sur une créature « ennuyeuse » et « ordinaire ». La jeune femme assise par terre qui le fusillait de son regard si bleu n'était ni l'un ni l'autre. Sa peau, çà et là maculée de terre, était lumineuse, et il se surprit à la dévisager plus longtemps qu'il n'aurait fallu.

— Que faites-vous ici, au fait ? lui lança-t-elle.

Ces mots accusateurs le ramenèrent au moment présent, et à la silhouette assise à ses pieds.

— Ai-je besoin d'une autorisation pour me promener dans ma propriété ? répondit-il, sarcastique.

Le rouge aux joues, elle balbutia :

— Je veux dire… J'ignorais que vous arriviez. Vous auriez tout de même pu prévenir !

Consciente de son ton rageur, Grace se sentit tout à coup stupide, d'autant qu'elle n'était pas précisément en position de donner des leçons !

— Je suis venu m'assurer que vous n'aviez pas volé l'argenterie.

Cette raillerie émise d'un ton nonchalant la piqua au vif.

— Ha ha ! Très drôle…

Puis elle s'avisa qu'il ne plaisantait peut-être pas !

— La moitié m'appartient, je vous le rappelle, rétorqua-t-elle.

Elle vit qu'il n'avait pas apprécié. Bien fait pour lui !

Ils continuèrent de s'affronter du regard pendant ce qui lui parut une éternité, puis Theo Ranieri brisa le silence.

— Allez-vous croupir là toute la journée, ou voulez-vous rentrer en voiture ?

Elle cilla. Il n'était pas arrivé ici par magie, bien sûr ! Il avait un véhicule.

— Sinon, vous pouvez toujours ramper, ajouta-t-il. À vous de voir.

Bon sang, il n'était pas aussi épouvantable qu'elle l'avait imaginé – il était bien pire !

— Va pour la voiture...

Devait-elle prendre la main qu'il lui tendait ? Alors qu'elle considérait ses longs doigts hâlés, il lui sembla soudain que ramper, si douloureux que ce fût, était sans doute un moindre mal...

Quand elle ravala sa fierté et saisit enfin sa main, un frisson d'excitation sensuelle le parcourut dont l'intensité lui fit serrer les mâchoires. Seul élément de réconfort, elle l'éprouvait aussi. Il le voyait à ses yeux écarquillés, si bleus. Peut-être était-elle aussi peu enchantée que lui de voir lui échapper la maîtrise de la situation ?

Ou bien avait-elle l'intention de retourner la situation à son avantage ?

Rompant aussitôt le contact visuel, Grace marmonna :

— Merci.

Elle vacilla en tentant de rester en équilibre sur une jambe, puis posa avec précaution son pied blessé sur le sol. Se tenir enfin debout ne l'avantageait guère – elle avait désormais les yeux à hauteur du large torse de Theo Ranieri.

— Quelle est l'étendue des dégâts ? demanda-t-il.

— Ce n'est qu'une foulure.

Grace n'ajouta pas qu'une foulure était souvent plus problématique qu'une fracture.

— Vous êtes médecin ?

— Non, infirmière.

Elle ne manqua pas de capter l'éclat de son regard lorsqu'il enchaîna sans indulgence :

— Vous êtes... l'honneur de votre profession, j'en suis sûr.

— Mon ex-profession, corrigea-t-elle pour le piquer – et obtenant l'effet escompté.

— Je suppose que vous souhaitez être raccompagnée en voiture ?

Elle soupira.

— Ce serait très aimable, monsieur...

— Vu les circonstances, autant m'appeler Theo.

— Les circonstances ?

— Eh bien, nous allons vivre ensemble !

— Mais... vous habitez en Angleterre, non ?

— Vous aussi, répliqua-t-il avec un sourire plein d'ironie.

Et il la regarda se rapprocher de lui à cloche-pied, puis lâcha un juron étouffé.

Elle ne devina pas son intention avant qu'il la rejoigne à grands pas et la soulève dans ses bras en une démonstration de force brute.

— Je peux très bien me débrouiller toute seule ! dit-elle avec raideur, déstabilisée par son émoi sensuel, par l'impact qu'avaient sur elle la fermeté de son corps viril, la chaleur de sa peau.

— J'aimerais arriver avant les calendes grecques, dit-il.

Elle lâcha un soupir de soulagement lorsqu'il la déposa près d'un véhicule rutilant, ouvrit la portière côté passager et la laissa monter à bord tandis qu'il se mettait au volant.

— Ce n'est pas loin, dit-elle.

Elle se sentit aussitôt parfaitement stupide. Comme s'il ne le savait pas !

— Vous pouvez m'indiquer le chemin ? s'enquit-il, savourant sa gêne.

Alors qu'il s'engageait sur la route, elle lança :

— Vous êtes sérieux ? Vous allez vraiment habiter ici ?

Il lui octroya un sourire peu engageant.

— La demeure est vaste. Je suis sûr que nous pourrons nous entendre.

3

Une fois qu'ils furent garés devant le portique d'entrée du *palazzo*, Theo déboucla sa ceinture et parla sans la regarder, d'un ton brusque, les yeux fixés sur le bâtiment.

— J'enverrai quelqu'un vous chercher.

Comme pour un paquet, pensa-t-elle, indignée. Avant qu'elle ait pu réagir, il avait déjà disparu à l'intérieur. Elle avait péniblement atteint la courte volée de marches qui menait au portail en chêne massif, bardé de fer, lorsque Marta apparut, plus rouge que de coutume.

— Oh ! ma pauvre ! Quelle chance que Theo vous ait trouvée !

Grace pinça les lèvres.

— C'est mon héros, dit-elle avec ironie, acceptant le bras de son aînée et s'appuyant sur elle avec gratitude.

Marta ne parut pas prêter garde au sarcasme alors qu'elle aidait Grace à grimper les marches et franchir le seuil.

— Nous avons téléphoné au médecin.

— Ce n'est vraiment pas nécessaire.

— Theo a insisté.

— Je me moque de ce que dit Theo. Je ne veux pas de médecin !

Devant l'air blessé, choqué, de la gouvernante, elle s'amenda d'un sourire.

— Tout ce qu'un médecin dira, c'est de mettre un bandage, d'élever la jambe lésée et de prendre un antidouleur.

— Theo…

En la voyant agripper la rambarde du spectaculaire escalier qui surplombait le hall, Marta lui jeta un regard désapprobateur.

— Je vais chercher quelqu'un pour vous porter, dit-elle.

— Mais non, ça va, je vous assure ! soutint Grace, exhibant un grand sourire.

— Bon, très bien… C'est merveilleux, non, que Theo soit enfin de retour ?

Grace réalisa que Marta parlait sérieusement. Elle avait même les larmes aux yeux.

— Merveilleux, approuva-t-elle, pensant qu'il aurait mieux fait de rentrer à temps pour dire adieu à son père.

Une fois sûre d'être hors de vue, elle s'assit sur une marche et se hissa sur les fesses jusqu'à sa chambre au premier étage. Ce n'était pas d'une grande élégance, mais elle ne voulait pas que Theo la porte de nouveau. Ses longs doigts bruns pressés légèrement contre son dos apparurent dans son esprit, suscitant une vision et une sensation si vives qu'elle faillit tomber à la renverse.

Quand le médecin arriva, il approuva le traitement qu'elle s'était prescrit, et suggéra le port d'une attelle légère en attendant de pouvoir marcher de nouveau.

Après son départ, Grace résista à la tentation de lancer un « je vous l'avais bien dit ! » à Marta, qui était aux petits soins pour elle. En toute honnêteté, il n'était pas déplaisant d'être dorlotée – une nouveauté pour Grace, issue d'une famille peu portée sur l'empathie. Chez les Stewart, on prenait sur soi !

— Quel dommage ! dit Marta après s'être assurée pour la énième fois que Grace avait tout ce qu'il lui fallait, que vous ne puissiez pas dîner avec Theo pour son premier soir ici !

Grace, médusée, se demanda pourquoi les gens qui avaient aimé Salvatore semblaient si heureux de voir son détestable fils. Comment pouvaient-ils lui pardonner ?

Grace reçut un premier SMS de Nic, l'administrateur du domaine, une heure plus tard. Elle fronça les sourcils, et répondit vite :

Ce n'est sûrement qu'un malentendu.

Deux heures et cinq messages plus tard, il était clair qu'il ne s'agissait pas d'un simple malentendu. La banque bloquait tous les paiements aux fournisseurs. Le travail sur le nouveau pressoir à olives était donc stoppé, car les fournisseurs refusaient de livrer. Et la rénovation de certains bâtiments voués à devenir des hébergements d'écotourisme était elle aussi au point mort.

C'étaient des projets auxquels Salvatore tenait beaucoup, et plusieurs autres subissaient le même sort.

— C'est à croire qu'on nous sabote ! observa Nic, frustré. Mais ne vous inquiétez pas, je vais arranger ça.

— Laissez-moi faire et arrêtez-vous pour aujourd'hui, coupa Grace. Je reviendrai vers vous demain matin.

Salvatore connaissait les prénoms des enfants de Nic... Pour la première fois, elle ressentait le poids des responsabilités qui lui incombaient en raison de cet héritage, et de la confiance que son protecteur avait placée en elle.

Repoussant le plateau-repas auquel elle avait à peine touché, elle écarta du bout du pied les poches de glace, puis elle enfila tant bien que mal une robe de chambre et prit le temps d'avaler un antidouleur avant de sortir dans le couloir.

Elle descendit en se laissant doucement glisser, appuyée contre la rampe, trop furieuse pour prêter attention à la douleur. Apparemment, la colère était le meilleur anti-inflammatoire du marché !

Quand elle atteignit le bureau de Salvatore, la porte en était entrouverte. Elle s'arrêta, le cœur battant, puis entra. Les spots au-dessus du tableau de la défunte épouse de Salvatore illuminaient le portrait de la belle disparue et projetaient des ombres dans la pièce déserte. Elle gagna le salon, éclairé mais tout aussi vide. Elle le traversa en clopinant pour aller voir sur la terrasse, mais nulle haute silhouette ne se dressait sous le clair de lune. Le petit salon était vide aussi.

Alors que Grace longeait le couloir adjacent, elle se demanda ce que penseraient les gens s'ils la voyaient, puis se mit à rire. Personne ne lui demanderait ce qu'elle faisait là. Elle ne travaillait plus ici, et elle n'était pas de passage. Le *palazzo* lui appartenait, et elle ne permettrait à personne de l'en chasser. Car c'était ce que Theo tentait de faire ! Elle se sentait stupide de ne pas l'avoir compris tout de suite.

Un air de piano doux et poignant s'échappait de la plus petite salle à manger, où elle prenait ordinairement ses repas. Poussant le battant, elle aperçut les bougies sur la table, la bouteille de vin à moitié pleine, un verre, une assiette. Assis au piano, Theo, les yeux clos, laissait courir ses doigts sur les touches, et semblait ne pas percevoir sa présence.

Depuis combien de temps la femme du tableau était-elle morte ? Son fils l'avait-il connue ? Grace n'avait jamais posé la question, et nul ne parlait de l'épouse de Salvatore, ni des circonstances de sa mort.

Elle tressaillit quand la musique s'arrêta. Elle vit Theo repousser son tabouret et se lever, grand et élégant avec sa chemise noire ouverte au col, et son pantalon noir bien coupé.

Grace éprouva aussitôt un émoi sensuel brûlant, à fleur de peau, et se le reprocha. Même si, pour sa défense, elle ne voyait pas comment une femme aurait pu rester insensible à cet homme-là.

Il haussa les sourcils.

— C'est moi que vous cherchez ? Ou de quoi manger ? À moins que vous ne soyez venue négocier un accord ?

— C'est vous que je cherche, dit-elle en plantant ses yeux dans les siens.

— Êtes-vous censée rester debout ? demanda Theo.

Il remarqua que Grace était pieds nus. Et que son peignoir, assez long pour la faire trébucher, donnait l'impression qu'elle flottait. Ceinturé à la taille, il était du même bleu que ses yeux. Il se surprit à se demander ce qu'elle portait dessous, et imagina qu'il passait les doigts dans les cheveux blonds comme les blés, aux mèches soyeuses, qui enveloppaient l'ovale de son visage.

La raison pour laquelle son père avait légué une fortune à cette femme avait cessé d'être un mystère. Il était aisé de comprendre qu'un homme vieillissant, vulnérable, se soit épris de cette sirène, toute en sincérité candide et en sensualité.

Pris d'un élan de désir aigu, il regretta d'avoir mis un terme à sa relation avec Cleo. S'il n'était pour sa part ni vieillissant ni vulnérable, l'abstinence n'était pas son fort. Il n'avait pas besoin d'une compagne, mais d'une amante...

Ce ne serait pas cette femme.

— Touchante sollicitude, dit Grace, glaciale, refusant de se laisser distraire par son regard faussement compatissant.

En le voyant glisser les mains dans ses poches et avancer vers elle, elle eut envie de crier « stop ! », mais ne le fit pas. Cela aurait signifié qu'elle avait peur de lui, or elle n'avait *pas* peur, n'est-ce pas ?

De lui, non... mais peut-être bien des sentiments qu'il faisait naître en elle ?

Se fermant à cette pensée, elle redressa le menton.

— Eh bien, maintenant que vous m'avez trouvé, que voulez-vous de moi ?

Cette question susurrée lui mit le rouge aux joues. Elle évita aussitôt de penser à ce qu'elle voulait de lui tout comme elle aurait contourné une bombe non désamorcée sur son chemin.

— J'ai eu plusieurs appels de Nic, dit-elle avec colère, malgré sa résolution de rester calme.

— Nic ?

— Nic est l'administrateur du domaine !

Theo plissa le front.

— Pas de mon temps, fit-il.

— Nic gère le domaine depuis huit ans.

Theo eut un sourire sans humour.

— Comme je l'ai dit : pas de mon temps.

Grace pinça brièvement les lèvres, et il ne put s'empêcher d'admirer sa jolie bouche pulpeuse.

— Nic a passé une mauvaise journée. Il y a eu plusieurs problèmes. Des livraisons annulées, des factures rejetées… Êtes-vous au courant ?

— Je ne suis pas un partenaire docile.

Il ne cherchait même pas à nier !

— Moi non plus !

Elle marqua une pause pour dompter sa réaction de colère.

— Je ne comprends pas… Pourquoi agissez-vous ainsi ? demanda-t-elle, réellement déconcertée par tant de méchanceté.

— Pourquoi vous en souciez-vous ? rétorqua-t-il.

— Les projets que vous cherchez à saboter étaient importants pour votre père.

Elle scruta son visage, quêtant le moindre signe de compassion, mais ne vit qu'une expression implacable.

— Tout le monde travaille dur pour qu'ils se réalisent, en souvenir de votre père. Je… je lui ai fait une promesse.

Se mordant la lèvre, elle cilla à plusieurs reprises. Elle allait reprendre la parole lorsqu'une pensée la traversa, faisant naître une expression horrifiée sur son visage.

— C'est à cause de lui que vous faites ça ? lança-t-elle. Par malveillance ? Votre père est mort, Theo, et vous ne pouvez plus lui faire de mal. Pourquoi le détestiez-vous à ce point ?

— Peu importe le pourquoi… Ce qui compte, c'est ce qui est en mon *pouvoir* aujourd'hui.

Elle remarqua qu'il ne niait pas ce qu'elle venait de suggérer.

— Tout comme vous pouvez m'empêcher de vendre le domaine, continua-t-il, je peux mettre un coup d'arrêt à vos projets.

Theo la vit pâlir sous l'effet du choc – la mimique aurait pu être convaincante, si elle n'avait pas embobiné son père pour lui extorquer une fortune.

— Avez-vous vu le montant des commandes ? lui demanda-t-il. Ou avez-vous seulement donné votre signature ?

— Bien sûr ! s'écria-t-elle, indignée. Et si vous vous étiez donné la peine d'examiner la chose, vous sauriez qu'il est financièrement sain de payer ces sommes que vous jugez *excessives*. Oui, on peut obtenir du marbre au quart du prix, mais ce serait un produit de qualité inférieure. Et surtout...

Elle serra les mâchoires, contrariée, alors qu'il lui coupait la parole sans attendre la suite.

— Je suppose que vous maîtrisez les coûts de main-d'œuvre nécessaire pour ce fichu pressoir à olives ? Qui empoche l'argent de cette arnaque ? Fort peu imaginative au demeurant.

Grace était maintenant rouge de colère.

— Vous pouvez m'insulter si ça vous chante, ça m'est égal. Mais les personnes qui travaillent ici méritent plus de respect. Ils méritent mieux que d'être des pions dans ces représailles puériles. Vous pouvez taper du pied parce que vous n'obtenez pas d'en faire à votre tête, mais ne calomniez pas des gens qui ne font que leur travail !

Elle croisa les bras et lui décocha un regard incendiaire.

— Est-ce que vous vous rendez compte que c'est vraiment *lamentable* ?

Grace vit qu'il accusait le coup, mais le choc d'être ainsi taillé en pièces se mua rapidement en colère, et son regard de jais devint glacial.

— Je vous interdis de me parler sur ce ton ! dit-il avec une fureur rentrée.

— Je voudrais bien voir ça ! lâcha-t-elle, trop furieuse pour faire preuve de prudence. Et j'en ai encore autant à votre service. Comme je disais, pour ce qui est du marbre, on pourrait certes l'avoir pour moins cher. Mais ce marbre est d'origine locale, et procurera du travail au fournisseur et aux artisans du coin. Il permet l'authenticité de la restauration, ne nécessitera pas un transport sur site par voie aérienne, et il y a des gens qui s'en soucient, figurez-vous ! Les affaires n'ont pas de secrets pour vous, paraît-il. Vous saurez donc reconnaître du bon marketing. Ces hommes que vous écartez sont des tailleurs de pierre hautement qualifiés… des artisans d'ici, fiables et talentueux. Il s'agit d'entretenir des savoir-faire ancestraux, et des personnes qui vivront dans ces bâtiments restaurés. Même s'il n'y en a que la moitié qui comprennent, qui *apprécient*, ça en aura valu la peine, et à long terme, nous récupérerons la mise !

À la fin de cette tirade, la colère de Theo s'était muée en stupéfaction. Pas seulement face à l'étendue de ses connaissances, mais aussi à son apparente passion. Était-il possible qu'elle soit sincère ?

Il évacua cette possibilité. Avec une telle femme, il y aurait toujours un calcul.

— Et comment diable savez-vous tout ça ? demanda-t-il.

Grace prit une profonde inspiration. Sa charmante et exaspérante famille lui avait appris que la confrontation n'était pas une solution, et elle se flattait d'être aujourd'hui capable de réagir aux provocations avec calme et raison. Mais elle n'avait jamais rencontré Theo, auparavant !

— Cela m'intéresse, répondit-elle. La passion peut être contagieuse, et votre père se passionnait pour ces projets. Il savait tant de choses, il était si enthousiaste ! C'était un homme si charmant, et il me manque beaucoup.

Il aurait pu anéantir d'une phrase brutale l'image idéalisée qu'elle s'était forgée de son père, mais il s'en abstint. Peu importait la nature de la relation que cette femme avait entretenue avec Salvatore. Peu importait qu'elle joue ou non la comédie. Il devait se concentrer sur le fait que Grace Stewart se dressait sur sa route. Tout le reste n'était que distraction.

— Eh bien, mon père n'est plus là, mais moi, si. Et faire appel à ma conscience écolo ne suffit pas. Si vous voulez que je signe, vous devez me fournir des arguments financiers solides.

Elle dressa la tête à l'énoncé de ces paroles brutales. Les yeux humides de larmes, elle lui lança un regard noir.

— Je croyais l'avoir fait.

Bon sang ! pensa-t-il. C'était vrai.

— Vous êtes vraiment un sale type !

Comment était-il possible, se demanda-t-elle en se remémorant la musique qu'elle avait entendue, qu'un homme aussi cruel et froid joue du piano avec tant d'émotion ?

— Vous n'avez pas idée du mal que vous me faites en disant ça, ironisa-t-il avec l'un de ses sourires déplaisants, tout aussi caractéristique que sa bouche sensuelle. Je croyais qu'il fallait une certaine distance, dans votre métier. Vous craquez chaque fois qu'un patient décède ? Ou seulement s'il vous a légué sa fortune ?

Elle le dévisagea, son regard bleu brûlant d'antipathie.

— En fait, oui, j'ai du mal à rester détachée. Mais je suis une bonne infirmière malgré tout.

Même si, parfois, l'objectivité qui lui avait fait défaut aurait fait d'elle une meilleure professionnelle...

— Je ne m'attends pas à ce que ça vous intéresse. Pas plus qu'il ne m'intéresse de savoir si vous êtes naturellement déplaisant ou si vous cherchez à l'être. Mais croyez-vous qu'en vous montrant franchement antipathique, et en dressant des obstacles sur mon chemin, vous allez me faire renoncer ?

Elle se força à soutenir son regard avec froideur, jusqu'au moment où l'attrait de sa bouche virile eut raison d'elle.

— Je tiendrai bon, lui affirma-t-elle. Soyez aussi déplaisant qu'il vous plaira ! Je ne vous permettrai pas de détruire le *palazzo delle Stelline*.

Choqué, Theo eut un léger haut-le-corps alors qu'elle poursuivait son offensive. Les choses ne se déroulaient pas comme prévu et, dans sa frustration, il se sentait de plus en plus tendu. Il n'y avait pas l'ombre d'une concession dans le regard bleu qui soutenait le sien d'un air de défi. Seuls la veine battante à la base du cou de Grace et ses poings serrés indiquaient qu'elle n'était pas aussi calme qu'elle voulait bien le laisser paraître.

— C'est quoi votre problème ? Pourquoi voulez-vous tout détruire ? demanda-t-elle. Votre père n'a jamais parlé de vous qu'en bien… Il disait que vous étiez quelqu'un de merveilleux… il était fier de vous !

Theo fit un pas vers elle. L'instinct qui la poussait tout à la fois à le rejoindre et à battre en retraite se neutralisant de lui-même, Grace resta figée sur place, le cœur battant…

— Si vous saviez comme j'ai hâte d'avoir d'autres charmantes conversations telles que celle-ci, *cara*, lâcha Theo d'une voix traînante, le regard à demi voilé tandis que sa main droite, comme mue par une force mystérieuse, venait se poser sur la joue de Grace.

Il envisagea de laisser retomber sa main comme si cette jolie peau fine était brûlante, mais il perçut l'éclat intense de son regard de saphir, vit se soulever légèrement sa poitrine sous le peignoir bleu… et renonça.

Theo se flattait d'être logique, et il analysa la situation. Oui, il y avait une attirance réciproque, une curiosité sensuelle aussi évidente qu'inavouée. Mais elle le détournait de son but, et si elle restait inexprimée, elle demeurerait une entrave. La meilleure façon de régler le problème était d'en avoir le cœur net, au lieu de se demander quelle serait la saveur d'un baiser avec cette femme.

L'embrasser et en finir. Aller de l'avant.

Un regard bleu étonné rencontra le sien au moment où il inclinait la tête…

Grace s'abîma dans le baiser. Seule la main virile qui avait glissé sur sa taille la maintenait debout. Et une exploration lente, sensuelle, toujours plus profonde, se déployait dans la rencontre de leurs lèvres, de leurs langues mêlées...

Le souffle court, Theo s'écarta avant que sa raison soit emportée par le tourbillon sensuel qui les assaillait tous deux.

Grace se força à ouvrir les yeux, et entrevit dans son regard de jais des émotions qui lui nouèrent l'estomac, douloureusement.

— Ah, vous voilà, Grace !

Marta, sans percevoir que l'atmosphère était à couper au couteau, surgit dans la pièce, mince et énergique. Pour un peu, Grace l'aurait serrée dans ses bras, tant elle était soulagée.

Seigneur ! Elle avait embrassé Theo Ranieri. Elle n'aurait jamais cru qu'un baiser pouvait être aussi... ravageur. Il aurait mieux valu qu'elle reste dans l'ignorance !

Elle s'écarta prudemment, sans regarder Theo.

— Si j'avais su que vous vouliez dîner ici, j'aurais...

— Non, Marta, coupa Grace, je voulais juste me dégourdir les jambes... prendre un verre de lait.

— Vous auriez dû sonner, voyons ! dit Marta, en gouvernante zélée.

— Oui, j'aurais dû. Vous m'aideriez à regagner ma chambre ? demanda Grace, baissant les yeux vers son pied dont la douleur se ravivait.

— Bien sûr, dit Marta.

Il n'échappa pas à Grace que Theo ne la quitta pas des yeux quand elle sortit de la pièce au bras de la gouvernante.

4

Pour s'éclaircir les idées après une nuit agitée, Theo décida de faire du footing. Sans y réfléchir, il se retrouva sur un chemin qui lui avait été familier dans son adolescence, et était à présent envahi de broussailles. À un endroit, des jeunes chênes avaient pris racine, le contraignant à un court détour.

Il faudrait débroussailler, pensa-t-il. Presque aussitôt, il raya cette tâche de sa liste. Pas besoin de dégager le chemin, puisqu'il ne resterait pas au *palazzo*. Il n'y aurait plus de matins où il devrait courir pour s'éclaircir les idées après une nuit d'insomnie.

Il avait commis une erreur en venant ici. Mais des erreurs, tout le monde en commettait. L'astuce était de vivre dans l'instant, de ne jamais regarder en arrière. Même si une voix intérieure lui signifiait qu'il faisait tout le contraire...

Il accéléra l'allure malgré le sol inégal, même si le chemin était presque indiscernable de la végétation sauvage environnante. L'odeur mêlée de la mer et des herbes sauvages lui emplissait les narines alors qu'il poursuivait sa route, perdant parfois le fil de ses pensées quand il se remémorait le petit soupir échappé de la gorge de Grace lorsque sa langue virile avait rencontré la sienne.

Il admettait son erreur, et se garderait de la renouveler. Mais, *Dio*, quel délice que ce baiser !

Grace ne protesta pas quand on lui servit son café dans sa chambre. En fait, sa cheville blessée lui fournissait la parfaite excuse pour s'y terrer. Elle avait cédé à une tentation passagère, en avait eu honte, mais elle n'allait pas prendre la fuite. Elle n'avait rien fait de mal, pour sa part !

L'idée que le coupable était Theo, et qu'elle n'était qu'une victime innocente, la fit sourire. Tout de même, pour sa défense, ce n'était pas elle qui avait pris l'initiative du baiser... Ce plaidoyer pitoyable resta sans effet, et elle s'agaça de sa réaction. Elle ne lui avait pas résisté du tout ! Quand elle revivait en pensée ce moment-là – et elle l'avait déjà fait des centaines de fois – elle devait bien admettre qu'elle avait même accompli une moitié du chemin.

En réalité, il était l'homme le plus viril qu'elle eût jamais rencontré, et une part d'elle-même avait répondu à cette masculinité brute. Elle n'aurait pas cru faire preuve d'une telle faiblesse.

Dépliant les jambes et poussant de côté le plateau de petit déjeuner en équilibre sur le lit, elle gagna la salle de bains et nota, en enlevant sa chemise de nuit, qu'elle avait nettement moins mal, ce matin. Sa cheville était endolorie et marquée d'hématomes, certes, mais supportait son poids sans problème. Elle pourrait se déplacer, au prix d'un léger inconfort.

Sa souffrance, pensa-t-elle amèrement, était dans sa tête. Où Theo avait pris résidence !

Elle se maquillait rarement le matin, et elle fut contrariée de penser le faire après sa douche, ce jour-là. Elle n'avait pourtant personne à impressionner ! Un short en jean déjà beaucoup porté ferait l'affaire, ainsi qu'un T-shirt qui suggérait clairement qu'elle ne cherchait pas à séduire qui que ce soit.

Elle descendit à la cuisine, espérant y trouver la gouvernante. Mais sur le seuil elle hésita, s'avisant que Marta, si elle était là, ne serait pas forcément seule. Bon sang, elle n'avait aucune envie d'être confrontée, si tôt dans la journée, au sourire narquois de l'arrogant Theo !

Elle entra et trouva la pièce déserte. Ses épaules crispées se relâchèrent, tant elle était soulagée – ce qui était ridicule. Elle n'avait pas à se cacher. Elle était chez elle, ici ! Il était temps qu'elle se comporte en propriétaire. Rien ne ferait plus plaisir à Theo que de la voir raser les murs.

Sa réaction de défi lui rouvrit l'appétit, et elle ne résista pas à l'odeur du pain fraîchement sorti du four. Elle tartina une tranche de beurre et de miel, puis s'attabla avec sa tasse de café. Elle en était à sa deuxième bouchée lorsque la porte s'ouvrit sur une silhouette en short noir et maillot baigné de sueur plaqué sur un torse musclé.

Les mains posées sur ses cuisses puissantes, Theo mit une minute ou deux à reprendre son souffle, puis leva la tête vers elle.

— Bon footing ? demanda-t-elle d'un ton jovial, sans parvenir à ignorer sa réaction physique face à cet homme.

Quand il était en costume, on voyait qu'il avait un physique impressionnant. Là, cela crevait les yeux, au point d'en être perturbant. Il avait des pectoraux puissants mais sans excès, des jambes longues et musclées et des hanches étroites.

Elle s'abandonna sans honte à l'émoi de son corps troublé. Après tout, elle ne faisait de mal à personne !

Il se tint là un moment, prenant de profondes inspirations qui lui soulevaient le torse et faisaient ressortir les muscles de son ventre plat, visibles sous le tissu humide adhérant à sa peau. Il était peut-être odieux, mais... follement sexy.

— Un café ? proposa-t-elle en espérant qu'il dirait non, car elle avait les jambes toutes tremblantes.

Quant à ce qui se passait plus haut, au creux de son ventre, elle préférait ne pas y penser...

Après lui avoir décoché un regard qui n'avait rien d'amical, il gagna le réfrigérateur, où il prit une carafe d'eau. Il remplit un verre et en avala le contenu tout en s'approchant du fourneau à l'ancienne où un percolateur était maintenu au chaud.

— Avez-vous bien dormi ? demanda-t-il, tourné vers Grace.

— Non.

Il esquissa une sorte de sourire, et son regard de jais avait la couleur du danger.

— Moi non plus.

Il allongea le bras vers une étagère et y prit un gobelet, qu'il remplit. Elle essaya de détourner les yeux, mais elle était encore en train de fixer ses épaules et son dos lorsqu'il se retourna.

— Bon footing ? fit-elle.

— Vous me l'avez déjà demandé.

— J'essayais d'être polie.

Elle se retint d'ajouter qu'en revanche il ignorait les bonnes manières !

— À vous entendre, on vous croirait nerveuse, dit-il, la regardant par-dessous ses longs cils.

Plutôt que de nier, elle le regarda sans fléchir.

— En fait, la situation me met... plutôt en porte à faux. Vous possédez la moitié de la propriété et j'aurais peut-être dû vous consulter avant de prendre des décisions. Hier soir, nous sommes restés sur une situation irrésolue, mais pour être honnête...

— C'est ça, soyons honnêtes avant tout, dit-il avec ironie.

— Vous n'avez pas pris contact avec moi, si ce n'est pour essayer de m'acheter, et je ne pensais pas que la gestion quotidienne du domaine vous intéresserait !

— Elle ne m'intéresse pas, en effet.

Un éclair de contrariété jaillit dans le regard bleu de Grace.

— Donc, vous avez décidé de créer des difficultés juste pour le plaisir ! répondit-elle.

Et elle s'empressa de détourner le regard. Le jeu de ses muscles sur son cou hâlé, alors qu'il avalait son café noir, suscitait en elle un trouble inédit.

— Donc, vous voulez que je valide ces projets ?

— Tout dépend du prix de votre coopération.

Elle avait levé les yeux vers lui, mais les baissa de nouveau, tandis que le rouge de la honte se répandait sur ses joues au souvenir de leur baiser.

— Vous êtes dure en affaires...

Elle laissa échapper un rire sonore.

— Qu'y a-t-il de drôle ? demanda Theo.

— Oh rien... On m'a souvent dit le contraire, c'est tout.

— C'est rassurant d'apprendre que vous avez vos faiblesses.

Grace se leva, ignorant l'éclat intrigué de son regard de jais. Se demandait-il comment tirer parti de son trouble ? Avait-il compris qu'elle aurait du mal à lui résister ?

— Nous avons des choses à discuter, dit Theo.

Comme s'il lui apprenait quelque chose ! Ils avaient à discuter, en effet, mais en ce qui la concernait, ce serait plus confortable de le faire lorsqu'il serait un peu moins dévêtu ! Elle n'aurait pas juré qu'il n'avait pas délibérément provoqué cette situation. En fait, elle le croyait capable de tout !

— J'ai des projets, ce matin, dit-elle.

Il parut sidéré, comme si personne ne lui avait jamais opposé une rebuffade. Ce qui était sans doute le cas.

— Des projets ?

— Je dois voir Nic, l'administrateur du domaine, pour aborder...

— Très bien, je vous accompagnerai.

Grace se raidit. Sa seule présence gâcherait son entretien décontracté autour d'un café avec Nic, qui ne la traitait pas avec condescendance, ni ne lui donnait le sentiment d'être incompétente, et ne la troublait en rien.

— Ce ne serait vraiment pas n...

À quoi bon perdre son temps ? Il gagnait déjà le seuil.

— Je peux vous rejoindre quand ? dit-il en consultant sa montre. Et quel est l'ordre du jour ?

— *L'ordre du jour* ? Ce n'est pas un conseil d'administration... juste un échange autour d'un café.

Theo esquissa un sourire bref et se passa la main sur la mâchoire, attirant le regard de Grace.

— Très bien. Je ne mettrai pas de cravate, alors.

Elle avait voulu qu'il s'intéresse au domaine, et maintenant que c'était le cas, la situation lui paraissait au fond encore plus préoccupante. Mais peut-être son antipathie l'empêchait-elle de voir les choses sous un jour positif, la rendait soupçonneuse même s'il n'y avait là rien à redouter ?

Elle décida d'adopter une approche plus positive, de saisir cette occasion de tempérer la négativité de Theo au sujet de son héritage, de faire appel à son côté sensible. Car enfin il devait avoir quelque affection pour les lieux qui l'avaient vu grandir, supposa-t-elle. Si seulement elle pouvait ranimer ces sentiments !

Appuyé au chambranle de la porte, Theo, qui avait perçu son air paniqué, passa de l'amusement à la curiosité, lorsqu'il la vit prendre un air résolu. Surpris par sa propre attitude, il se redressa. Il ne s'intéressait pas du tout à l'évolution des pensées de Grace, ni à ce qui la faisait vibrer ! Il avait déjà admis que leur attirance l'empêchait de rester totalement indifférent. Mais il n'irait pas au-delà.

Grace devança de peu Theo dans le bureau de Nic qui s'avança, la main tendue et un large sourire aux lèvres.

— *Nico ?* dit Theo, souriant lui aussi. Je pensais qu'il ne pouvait pas s'agir de toi... Le Nic que j'ai connu aurait mis la plus grande distance possible entre lui et cet endroit !

Nic serra la main qu'on lui tendait et répondit par un flot de paroles chaleureuses en italien, avant de repasser sans effort à l'anglais. Grace, bouche bée, regarda les deux anciens amis qui échangeaient une poignée de main et des claques viriles. Son indignation s'accrut – elle venait d'être reléguée dans le camp des outsiders.

— Oui, je voulais être une rock star. Mais tout change, Theo… les gens changent.

— Pas toujours, dit Theo, le visage soudain fermé.

— Quand mon père est tombé malade, je suis revenu. Au départ, pour donner un coup de main.

— Et tu es resté ?

Nic haussa les épaules, en un geste très méditerranéen.

— *Sí*. Puis, quand papa est mort, maman est rentrée en Angleterre pour être près de sa jumelle.

— Tu n'as pas été tenté de les rejoindre ?

— Salvatore m'a demandé d'accepter le job à titre permanent et… j'ai dit oui. Je me suis marié, j'ai eu un bébé… deux, en fait.

Theo, qui s'était raidi à la mention du prénom de son père, eut un sourire à cette annonce.

— Félicitations !

Puis son sourire s'effaça.

— Je suis navré, pour Luis.

— Papa avait des problèmes cardiaques depuis quelque temps.

— Désolé, je l'ignorais.

Grace jugea qu'il était temps de leur rappeler son existence.

— Vous vous connaissez, visiblement, dit-elle. Vous ne m'aviez jamais dit que… ?

Ces derniers mots s'adressaient à Nic, mais ce fut Theo qui l'interrompit.

— Quand vous avez mentionné « Nic », il ne m'est pas venu à l'esprit qu'il s'agissait de Nico, le fils de Luis, l'ancien administrateur du domaine, et mon ami d'enfance…

Il refoula un sentiment de culpabilité. Au loin, il lui avait été facile d'oublier ceux dont les vies seraient bouleversées quand le *palazzo* et le domaine changeraient de main. Mais sur place…

Il se ressaisit. Ce n'était pas une raison pour ne pas se débarrasser du passé ! Il y avait toutes les chances pour que les nouveaux propriétaires gardent Nic et tous les membres du personnel – en fait, il en avait fait une clause conditionnelle de la vente.

— Nous jouions beaucoup ensemble, Theo et moi, quand nous étions gamins, dit Nic. Je pourrais vous en raconter, des histoires...

— Surtout pas ! lâcha Theo, un sourire dans la voix.

C'était la première fois que Grace le voyait si joyeux, et ce sourire chaleureux la fit fondre !

— Mais n'oublie pas que moi aussi, je peux raconter des histoires, ajouta-t-il à l'adresse de Nic.

Perdue dans ses pensées, elle ne s'aperçut pas tout de suite qu'on lui avait tiré une chaise – un geste courtois de Nic, et non de Theo. Après une légère hésitation, elle se joignit aux deux hommes, mais se sentit vite exclue alors qu'ils commençaient à discuter, passant sans y penser de l'italien à l'anglais et inversement. Non parce qu'ils échangeaient des souvenirs. Il n'était question que des affaires du domaine.

Grace avait travaillé dur pour se familiariser avec ces sujets, mais une grande partie de leur discussion lui échappait. Si elle était certaine que Nic ne l'excluait pas délibérément, les motivations de Theo étaient moins claires, et elle avait du mal à lui accorder le bénéfice du doute.

S'il voulait lui donner le sentiment d'être une pièce rapportée, c'était réussi ! décida-t-elle, constatant avec rancune qu'il menait la discussion et – elle devait bien l'admettre – posait des questions très pointues.

Quelque peu affaissée sur son siège, une tasse de café au creux des mains, elle se redressa soudain en se rendant compte qu'elle *boudait* – un défaut dont elle s'était crue guérie.

Ce n'étaient pas eux qui étaient en cause, mais elle, et son sentiment d'infériorité persistant. Elle n'était peut-être pas aussi brillante que le reste de sa famille, mais elle ne manquait pas de cervelle pour autant !

Elle ne pouvait pas en vouloir à Nic d'être soulagé de s'entretenir avec quelqu'un qui le comprenait si bien, et Theo était sans doute ravi de la voir snobée. Tout comme elle l'avait été d'innombrables fois à table, en famille, quand la conversation prenait un tour très intellectuel ou politique. Elle entrait dans le jeu de Theo en se rétractant dans sa coquille !

— Vous voulez répéter ? demanda-t-elle. Je n'ai pas entièrement suivi...

Nic rougit et parut contrit. Pas Theo, mais cela n'avait rien d'une surprise : la culpabilité lui était étrangère !

— Désolé, Grace, dit Nic. Je rappelais que le mauvais temps a affecté la récolte des olives, l'an dernier, mais il y a grand espoir que celle de cette année soit exceptionnelle.

— Super ! Vous pourrez mettre ça en avant auprès des acheteurs potentiels, dit-elle en se tournant vers Theo. Nic vous a-t-il dit que nous avons un plan de développement ambitieux ? Plusieurs personnes ont manifesté leur intérêt.

— Bonne nouvelle, fit-il. Puisque nous vendons une affaire rentable, tout compte.

Une affaire rentable ? C'était nouveau. Elle avait eu l'impression que le domaine serait vendu à la découpe, au plus vite. Mais, sensible à la présence de Nic qui semblait mal à l'aise, elle ne défia pas Theo sur ce point, disant simplement :

— Pas « nous ». *Moi*, je ne vends pas.

S'obstinant à sourire jusqu'à en avoir mal aux joues, elle fut enchantée de sentir que ses paroles exaspéraient leur destinataire.

Lentement, elle se leva.

— Si vous voulez bien m'excuser... Je vous laisse rattraper le temps perdu.

Droite comme un I, elle leur tourna le dos et quitta la pièce.

Elle était incapable de déterminer ce que Theo pensait – et c'était sans doute tant mieux pour sa tranquillité d'esprit.

Pourtant, elle ne prenait pas vraiment les choses avec philosophie. Elle se sentait si frustrée qu'elle avait envie de hurler. Au lieu de ça, elle jura à mi-voix tandis qu'elle longeait le chemin bordé de cyprès et de chênes, descendant la pente rocailleuse vers la mer.

Elle fit plusieurs pauses dans sa route vers le croissant de sable bordé de vagues qui venaient heurter le rivage, brassant de menus cailloux dans leur va-et-vient incessant. Le médecin lui avait recommandé de marcher sans épargner sa cheville, mais sans doute pas autant que ça, pensa-t-elle en grimaçant de douleur alors qu'elle butait contre un rocher à demi ensablé. La chaleur allait croissant, mais elle avait appliqué avec soin son écran solaire habituel et ne craignait pas les coups de soleil. Elle ôta donc son chemisier en lin et s'assit sur le sable.

5

Le bruit des vagues apaisa ses sentiments tourmentés alors qu'elle était assise sur le rivage. Quand une vague vint lui chatouiller les orteils, elle réalisa que la marée avait commencé à monter.

Elle se leva et envoya son chemisier plié plus en hauteur, puis, les mains sur les hanches, elle embrassa du regard son environnement : les eaux turquoise, le sable clair... Elle en était venue à aimer ces lieux avec un attachement intense qui défiait la logique, mais elle n'avait pas, en revanche, le sentiment qu'ils lui appartenaient. Il faudrait bien plus que des mots couchés sur du papier pour que cela lui semble réel.

Et elle désirait tant que cela le soit ! Elle *voulait* se sentir chez elle ici. Comment Theo pouvait-il vouloir brader tout cela ?

En réalité, elle n'était copropriétaire que sur le papier, et l'apparition de Theo le lui avait bien fait comprendre. S'il avait rejeté le *palazzo* et tout ce qui s'y rattachait, il était ici *chez lui*. Pas elle. Le fait qu'il ne veuille pas du domaine paraissait sans importance pour ceux qui y vivaient et travaillaient. Son absence, le fait qu'il avait abandonné son père, semblaient oubliés et pardonnés.

Mais, contrairement à Nic et Marta, les autres employés ignoraient qu'il cherchait à vendre le domaine à leur détriment. Du moins, elle le supposait ; elle n'avait communiqué cette information à personne, et Theo n'était pas près de publier une annonce en pleine page.

Quelles que fussent les rumeurs, de toute évidence, son arrivée était bien perçue : un Ranieri aux commandes, quelle aubaine ! Sa venue avait tout changé. Comme Nic, les gens se tourneraient naturellement vers lui maintenant – mais elle saurait affronter ça.

Ce n'était pas comme si elle n'avait pas l'expérience d'être négligée. Les membres de sa famille n'étaient ni timides ni effacés. Quand ils pénétraient dans une pièce, ils devenaient aussitôt le centre de l'attention, et adoraient ça. Tandis que Grace évitait les regards, ce qui valait mieux, car dans certains domaines elle n'avait pas grand-chose à mettre en avant…

Elle émit un léger rire. Même si elle n'éprouvait pas de rancune parce qu'on l'excluait, cela l'amusait d'imaginer Theo entrant dans une pièce où les membres de sa famille étaient tout à leur capacité d'éblouir. Ce serait bon de les voir ignorés à leur tour, pour une fois. Car, si sa famille était brillante, Theo possédait cet indéfinissable je-ne-sais-quoi qui le rendait irrésistible !

Theo serait toujours à sa place, où qu'il aille. Elle était prête à parier qu'il n'avait jamais eu le sentiment, nulle part, d'être un étranger… C'était lui qui avait rejeté sa famille, et non l'inverse.

Pour la énième fois, elle se demanda à quelle motivation Salvatore avait bien pu obéir quand il lui avait légué la moitié de son domaine. Avait-il attendu qu'elle prenne les décisions auxquelles il n'avait pas su ou pas pu se résoudre ?

Elle laissa échapper un soupir, et remua dans l'eau les orteils de son pied lésé, allongea sa jambe pour l'examiner. L'hématome devenait plus apparent, mais sa cheville n'était presque plus enflée. Elle pouvait marcher encore un peu avant de prendre le chemin du retour.

Ce fut en revenant sur ses pas qu'elle se rendit compte qu'elle s'était beaucoup éloignée du rivage. Elle n'avait jamais encore exploré ce secteur. Elle regarda la curieuse formation rocheuse qui se trouvait sur sa droite et, curieuse, se dirigea vers l'endroit où la saillie rocheuse semblait surgir de la mer. Cette formation éveilla dans sa mémoire les propos de Salvatore… Il lui avait décrit une grotte – un lieu magique où l'on pouvait pénétrer à marée basse et dont la voûte cristalline se parait d'un vert luminescent lorsque les eaux s'y engageaient.

Elle longea la formation rocheuse, atteignant l'endroit où elle se fendait, révélant un passage en forme d'arc, tel que Salvatore le lui avait décrit. Les eaux, ici, n'étaient qu'à hauteur de cheville, alors, il n'y avait sans doute aucun risque à jeter un coup d'œil à l'intérieur. Elle explorerait les lieux lorsque la mer se serait retirée.

Theo ne s'attarda pas longtemps après le départ de Grace. Sa conversation avec son vieux complice l'avait agité. Nico appartenait à une autre vie – celle qu'il avait laissée derrière lui. Pourtant, c'était avec une facilité étonnante qu'ils avaient repris le fil de leur amitié, comme si les années écoulées ne comptaient pas.

Mais ce n'était pas ce qui occupait ses pensées… L'air blessé de Grace le souciait beaucoup plus. Pourquoi ? Ne voulait-il pas qu'elle se sente de trop, ici ? Le plan était de l'isoler, de lui rendre la vie difficile !

L'expression qu'il lui avait vue lui rappelait un garçon, au collège – celui qui ne s'était jamais intégré. Celui qu'on avait persécuté, jusqu'au moment où Theo avait fait savoir qu'il était sous sa protection.

Ce regard de Grace lui avait donné le sentiment d'être au nombre des persécuteurs.

Agacé par sa réaction irrationnelle, il prit le chemin de la falaise pour rentrer. Il devait contacter son bureau. La frustration s'était emparée de lui. Il n'avait rien à faire ici. Nul besoin de raviver les anciennes blessures.

Il crut d'abord entendre un oiseau, puis il réalisa que c'était la sonnerie d'un mobile. Au bout d'un instant, il en localisa la source : un petit tas de vêtements sur la plage. Plutôt que d'emprunter le sentier, il descendit la falaise à la force des muscles, retrouvant instinctivement les points d'appui mémorisés dans sa jeunesse.

Alors qu'il approchait du petit amas, le mobile se remit à sonner, sous le chemisier blanc et la paire de sandales abandonnés là. C'étaient ceux de Grace ! Il se rappelait la chemise, portée ample et ouverte. Sans elle, avec sa peau claire, elle attraperait un coup de soleil.

Il ramassa le vêtement d'une main tremblante et, sans réfléchir, le porta à son visage, humant le parfum qui imprégnait le tissu...

Lâchant un juron, il laissa tomber son bras et survola du regard le sable et la mer au-delà. Aucun signe de sa propriétaire. Puis, les yeux plissés, il repéra des empreintes de pas. Il y en avait peut-être d'autres que la marée, qui montait vite, avait effacées...

Quand le mobile se mit à biper, il jeta un œil à l'écran... et se figea.

J'imagine que tu as lu cet article infâme… ?

Suivait le nom d'un journal à sensation « spécialisé » dans les rumeurs calomnieuses.

Si tu avais prévu de venir à la cérémonie de remise de prix de ta sœur, la semaine prochaine, tu devrais peut-être annuler. C'est sa soirée, et…

Le reste du message n'était pas apparent, et tout disparut alors que Theo, songeur, fixait l'écran. Il n'avait pas lu l'article en question, mais il n'était pas difficile d'en deviner le thème : *Une jeune infirmière hérite la fortune de son patient âgé.*

Il serra les mâchoires. Cette fuite était signée Rollo, à n'en pas douter. Il s'imaginait sans doute que cette initiative servirait la cause de Theo.

Rollo avait franchi la ligne rouge ! S'il l'avait consulté, il aurait refusé d'aller jusque-là...

Sa mine s'assombrit tandis qu'il prenait conscience que, depuis son arrivée, son plan s'était modifié et redéfini dans son esprit. Cela le mettait mal à l'aise, tout comme le sentiment de culpabilité qui pointait en lui.

Il repassa dans son esprit le message qui, supposait-il, provenait d'un membre de la famille de Grace. À moins qu'il n'y eût des mots d'encouragement dans la suite du SMS, Grace n'allait apparemment pas bénéficier de beaucoup d'empathie et de soutien de la part de ses proches. Ce qui signifiait soit qu'elle les avait déjà mis dans l'embarras, soit qu'ils n'avaient pas de cœur.

Ou ni l'un ni l'autre, ajouta-t-il, réalisant qu'il se rendait coupable du genre de supputations qu'il réprouvait en général. Dans tous les cas, il semblait qu'elle n'avait personne sur lequel se reposer – ce qui aurait dû le réjouir plus que ce n'était le cas.

Il déambula vers l'endroit où il avait repéré les empreintes de pas, mais, déjà happées dans les tourbillons d'eau, elles disparaissaient tout comme... tout comme Grace avait disparu !

Il se figea, comprenant avec un temps de retard où il se trouvait. En un éclair, il avait ôté ses tennis et pataugeait dans l'eau, pressé d'atteindre le point où il pourrait plonger.

Peu après, il avait franchi l'arche familière et refait surface, se demandant s'il n'avait pas poussé l'instinct trop loin. Il explora l'intérieur de la caverne évocatrice d'une cathédrale, qui semblait éclairée par un vert profond, souterrain, réfléchi par les eaux.

Presque aussitôt, il la vit, assise telle une sirène sur un banc rocheux. Une sirène échouée... en short et petit débardeur moulant.

Son soulagement céda la place à une colère irrationnelle. Fendant l'eau, il la rejoignit.

Grace cilla, assaillie par un flot de paroles furieuses, en italien – une langue qu'elle comprenait mal en dépit de ses leçons récentes. Mais l'émotion exprimée par Theo se passait de traduction, en revanche.

— Salut ! dit-elle simplement.

C'était si stupide qu'elle se mit à rire, la tension et la peur des instants écoulés se dissipant pour accueillir une étrange euphorie.

La rapidité de la montée des eaux lorsqu'elle était sortie de sa contemplation émerveillée l'avait secouée, mais elle n'avait pas paniqué. Elle avait échappé à l'attraction du courant qui l'entraînait plus profondément dans la grotte en se hissant sur la saillie rocheuse qui courait le long de la paroi. Bien sûr, elle avait vite compris qu'il aurait mieux valu qu'elle panique et gagne la sortie à la nage avant que les eaux tourbillonnantes n'atteignent une hauteur inquiétante. Maintenant, vu la puissance du courant, il était peu probable qu'elle puisse atteindre l'arche qui donnait sur la pleine mer.

Lorsque Theo fit son apparition, elle venait presque de décider que son seul espoir était de tenter de gagner l'ouverture à la nage avant que la marée montante l'ait recouverte.

— Vous trouvez ça drôle ?

— Pas du tout ! dit-elle, un peu penaude.

Il ne parut guère apaisé, mais s'efforça de se dominer, et quand il reprit la parole, ce fut avec un calme délibéré.

— Savez-vous nager ?

— Oui, bien sûr, sinon...

Elle ne serait déjà plus de ce monde.

— Je ne suis pas une grande nageuse, mais je ne coule pas... enfin, pas tout de suite, admit-elle.

Theo s'éclaircit la gorge et retint les paroles qui lui brûlaient les lèvres. Il aurait tout le temps plus tard de lui dire ce qu'il pensait. Là, il devait se concentrer sur le problème en cours.

— Bon, vous ferez ce que vous pourrez. Sortons d'ici !

Il regarda par-dessus son épaule en direction de l'issue, qui s'était encore amenuisée tandis qu'il gâchait de précieuses secondes à regarder ses petits seins aux pointes marquées, apparents sous le tissu mouillé qui adhérait à sa peau. Il l'invita à se joindre à lui d'un geste pressant et impérieux.

Les mains plaquées contre la surface rocheuse, sur le point de se laisser descendre dans l'eau, elle marqua un arrêt.

— Au fait… vous nagez bien ?

Sa question était idiote. Theo faisait tout bien. Et, en l'occurrence, tant de perfection était rassurante.

— Je nage *très* bien, souligna-t-il sans fausse modestie, lui offrant sa main pour la soutenir alors qu'elle se laissait tomber dans l'eau, consciente de trembler de tous ses membres.

— Parfait. Restez tout près de moi !

— Oui…

Elle but la tasse, et recracha un peu d'eau salée. Surtout ne pas paniquer…

Quelques instants plus tard, elle était rassurée. Non, elle ne se noierait pas, elle en était certaine. Theo n'avait pas exagéré ses talents de nageur, même lorsqu'il lutta pour leur faire franchir l'arche, alors que leurs têtes étaient dangereusement proches de la voûte rocheuse.

Il l'entraîna vers le large après l'avoir fait basculer sur le dos, lui enveloppa la taille d'un bras puissant et se propulsant avec force alors que les eaux allaient se refermer sur l'issue.

— Vous pouvez ouvrir les yeux, maintenant.

Grace obéit et battit des cils, étourdie, découvrant le ciel au-dessus d'eux – un ciel bleu qu'elle avait bien cru ne jamais revoir. Tournant la tête, elle découvrit le beau visage de son sauveteur.

— Merci.

Theo oublia son envie de l'étrangler alors que ses yeux bleus rencontraient les siens, brillants de gratitude.

— Vous n'avez pas paniqué. Bravo !

— Mon Dieu, ne soyez pas gentil avec moi, ou je vais me mettre à pleurer.

— Vous pleurez déjà.

— Pas du tout ! protesta-t-elle – avant qu'une vague déferle par-dessus sa tête, la faisant cracher de nouveau.

— J'adorerais poursuivre cette conversation, mais nous devons nous éloigner, sinon la marée nous ramènera dans la grotte.

Grace réalisa que le passage était maintenant tout à fait submergé. Elle acquiesça. Mais le rivage semblait si loin !

— Faites ce que vous pourrez, je me charge du reste, dit-il.

Après ce qu'il lui parut une éternité, ils atteignirent le rivage

— Vous pouvez vous mettre en position debout, maintenant.

— Pour vous, c'est facile à dire ! marmonna-t-elle, cherchant à prendre pied sur le fond sablonneux, et luttant pour garder la tête hors de l'eau.

En voyant sa pâle chevelure flotter autour de son visage, alors qu'elle se maintenait à flot tant bien que mal et trouvait même le moyen de plaisanter, Theo sentit un changement indéfinissable s'opérer en lui.

Elle aurait eu le droit d'en faire tout un drame, mais elle plaisantait, au contraire. Quoi qu'elle puisse être par ailleurs, Grace n'était pas lâche. Ni du genre à faire du cinéma.

Grace avait les jambes flageolantes alors qu'elle progressait vers la bande de sable, beaucoup plus étroite que la dernière fois qu'elle l'avait vue. Quand l'eau fut à hauteur de ses genoux, elle s'immobilisa, respirant avec difficulté, et ramena ses mains tremblantes vers ses cheveux dégoulinants.

En tournant la tête, elle s'aperçut que Theo la fixait. Son regard lui fit prendre conscience que ses vêtements mouillés lui collaient à la peau. Elle lutta contre l'envie de replier les bras autour d'elle et, au lieu de ça, lui rendit son regard sans ciller.

Elle pouvait difficilement jouer les vierges effarouchées et lui dire de détourner les yeux. Il venait de lui sauver la vie ! Et si ses vêtements détrempés étaient révélateurs, ils l'étaient beaucoup moins qu'un bikini.

Se pouvait-il qu'elle soit contrariée... qu'il n'éprouve pas de désir pour elle ?

Troublée par cette révélation soudaine, elle faillit trébucher et se jeta sur le sable.

Theo la regarda faire un ou deux pas avant de s'écrouler de tout son long sur le sable, bras et jambes écartés. Pendant une seconde, il crut qu'elle s'était évanouie. Puis elle tourna la tête, révélant une joue maculée de sable, et commença à remuer ses membres souples, en éventail.

— Un ange de sable ! cria-t-elle en se renversant sur le dos et en renouvelant ses mouvements, son visage rieur tourné vers le ciel.

— Combien d'eau de mer avez-vous avalée ? demanda-t-il, amusé malgré lui.

Sa joie était si contagieuse !

Elle s'assit, ramena sous son menton ses genoux saupoudrés de sable et commença à essuyer les grains humides qui adhéraient à ses joues, ce qui ne fit qu'en mettre encore plus sur ses mains.

— Je me réjouis d'être encore vivante, dit-elle en levant les yeux vers l'interminable silhouette masculine plantée devant elle.

Elle avait conscience qu'elle avait dû paraître, et paraissait sans doute encore… complètement ridicule.

Aucun homme n'aurait dû être aussi divinement beau alors que son corps élancé dégoulinait d'eau, mais Theo réussissait ce tour de force. Elle pensa avec une sorte de désespoir qu'il était aussi sexy qu'un ange déchu… ou que Lucifer en personne.

— C'était spontané, dit-elle.

Elle eut un haussement d'épaules gêné avant de ramasser son chemisier abandonné. Le mouvement délogea son mobile, qui valsa sur le sable. Elle fit quelques pas et le ramassa, le serrant contre elle alors qu'elle se tournait vers Theo. Elle le surprit à la regarder d'un air impénétrable.

Pour combler le silence, et oublier le battement sourd de son propre cœur, elle se hâta de dire :

— C'est une chance que je l'aie laissé là, sinon, il serait fichu.

Dans l'esprit de Theo, les personnes qui ne voyaient que le bon côté des choses, même quand il n'y en avait aucun, se classaient en deux catégories : les imbéciles et les exaspérants. Il pouvait pardonner aux premiers. Quant aux seconds… Grace ne manquait pas d'intelligence, et en dépit du jugement qu'il portait sur elle, il se surprit à réprimer un sourire.

— C'est ce qui s'appelle de la prévoyance ! lâcha-t-il d'une voix traînante. Quand on va se noyer, il ne faut surtout pas oublier de préserver son mobile.

Grace fronça les sourcils, mais de toute évidence le cœur n'y était pas, alors qu'elle posait sur lui ses grands yeux bleus.

— Je sais que vous ne voulez pas en faire tout une histoire, mais vous m'avez bel et bien sauvé la vie.

— Mais si, faites-en toute une histoire ! l'encouragea Theo qui, en général, détestait les effusions de gratitude. Je suis déçu de voir que vous ne me traitez pas en héros !

— Je vous suis reconnaissante, mais n'exagérons tout de même pas !

Elle s'interrompit, et ses lèvres douces frémirent, tandis qu'elle chassait le sable à demi sec qui adhérait encore à ses bras. Elle avait frôlé la catastrophe de trop près pour continuer la comédie de la désinvolture. En dépit du soleil qui tapait dur, elle avait la chair de poule.

— Pouvez-vous marcher ? demanda-t-il, sa brusquerie masquant un élan d'inquiétude.

Mortifiée, Grace releva le menton.

— Bien sûr que je peux marcher ! répondit-elle, s'écartant de Theo d'un pas ferme en guise de démonstration.

Le pas était trop appuyé pour sa cheville lésée, mais elle retint une grimace de douleur. Ce mouvement ne l'avait pas suffisamment éloignée de la zone d'attraction du spécimen trop viril auquel elle était confrontée, mais c'était une amélioration.

— Je n'ai pas pour habitude de me montrer aussi imprudente, et je vous suis très reconnaissante...

— Mais vous ne voulez pas l'être, c'est ça ?

— C'est très embarrassant pour moi ! s'écria-t-elle, réagissant avec colère à son air moqueur. Je ne suis pas quelqu'un qui a besoin d'être secouru. Au contraire, je suis celle qui donne aux autres le sentiment qu'ils sont en sécurité !

Sa profonde frustration lui avait arraché ces paroles... qui furent suivies d'un silence tendu.

— Est-ce ce que vous avez fait pour Salvatore ?

Elle leva vers lui un regard interrogateur, mais ne put déchiffrer son expression.

— Je l'espère. Je crois que oui.

La question sortit presque malgré lui :

— Étiez-vous là quand il... ?

— Il n'était pas seul, dit-elle d'une voix contenue. Nous étions là, Marta et moi, quand il est parti.

Theo garda le silence, planté là, dissimulant ses sentiments sous un masque impassible. Il ressentait la douleur comme si un de ses nerfs venait d'être dénudé. Il venait de se mettre à nu, et se dit que c'était à cause de cet endroit qu'il détestait... et que son père avait tant aimé.

— Il n'est plus là.

Il avait parlé comme si cette réalité venait de le frapper à l'instant, et Grace éprouva malgré elle un élan de sympathie.

— Mais moi, je suis encore vivante... grâce à vous.

Il baissa les yeux vers elle comme s'il avait oublié sa présence.

— Nous devons rentrer au *palazzo*.

Elle se donnait l'air coriace, mais elle paraissait si fragile, pensa-t-il. Si vulnérable ! Il avait envie de... de...

Au lieu d'analyser ses sentiments, il grommela :

— *Dio*, vous avez vraiment besoin qu'on veille sur vous !

Elle redressa le menton.

— Je n'ai aucun besoin qu'on me ramène. Je suis tout à fait capable de me déplacer seule. Même si on prétend que lorsqu'on a sauvé la vie de quelqu'un, on en reste responsable, ne prenez pas ça trop à cœur. Je n'ai pas pour habitude de devoir être assistée.

Grace jugeait que cela valait la peine d'être souligné. N'avait-elle pas déjà toute une famille prête à régenter sa vie si elle la laissait faire ?

Theo lui octroya un sourire légèrement ironique.

— C'est vraiment ce qu'on prétend ?

— Peut-être ai-je mal compris, admit-elle.

— Vous ne rêviez pas d'être sauvée par un beau prince, j'imagine, quand vous étiez petite ?

Elle haussa les sourcils, tout en enfilant le chemisier qui, tout en frottant sur le sable adhérant à sa peau, lui apportait du moins un peu de protection contre le soleil de midi.

— *Beau !* Mince, vous avez une haute opinion de vous-même ! répliqua-t-elle.

Même si l'adjectif « beau » ne suffisait pas à le décrire, décida-t-elle, promenant son regard sur les contours réguliers de son visage plein de caractère, sur sa grande silhouette élancée. Un frisson la parcourut tandis qu'elle se remémorait la puissance du corps musclé qui l'avait soutenue, les emportant à travers les flots avec aisance et efficacité.

— Une chance que vous soyez là pour tenir mon ego en laisse ! lança-t-il.

Elle eut un rire bref. À son avis, l'ego de Theo était si bien cuirassé qu'il survivrait à tout.

— On nous a encouragées, ma sœur et moi, à aider les autres.

Theo se porta à sa hauteur alors qu'elle gagnait le chemin.

— Donc, vous avez une sœur ? dit-il avec nonchalance, même s'il connaissait la réponse grâce au petit dossier dont il avait pris connaissance.

Elle hocha la tête.

— Une sœur et deux frères.

Elle tressaillit alors que le mobile qu'elle tenait en main émettait un bip. Elle consulta l'écran machinalement, puis marqua un arrêt, en se mordillant la lèvre.

— Désolée, j'ai un message...

Il y avait trois messages et une série d'appels manqués.

En lisant le premier SMS, Grace eut un coup au cœur. Un journal à scandale avait publié l'histoire de l'héritage dans un article où se mêlaient faits réels, mensonges et insinuations scabreuses. Ses parents lui demandaient, dans ces circonstances, de ne pas venir à la cérémonie de remise de prix de sa sœur la semaine suivante. Sa présence serait « une distraction ».

Grace traduisit comme il convenait : une source de gêne. Mais elle pouvait comprendre leur point de vue.

Le deuxième message disait qu'un conseil familial tenu à la hâte avait résolu qu'il vaudrait mieux qu'elle vende, puis fasse avec l'argent obtenu une donation assez importante à un organisme de charité afin de compenser la mauvaise publicité. En d'autres termes, elle ne devait pas combattre le fait d'avoir été déclarée coupable par le tribunal de l'opinion publique !

Le dernier message la priait de ne pas s'inquiéter, ils avaient confié l'affaire à oncle Charlie – Sir Charles Taverner, avocat de la Couronne, qui œuvrait en justice pour les grands de ce monde et les célébrités. Il arrangerait tout pour elle.

Ils auraient été ravis de la voir, bien sûr, mais pour le moment il valait mieux qu'elle reste où elle était en attendant que les choses se calment, car deux chaînes d'information avaient déjà repris l'histoire et déniché, allez savoir où, une photo d'elle en bikini...

Horreur, un *bikini*... ! Voilà qui faisait d'elle à n'en pas douter une authentique catin ! pensa-t-elle avec un humour féroce.

Un bref post-scriptum lui signalait qu'elle aurait peut-être intérêt à se protéger, ce qui la poussa à regarder derrière elle avec nervosité.

Theo l'observait tandis qu'elle faisait défiler les messages, le visage à demi dissimulé par sa chevelure. S'il ne pouvait pas voir les émotions qui s'y succédaient, son langage corporel était éloquent : la crispation de ses épaules, et des doigts de sa main libre, révélait qu'elle n'apprenait pas de bonnes nouvelles.

— Il y a un problème ?

— Rien qui puisse vous intéresser, répondit-elle.

Puis elle se demanda si le fait que sa réputation soit entachée aiderait Theo à parvenir à ses fins. Elle l'ignorait, mais elle savait, en revanche, qu'elle se sentait vraiment mal à l'idée de voir sa vie exposée au public – quand bien même il n'en résulterait qu'un récit à mourir d'ennui.

— Si vous êtes contacté par un avocat qui prétend me représenter, ne le croyez pas, lui dit-elle d'un air sombre. Il ne parle pas en mon nom.

Ses parents, qui s'étaient montrés jusqu'ici peu portés à intervenir dans sa vie, étaient de toute évidence revenus à leur vraie nature face à la menace de scandale pesant sur leur nom. Dans le passé, Grace leur avait souvent cédé pour avoir une vie tranquille, réservant les actes de résistance pour ce qui comptait vraiment à ses yeux.

Et là, ça comptait vraiment pour elle.

— Est-ce probable ? demanda Theo.

— Oui.

— Ce monsieur n'est pas avocat ?

— Si, c'est un avocat très influent. Il est le meilleur ami de mes parents, et mon parrain. Cependant, même si je suis sûre qu'il vous dira des choses que vous avez envie d'entendre, il ne parlera pas en mon nom.

— Vous avez l'intention de faire valoir des choses que je ne veux pas entendre ?

— Oui… je veux dire, non. Mais je ne vendrai pas.

Grace décocha à Theo un regard en biais, s'attendant à ce qu'il réagisse. Mais il n'en fit rien. Il avait une expression…

Elle plissa le front, incapable de la déchiffrer.

6

— Vous n'êtes pas en bons termes avec vos proches ? Il est peut-être temps d'arrêter les frais et de les laisser tomber, dans ce cas.

Ces paroles interrompirent les pensées de Grace, qui dressait la liste des vérités bien senties qu'elle comptait délivrer au prochain rendez-vous familial.

— Arrêter les frais ? fit-elle. Il ne s'agit pas d'une transaction financière, mais de ma famille !

Theo haussa les épaules.

— Donc, c'est encore plus toxique.

— On ne se coupe pas des siens pour la seule raison qu'ils sont parfois impossibles. Les familles ont des désaccords, mais… J'aime ma famille, dit-elle d'un ton crispé, avant de laisser échapper un petit rire.

Il fronça les sourcils en entendant ce rire et, tandis qu'elle embrassait du regard son beau visage austère, imperturbable, elle vit qu'il n'avait rien compris.

— Si je les laissais faire, mes proches régenteraient ma vie. Ils *m'étoufferaient*. Ils sont beaux, talentueux, pas du tout comme moi. Ils sont plutôt comme vous ! acheva-t-elle.

Puis elle se reprocha d'avoir lâché cela, puisqu'il n'y avait pas la moindre chance qu'il comprenne.

— J'imagine que ce n'est pas un compliment, dit Theo.

Grace s'était remise à marcher pendant qu'ils parlaient, et alors qu'ils atteignaient le premier palier des jardins en terrasse, il remarqua qu'elle boitait.

— Je trouve inutile de maintenir des contacts avec des gens qui vous rendent malheureux, vous manipulent, transforment la vérité...

— Je ne peux pas croire que Salvatore vous ait manipulé ! s'exclama-t-elle étourdiment.

Il s'immobilisa, les traits figés.

— Nous ne parlons pas de ma famille, mais de la vôtre !

Le haussement de sourcils ironique de Grace le fit grincer des dents, mais ce fut l'expression avisée, pleine d'empathie de son regard bleu qui ranima sa colère.

— Nous ferions peut-être mieux de ne pas parler du tout, dit-elle d'une voix contenue.

Elle dit cela par-dessus son épaule alors qu'elle recommençait à avancer – en boitillant, nota-t-il, les yeux plissés. Il ne mit que quelques secondes à la devancer.

— Vous vous êtes encore fait mal au pied ?

Grace, tendue, tenta de le contourner. Il l'imita. Elle s'arrêta.

— Non, c'est l'autre, dit-elle, consciente d'avoir l'air maladroite. Ce n'est rien, en fait... Il y a du sable dans ma sandale et ça m'incommode.

Elle souleva son pied endolori. Il soupira, semblant à la fois ennuyé et exaspéré.

— Alors, il faudrait ôter ce sable.

Puérilement, elle voulut s'y opposer. Mais sa suggestion était frappée au coin du bon sens.

— Inutile de m'attendre, dit-elle en s'asseyant sur un gros rocher, tout en prenant garde de ne pas écraser les plantes alpines aux fleurs orangées qui y grimpaient. Je vous rattraperai.

Elle avait replié une jambe pour déboucler la bride lorsqu'il s'accroupit près d'elle. Alarmée, alors que son visage hâlé était soudain à hauteur du sien, elle se demanda comment il faisait pour paraître toujours si élégant, quelles que soient les circonstances.

Au bout d'un moment, réagissant à son geste impérieux et impatienté, elle consentit à allonger le pied vers lui. Immobile, inspirant par petites bouffées, elle le laissa lui ôter la sandale, qu'il tenait par le talon. Il l'abandonna à terre, puis saisit son pied et le tourna délicatement d'un côté puis de l'autre, repérant la zone enflammée sous la légère croûte de sable encore un peu humide.

Avec une douceur infinie, il ôta le sable, révélant une petite ampoule en dessous de la malléole ainsi qu'une zone rouge sur la veine bleu pâle.

Sa tâche terminée, il ne lâcha pas son pied, et Grace ne songea pas à le retirer. En proie à une sensation étrange, elle rêvait à demi, tandis que les longs doigts de Theo effleuraient l'ossature délicate de son pied, presque comme s'il cherchait à la mémoriser.

Le souffle entrecoupé, elle fixait sa chevelure brune, sûre que si elle avait glissé les mains dans les abondantes mèches noires et soyeuses elle aurait senti qu'elles demeuraient humides à la racine.

Elle avait presque esquissé ce geste sans vraiment en avoir conscience lorsque Theo relâcha brusquement son pied, ramassa la sandale et la lui tendit.

Comme délivrée d'un ensorcellement, Grace recouvra la faculté de respirer normalement, et lui prit la sandale des mains, un instinct protecteur la poussant à éviter ses doigts virils.

— J'ai des pansements pour ampoules, dans ma chambre, dit-elle bêtement en se rechaussant.

Elle se hâta d'ajouter, de crainte qu'il s'imagine qu'elle quêtait son aide :

— Je suis la reine des pansements... Ce qui se comprend, pour une infirmière...

Elle se débrouilla pour se lever sans aide, faisant mine de ne pas voir la main tendue vers elle – que son propriétaire laissa vite retomber, tout en continuant à la regarder.

— Vous n'attendez pas que je vous porte, j'espère ?

Les yeux à demi voilés par ses paupières, il regarda ses formes minces et souples moulées par les vêtements humides, et commit l'erreur de se remémorer sa chaleur et sa douceur lorsqu'il l'avait tenue dans ses bras. Une scène surgit dans son esprit où, au lieu d'essuyer seulement son pied élégant, il ôtait le sable de tout son corps, caressant sa peau douce et chaude...

Il se leva d'un bond. Hélas, il n'y avait pas de douche froide accessible pour calmer le feu qui durcissait certaine partie de son anatomie !

— Je peux me débrouiller seule, rétorqua Grace, adressant sa réplique dans le vide.

Mais elle rencontra pourtant ses yeux noirs, et... sentit un frisson courir dans tout son corps.

Ce ne fut pas l'une des équipes de recherche que Marta avait envoyées qui les trouva, mais Marta elle-même. Elle écouta le récit de l'épisode de la grotte, livré par Theo, avec une expression horrifiée.

Grace suivit l'échange sans réagir, en foudroyant Theo du regard. S'il avait minimisé son propre héroïsme, il avait nettement accentué, en revanche, la sottise de son comportement !

Livide, la gouvernante la prit par le bras, et Grace se sentit coupable.

— Laissez-moi...

— Je vais bien, insista Grace.

Aucun des quatre membres du personnel qui venaient d'apparaître à leurs côtés et écoutaient à présent ses protestations ne la crut. Quand on l'eut raccompagnée affectueusement dans le *palazzo* comme si elle était aussi fragile que du verre, Theo s'était éclipsé par la double porte qui menait à la cuisine et ses dépendances.

Elle lui en voulut.

C'était par curiosité gratuite que Theo avait pris l'appel, du moins voulut-il s'en convaincre. Son interlocuteur était courtois, chaleureux et plein d'esprit - sans doute pour l'amener, lui, auquel on s'adressait avec tant d'onctuosité, à baisser sa garde avant que le véritable sujet de la conversation soit abordé.

— Grace est une charmante jeune femme, et je dois reconnaître un intérêt personnel, en l'occurrence. Elle est ma filleule préférée, mais elle est têtue... il faut savoir la prendre...

Sans trop savoir pourquoi, Theo interrompit ce flot de confidences.

— Grace vous a-t-elle désigné comme porte-parole ? Vous parlez en son nom ?

— Pas précisément. Mais sa famille... Voyez-vous, mon cher, nous voulons tous les deux la même chose dans cette affaire. Et si nous pouvions nous entendre...

Indigné par ce ton de conspirateur, Theo se raidit.

— La réponse est non. J'avoue, Sir Charles, que je vous trouve... non professionnel.

Il y eut un reniflement indigné à l'autre bout du fil, mais quand l'avocat reprit la parole, Theo y perçut une note défensive qui était nouvelle.

— Nous... Sa famille... m'a demandé de veiller sur les intérêts de Grace.

— Vous avez un avantage sur moi, dit Theo. Je ne connais pas Grace. Mais à en juger par ce que j'ai vu jusqu'ici, il ne me semble pas qu'elle ait besoin qu'on veille sur ses intérêts. C'est une femme dotée de remarquables capacités.

Même si elle collectionne les accidents et est exaspérante, ajouta-t-il en son for intérieur.

— Oui, bien sûr. Mais...

— Désolé, j'ai un autre appel. N'hésitez pas à prendre contact avec ma secrétaire quand vous voudrez.

Le mobile de Theo sonna presque aussitôt après qu'il eut raccroché. C'était Loren, sa secrétaire, ce qui le fit sourire.

— Vous allez sûrement vous mettre en colère et hurler...

— Je ne hurle jamais.

— Vous hurlez sans bruit, prétendit-elle. Écoutez, vous m'aviez demandé de vous libérer du temps, et je l'ai fait, mais j'ai négligé quelque chose, désolée. Je sais que c'est purement amical, mais comme vous avez annulé les dernières fois, et...

— Ah, zut ! Leonard !

Leonard Morris, qui avait refusé un titre de chevalier de la Couronne, était une légende. Theo s'était faufilé par ruse dans son bureau quand il était encore un gamin, avec de grandes idées et pas grand-chose de plus, et l'homme l'avait fait jeter dehors par son équipe de sécurité. Theo avait recommencé le lendemain, et si Leonard ne lui avait donné ni un job, ni un conseil, il ne l'avait pas mis à la porte non plus. Il lui avait proposé de jouer aux échecs. Leonard avait gagné, et Theo avait profité de cette expérience.

Il pensait avoir plus appris grâce à leurs parties d'échecs et leurs discussions que dans la meilleure des universités. Depuis, leurs parties étaient devenues bimensuelles. Autrefois, c'était Leonard qui libérait du temps pour Theo. Depuis que Leonard était à la retraite, Theo libérait du temps pour Leonard. Ce n'était pas pour faire sa BA. Il trouvait son aîné plus affûté que jamais, et espérait qu'un jour, avec de la chance, il serait dans la position de Leonard.

— N'annulez pas, dit-il à Loren.

Ce voyage lui donnerait l'occasion de dire de vive voix à Rollo qu'il avait largement outrepassé les limites en parlant à la presse !

Le nouveau dossier qu'il lui avait fait parvenir était dans son ordinateur, non ouvert. Theo ne cherchait pas à s'expliquer pourquoi il n'était pas pressé d'en prendre connaissance. Peut-être lui plaisait-il de croire que la vie réservait encore quelques surprises, songea-t-il, pensant à une paire d'yeux bleu cobalt.

Theo entra dans la bibliothèque.

— Vous êtes prête ?

Grace laissa tomber son livre.

— Je vous croyais parti !

Mais, sans bruit ni explication, voici qu'il était de retour… Elle l'observa à la dérobée. Il n'était pas vêtu pour aller au bureau, plutôt pour la plage, en bermuda de bain kaki et T-shirt noir qui révélait ses biceps impressionnants.

Elle sourit, tenta d'ignorer sa réaction physique. *Beau mec*, pensa-t-elle presque avec dédain. Et elle s'en voulut aussitôt. C'était un jugement facile, qui révélait l'émoi que Theo suscitait en elle, et rien d'autre. Elle savait bien qu'il ne se résumait pas à son physique de dieu grec.

— Je suis revenu, en effet. Je vous ai manqué ?

Grace, qui aurait aimé répondre qu'elle n'avait même pas remarqué son absence, lâcha un vague « Pff ! » sans croiser son regard viril.

— C'était… tranquille, disons. Prête pour quoi ?

Il la gratifia d'un sourire éblouissant.

— Pour la remise en selle.

— Je ne monte pas à cheval.

— C'est de la grotte que je parle.

Elle se crispa.

— Comment ça ?

— Vous avez peur, et il n'y a aucune honte à ça.

— Non, je n'ai pas peur ! soutint-elle en redressant le menton.

— J'ai eu un vol pénible. Un poivrot avait décidé qu'il voulait sortir de l'avion à trois mille pieds de haut. Voilà à quoi on s'expose quand on se soucie de l'empreinte carbone ! Par comparaison avec un jet privé, la première classe est très surfaite. Bref. Je pensais aller nager pour me détendre, et ça m'a rappelé la dernière occasion...

Il avait une expression neutre, ses paroles étaient anodines, mais la voix était suave, et elle en eut la chair de poule.

En réalité, lorsqu'il s'était éclipsé sans un mot, sans une explication, elle avait été bel et bien soulagée. C'était de ne pas savoir si ou quand il reviendrait qui l'avait tracassée, pas son absence. Pourtant, tout lui paraissait plus fade quand il n'était pas là.

Elle repoussa cette idée risible. Elle aimait être au calme, et, pendant ce temps, elle avait été fort tranquille et paisible. Vingt-quatre heures sans être sur les nerfs.

Quel ennui !

Elle ignora cette voix intérieure.

— Profitez bien de votre baignade, dit-elle avec un grand sourire.

— Vous avez résisté à l'attrait de la scène de crime, alors ?

— Je suis allée à la plage plusieurs fois sans m'éloigner du rivage.

— Vous devez affronter vos peurs.

— Je me passe de vos conseils. Si j'ai besoin de me faire examiner, j'ai un frère psychiatre.

— Fascinante famille...

Jusqu'à quel point, il le saurait, supposa-t-il, quand il trouverait le temps de lire le dossier de Rollo qui contenait, lui avait assuré le détective, des « infos croustillantes ». La mise au point en règle que Theo avait jugé bon de faire n'avait entamé en rien l'assurance exubérante du bonhomme.

Si Theo n'avait pas tout de suite établi le lien, il s'avisait à présent qu'il avait rencontré une fois la sœur de Grace. Elle lui avait paru à cette occasion nerveuse et déterminée – ce qui en soi n'avait rien de répréhensible –, mais aussi pas très sûre d'elle... Une insécurité qui la poussait à se mettre en avant. Avec le recul, il éprouvait plus de sympathie pour elle ; sur le moment, il avait été irrité de la voir parler plus fort que les autres, sans capter les signes discrets qu'on lui adressait.

Il devait être difficile d'avoir une sœur comme Grace, qui était non seulement belle, mais aussi naturelle et dotée d'un charme fantasque et d'une vivacité d'esprit rares.

— *Fascinante*, répéta Grace d'un ton caustique, peu soucieuse visiblement de déployer le charme en question.

— Écoutez, je maintiens mon offre, dit-il. Venez explorer la grotte, et elle ne sera plus l'endroit effrayant qu'elle est devenue pour vous. Nous sommes à marée basse et il n'y a aucun danger. Nous pouvons aller faire un tour puis ressortir, et ce sera réglé.

— Serait-ce un piège ? Pourquoi êtes-vous si gentil ?

— N'exagérons rien !

Il se remémora la partie d'échecs de la veille, qu'il avait perdue. Quand il avait dit qu'il ne savait pas très bien pourquoi, Leonard lui avait demandé s'il voulait en avoir le cœur net. Amusé, il avait répondu oui.

— Je n'ai pas peur d'entendre mes quatre vérités, avait-il lancé.

— Tu as tendance à arrêter une position avant d'examiner les repères, lui avait dit Leonard. Cette inflexibilité te rend vulnérable, Theo. Tu rates des occasions.

Il savait que le vieil homme ne pouvait pas lire ses pensées, mais parfois cela semblait bel et bien possible ! Eh bien, il se garderait de juger Grace. Il apprendrait à la connaître...

— Ce ne sera pas profond ? demanda-t-elle.

— J'ai eu peur de certaines choses dans ma vie. Croyez-moi, il vaut mieux affronter ses démons et apprendre à en rire.

Une demi-heure plus tard, Grace était sur la plage, tremblante comme si la température était descendue au-dessous de zéro alors qu'il faisait vingt-trois degrés. Elle ne savait pas trop pourquoi elle avait accepté... Elle apprécia d'être distraite de ses idées lorsque Theo enleva son T-shirt, révélant la splendeur de son ventre plat et de son torse bronzé.

— C'est le premier pas qui est le plus difficile, dit-il.

Elle se cramponnait à sa main virile, et ne savait vraiment pas pourquoi ni comment ça s'était fait. Les vaguelettes qui lui effleuraient maintenant les chevilles étaient tièdes sur sa peau nue. Puis l'eau monta un peu, et elle se tendit.

— Joli maillot, observa Theo.

Son maillot était noir, très échancré sur les cuisses, avec un décolleté plongeant devant et dans le dos. Elle avait une poitrine si menue qu'elle n'osait pas porter des deux-pièces. En tout cas, le compliment lui faisait oublier sa crainte.

— Vous vous en sortez très bien.

Elle sourit et cessa de regarder à ses pieds.

— Oui... mais oui ! approuva-t-elle. Merci.

S'il avait un motif caché, elle s'en moquait. Il lui rendait un grand service, et elle n'avait pas un tempérament rancunier.

Elle lui relâcha la main alors qu'ils entraient dans la grotte.

— C'est si beau ! souffla-t-elle en regardant autour d'elle.

Les images cauchemardesques qu'elle gardait en tête commençaient à s'effacer.

— On a envie de chuchoter, reprit-elle. Comme dans une église.

— Donc, ce n'est pas si effrayant ? s'enquit Theo.

Il vit son air émerveillé tandis qu'elle renversait la tête et pivotait sur elle-même, sa chevelure blonde cascadant dans son dos. Il sentit s'effacer les années, et vit les lieux d'un œil neuf à travers le regard de Grace, se remémorant qu'il avait éprouvé la même chose qu'elle, auparavant.

— C'est mieux que beau, c'est impressionnant, dit-elle en lui adressant un sourire radieux. Vous m'avez sauvée deux fois !

Son air chaleureux, son expression de gratitude tandis qu'elle lui souriait lui coupèrent le souffle. Elle ne parut pas remarquer son soupir étranglé alors qu'elle promenait le regard autour d'elle, cherchant à se repérer. Il savait que ses souvenirs étaient altérés par la peur.

— C'est là-haut que j'étais assise ? demanda-t-elle, levant les yeux vers la saillie rocheuse où elle avait trouvé refuge. La marée est…

S'interrompant, elle jeta un coup d'œil apeuré vers l'arche en pierre de l'entrée.

— Nous sommes tout à fait en sécurité, dit-il.

Elle acquiesça et, d'instinct, se rapprocha de lui.

— Tout paraît si différent ! Je vous suis reconnaissante, vous savez. Je suis très heureuse que vous ayez été là et ne m'ayez pas laissée.

Theo se figea.

— C'est comme ça que vous me voyez ? Comme quelqu'un qui s'en va ?

Consciente d'avoir touché une corde sensible, elle répondit d'une voix égale :

— Je ne vous connais pas assez pour porter un quelconque jugement. Je ne sais pas qui vous êtes. Mais je suis *sûre* que sans vous je ne serais plus là. C'est tout ce que je voulais dire. Je ne suis pas aussi téméraire, d'habitude.

Les traits de Theo parurent un peu moins crispés.

— C'était mon terrain de jeux dans mon enfance, dit-il, son geste ample englobant la voûte lumineuse, au-dessus d'eux. Vous n'êtes pas la première à avoir été surprise ici par la marée. Il y a eu, paraît-il, une équipe de journalistes qui s'en est tirée de justesse, dans les années 1980. Ils ont perdu une fortune en matériel. La nature ne s'adapte pas aux humains, c'est à eux de s'adapter à elle.

Grace hocha la tête, et se demanda si elle voyait le *vrai* Theo. Elle baissa les yeux, mais non pas sa garde. Voir ce qu'elle voulait voir, et non la réalité, était un piège dans lequel elle ne tomberait pas.

— J'ai été négligente, dit-elle. C'était stupide.

Et il aurait été encore plus stupide de croire qu'il ne fallait pas se fier aux apparences en ce qui concernait Theo, ou qu'elle était dotée d'une sorte de sixième sens. Plus d'une femme avait cru être la seule à voir ce qu'il y avait de bon chez un mauvais garçon, et s'être persuadée qu'elle le changerait...

— Ne vous flagellez pas, lui dit-il.

Bon conseil, pensa Grace.

Une vague vint échouer à ses pieds, et elle frissonna.

— On ne devrait pas revenir sur nos pas ? demanda-t-elle, un peu inquiète, soudain.

— Vous êtes en sécurité avec moi.

Le plus fou, réalisa-t-elle en méditant ces paroles, était qu'elle y croyait. En ce moment, Theo lui donnait le sentiment d'être protégée. Et pourtant, c'était l'homme le plus dangereux qu'elle eût jamais rencontré. Comme Theo lui-même, les sentiments qu'elle éprouvait étaient contradictoires.

Ils revinrent vers la plage sans mot dire – un silence qui, sans être confortable, n'était pas non plus gênant. Pour une fois, Theo ne la provoquait pas. Il semblait perdu dans ses pensées.

— Nous devrions peut-être parler, dit-il tout à coup. Au dîner, par exemple.

Elle se tendit. L'offensive de charme semblait terminée.

— De quoi ?

— De notre situation. Rien ne nous contraint à une guerre d'usure, vous savez.

Elle le considéra avec circonspection.

— Vraiment ?

— Il doit bien y avoir un terrain d'entente, commença-t-il, prudent.

Theo ne fut pas surpris de la voir déroutée. Il n'était pas sûr lui-même de ce qu'il suggérait. Dans son esprit, tout compromis équivalait à de la faiblesse. Envisageait-il pourtant un compromis ?

S'était-il adouci ? Ou cédait-il au pouvoir de ces yeux bleus maintenant cachés derrière des verres fumés ? Ou bien encore, se posait-il les mauvaises questions ?

Il n'y avait là rien de compliqué, pensa-t-il, irrité contre lui-même. C'était une affaire de libido, de désir. Il n'avait jamais eu envie d'une femme comme il avait envie de celle-ci. Et il n'avait pas seulement envie de coucher avec elle, il avait *besoin* d'elle. Une réalité qui s'était imposée à lui lorsqu'il était tombé sur une ancienne maîtresse à l'aéroport et s'était surpris à refuser de passer la nuit avec elle.

— J'étais chez moi ici, autrefois, dit-il en promenant les yeux sur le panorama qui réveillait des souvenirs, pas tous mauvais.

Était-il possible qu'il se soit mis à voir les lieux avec les yeux de Grace ? Il ignorait s'il serait capable de partager cet endroit avec elle, mais il savait qu'il voulait partager le même lit. Leur attirance était presque palpable, pourtant il semblait réticent à l'admettre – attitude étrange de sa part, lui qui était si franc, si carré d'ordinaire.

— Quand cela a-t-il changé ? demanda-t-elle.

Ses yeux de jais se posèrent sur elle, puis il haussa les épaules, lâchant brusquement :

— À la mort de ma mère.

Grace inspira profondément, et prit une décision. Il serait bon de sortir de l'impasse. D'autant qu'elle était maintenant immunisée – ou près de l'être – contre le sourire de Theo.

— Très bien, c'est d'accord pour le dîner.

L'éclat soudain de son regard viril lui noua l'estomac, mais cela s'effaça presque aussitôt, et il hocha la tête avec décontraction.

— À tout à l'heure, alors.

S'agissait-il d'une sorte de piège ? se demanda-t-elle en le regardant s'éloigner, sans pouvoir dompter son excitation. Si oui, elle y était tombée aveuglément. Cela l'éloignait tant de sa zone de confort qu'elle se serait sentie moins en danger sur la planète Mars que sur le chemin qu'elle empruntait.

Ce n'est qu'un dîner, lui souffla une voix intérieure.

Et, de tempérament réaliste, Grace l'écouta.

7

Grace avait choisi sa robe la plus sexy sans vraiment y penser. Une robe en soie bleu sarcelle légèrement pincée à la taille, avec une ceinture écharpe conçue pour dissimuler toute rondeur, bien qu'elle n'ait pas le moindre embonpoint à cacher. Elle rejeta en arrière ses cheveux tout juste séchés, les laissant retomber en cascade sur ses épaules et dans son dos. Il y avait une pointe de défi dans son expression quand elle examina son reflet dans le miroir en pied. Non, elle ne s'habillait pas pour Theo !

— Il ne s'agit pas d'un rendez-vous amoureux, déclara-t-elle à voix haute.

Ce qui était tant mieux. Elle n'avait jamais brillé en rendez-vous, par incapacité à capter l'ambiance, ou peut-être à comprendre les hommes, tout simplement. Elle s'était mise en frais pour George, avait cru qu'il avait de l'attirance pour elle, et il n'y avait qu'à voir où ça l'avait menée !

Elle refoula ces pensées, et se dit qu'avoir bonne apparence aidait à avoir confiance en soi. Elle lissa la robe, très contente de ce qu'elle voyait. Elle se sentait toujours bien dans cette toilette, qui donnait l'impression qu'elle avait des rondeurs aux hanches et faisait paraître ses jambes plus longues. La robe avait plus d'allure portée avec des talons, bien sûr, mais Grace opta pour une paire de sandales à bride avec de tout petits talons bobine, qui ménageraient sa cheville.

S'adressant un ultime regard critique, elle se figea soudain.

Pourquoi as-tu l'estomac tout noué, Grace ? Pourquoi te joins-tu à Theo pour le dîner ?

Parce qu'il l'avait invitée.

Ce qui en soi était étrange. Theo était, à son avis, plutôt du genre à lancer un ultimatum. Une vision de sa haute silhouette lui vint tout à coup, et son trouble redoubla.

Theo lui avait sauvé la vie, et il aurait été discourtois de ne pas accepter de partager son repas. Et aujourd'hui, il s'était montré moins conflictuel – moins *dangereux*.

Le mot lui traversa l'esprit à l'improviste, et elle frissonna. S'il y avait un moyen de sortir de l'impasse sans qu'elle ait à céder, elle ne voudrait pas que son attitude y fasse obstacle. Pour être honnête, si ses réactions viscérales envers Theo n'avaient été que négatives, cela n'aurait guère été un problème. Mais ce n'était pas le cas... À quoi bon prétendre qu'elle était insensible à sa virilité brute ? Un regard de lui avait l'effet d'une caresse. Et sa bouche sensuelle était si...

Elle baissa les yeux. Elle en faisait peut-être trop, avec cette robe ?

Elle rejeta cette idée. Peu importait ce qu'elle portait, il s'agissait d'écouter. Très circonspecte, elle était préparée à ne guère aimer ce qu'elle allait entendre. Et les intentions de Theo restaient un gros point d'interrogation. Mais il n'y avait qu'un moyen d'en avoir le cœur net.

Pour ne pas arriver en avance et paraître impatiente, elle prit un chemin détourné pour gagner du temps, et se retrouva devant le bureau de Salvatore. La porte en était entrebâillée.

Le portrait accroché au mur sembla la suivre du regard lorsqu'elle pénétra dans la pièce et gagna le bureau, où les documents qu'elle avait entrepris de trier au début de la semaine étaient encore organisés en piles. Elle passa la main dans le fauteuil de Salvatore, et eut une intense bouffée de tristesse à l'idée qu'il était parti, mais que ses papiers étaient toujours là.

Lorsque Marta lui avait suggéré de commencer à classer les documents, Grace avait été réticente. Elle ne voulait pas se montrer indiscrète. Mais cette requête était logique. Si Grace ne le faisait pas, qui s'en chargerait ?

Maintenant, son fils s'en occuperait peut-être. C'était une des questions qu'elle lui poserait, ce soir.

Elle s'assit, non pas dans le fauteuil de Salvatore, mais dans un autre plus petit, avec un dossier droit – le dos tourné au portrait et les coudes sur la table de travail. Elle jeta un coup d'œil à l'horloge, sur le mur opposé, et son coude glissa sur la surface cirée du bureau, provoquant la chute d'une pile. Les documents se dispersèrent sur le sol.

Lâchant un juron à voix basse, elle se leva, les rassembla et les replaça sur le bureau. C'est alors qu'elle ramassa un mince livre relié de cuir, d'où s'échappa une photographie, dont le papier brillant était terni à force d'avoir été manipulé.

Se renversant sur son fauteuil, elle la regarda. Quel âge Theo avait-il quand la photo avait été prise ? Huit ou neuf ans ? Il portait une chemise et une cravate, et la femme qu'il tenait par la main faisait signe à l'objectif. Theo, lui, regardait la femme. Sa mère.

Elle eut la gorge nouée en voyant l'expression de son visage enfantin. Elle ne parvenait pas à imaginer quel vide immense la perte d'une maman pouvait laisser dans la vie d'un petit garçon, surtout aussi jeune. C'était si injuste ! pensa-t-elle avec un profond soupir. Elle se plaignait de ses parents, mais elle avait beaucoup de chance de les avoir.

Comme elle prenait le livre pour y remettre la photo, il s'ouvrit sur une page couverte d'une fine écriture qu'elle reconnut d'emblée comme étant celle de Salvatore. Ce n'était pas un livre, mais un journal relié.

Elle marqua un arrêt, une phrase jaillissant sous ses yeux.

Ai-je fait ce qu'il fallait ?

Elle referma à demi le journal. Elle savait que Salvatore recourait à l'anglais dans ses courriers privés – ceux dont il ne voulait pas, sans doute, qu'un membre ou l'autre du personnel prenne connaissance.

Passant la main sur le cuir estampé, elle finit par rouvrir le carnet. *Juste un mot ou deux, pour voir*, pensa-t-elle, et elle ignora son sentiment de culpabilité alors qu'elle se penchait sur les pages.

Une demi-heure plus tard, elle parvenait à la fin du journal, qui s'achevait sur une série de pages blanches. Revenant à la première page, elle y vit les taches d'encre que ses larmes y avaient faites. Après un ultime regard à la photographie, elle la remit en place, le cœur gros, pensant à toutes les personnes impliquées dans le drame dont elle venait d'avoir un aperçu.

L'amour de Salvatore pour son fils jaillissait à chaque détour de phrase, tout comme son adoration pour son épouse, qui apparaissait sous le jour d'une femme fragile et détruite. Il était évident que Salvatore avait fait un choix qui l'avait tourmenté.

Avait-il eu raison ? De quel droit aurait-elle tranché, à tant d'années de distance ? Mais il était difficile de ne pas penser que s'il n'avait pas cherché à protéger son fils de la vérité les choses seraient peut-être différentes, aujourd'hui… Theo serait peut-être très différent.

— Que faites-vous là ?

Profondément absorbée par sa lecture, Grace avait oublié le lieu et l'heure, et elle sursauta. Consciente d'avoir l'air coupable, elle se tourna pour affronter la silhouette hostile qui s'encadrait sur le seuil.

Pendant un bref instant, les yeux de Theo se posèrent sur le portrait accroché au mur. Elle y lut une souffrance indicible – qui disparut presque aussitôt alors qu'il se tournait vers elle.

D'un geste instinctif, elle tenta de dissimuler le journal derrière son dos, maladroitement.

— Qu'est-ce que c'est que ça ? demanda-t-il, avançant dans la pièce avec la souplesse d'un fauve.

Il y avait, sous la compassion qu'elle éprouvait pour lui, quelque chose qui la poussait à des réactions irrationnelles – à moins qu'elle ne fût tout simplement trop sensible à son charme viril. Elle se força à sourire et se leva, en s'arrangeant pour mettre en désordre les documents d'un revers de main et dissimuler le journal dessous.

Comme Theo se portait en avant en lui décochant un regard de mépris, Grace sut, avec un coup au cœur, que sa manœuvre avait manqué d'habileté. Elle n'avait fait que retarder l'inévitable.

Les doigts bruns de Theo se posèrent avec une étrange précision sur le journal intime relié de cuir, dont il effleura du pouce les pages dorées sur tranche.

— Qu'est-ce que c'est ?

— Un journal, dit-elle.

— Un journal ?

Il regarda son visage qui avait pâli et parut se délester un peu de sa tension.

— Le vôtre ?

Il tendit le bras pour le lui rendre, mais son bras retomba lorsqu'elle secoua la tête.

— Celui… de votre père, souffla-t-elle.

— Et quelles preuves accablantes contient-il, *cara*, pour que vous teniez tant à me le cacher ? Qu'a donc écrit Salvatore à votre sujet ? demanda Theo.

Il avait presque baissé sa garde à cause de l'intérêt qu'éveillait en lui ce corps vêtu de soie. Il en avait à demi oublié que la femme dotée de ces grands yeux bleus et de ces courbes attirantes était celle qui avait conduit Salvatore – qui s'était pourtant prosterné sur l'autel de la famille et de l'héritage – à scinder en deux son domaine.

Quel pouvoir magique ! Il fallait un degré de séduction et de duplicité qu'il aurait été dangereux de négliger pour parvenir à ses fins. Certains hommes étaient aveuglés par leur libido. Pas lui.

Grace ferma brièvement les yeux et soupira.

— Il ne s'agit pas de moi. C'est un journal ancien, et je ne crois pas que vous devriez le lire, Theo, dit-elle d'un ton presque implorant.

— C'est ce que j'avais cru remarquer.

Elle poussa un long soupir, confrontée à l'inévitable, et alors qu'elle le regardait de ses grands yeux brillants de larmes, elle désigna la grande porte-fenêtre qui donnait sur la pelouse.

— Je vous attendrai dehors. Je resterai tout près.

Il ne répondit rien, se contentant d'un regard froid chargé de mépris. Déjà, il s'asseyait dans le fauteuil de son père.

8

La nuit était chaude, pourtant Grace frissonnait tandis qu'elle regardait le miroitement lointain de la mer. Elle était trop tendue pour que le murmure du vent dans les pins ait sur elle un effet apaisant. Agitée par une tension croissante, elle faisait les cent pas sur la pelouse avec une énergie tourmentée, tressaillant au moindre bruit, se retournant de temps à autre vers la façade illuminée du palais de conte de fées, se détachant sur le fond de ciel criblé d'étoiles qui lui donnait son nom – *Palazzo delle Stelline*.

Elle sursauta quand elle entendit un énorme fracas venu de l'intérieur de la pièce. Aussitôt, elle fit un pas, puis hésita. Theo la chasserait sans doute si elle intervenait, songea-t-elle avec un sourire triste.

Mais il était en train de faire une découverte bouleversante, et personne ne devait rester seul dans un tel moment – même quelqu'un comme Theo, qui paraissait si contenu et replié sur lui-même. Ce qui, à en juger par le nombre considérable de ses conquêtes, pouvait paraître étrange, mais cadrait avec le personnage, pourtant.

Eh bien, elle connaissait maintenant le secret bien gardé – elle savait ce qui avait provoqué la rupture entre le père et le fils, et c'était une histoire tragique.

Elle savait, après la lecture du journal, qu'elle n'était pas la seule, au palais, à être au courant de toute l'histoire. Mais tous avaient juré le silence. Que personne n'en ait soufflé mot après la mort de Salvatore donnait la mesure de la loyauté et du respect qu'on avait eus pour lui.

Sa douleur jaillissait de ses mots, lorsqu'il avait décrit le moment où il avait résolu de cacher la vérité. Ces mots-là, Grace ne les oublierait jamais.

Theo souffre. J'ai vu la haine dans son regard. J'ai voulu parler, me défendre, lui dire que jamais je ne tromperais sa mère, et puis j'ai réalisé ce que cela impliquait.

Mieux vaut qu'il me haïsse plutôt que de détester sa mère. Je n'ai pas pu la protéger de son vivant, mais je peux la protéger pendant sa mort. Un enfant ne peut pas comprendre qu'un parent est humain, qu'il a ses faiblesses.

Si seulement je m'étais rendu compte de ce qu'elle avait en tête...

Je ne peux pas prendre le risque que son mot d'adieu soit découvert après son suicide. Je vais le brûler.

J'ai demandé à Marta de ne jamais le mentionner. Je sais qu'elle se taira.

Instinctivement porté à préserver le souvenir de sa femme et son jeune fils, Salvatore avait menti par amour lorsque le jeune Theo – traumatisé après le suicide de sa mère – avait interprété à sa manière les bribes d'une conversation qu'il avait surprise.

« Elle ne supportait pas de vivre avec la honte de cette liaison. »

Il ne lui était pas un instant venu à l'idée que sa mère ait pu elle-même avoir une liaison. Le journal expliquait que cette femme fragile, qui n'avait pas été capable d'assister aux obsèques de son amant, un homme marié, avait sombré dans une spirale dépressive dont elle n'était jamais sortie.

Salvatore aurait pu dire la vérité, dans sa confrontation avec son jeune fils. Au lieu de cela, il avait choisi d'endosser le fardeau de la culpabilité.

Grace, le cœur gros, ne pouvait même pas imaginer ce que

Theo ressentait maintenant en découvrant les pensées de son père, et qu'il voyait s'effondrer les certitudes sur lesquelles il avait fondé sa vie d'adulte. Il devait se sentir à la dérive...

Elle continua à arpenter la pelouse, puis la porte-fenêtre finit par s'ouvrir. La main sur la poignée, Theo resta un instant immobile dans la lumière blanche, les rideaux soulevés par la brise ondulant derrière.

Puis il la vit, et marqua un arrêt avant de s'élancer en avant. Il sembla d'abord qu'il allait la dépasser mais, au dernier moment, il s'arrêta et se tourna vers elle. Son visage, si resplendissant d'habitude, avait pris une teinte grisâtre et ses traits étaient tendus.

Dans un moment comme celui-ci, il avait besoin d'une personne objective, non impliquée... Hélas, Grace ne se sentait pas objective du tout. Elle avait mal pour lui.

— Vous saviez ? demanda-t-il en une sorte de murmure rauque.

Depuis qu'elle avait quitté la pièce, il avait enlevé son veston. Ses cheveux bruns étaient en bataille comme s'il n'avait cessé d'y passer les doigts, et plusieurs boutons de sa chemise s'étaient défaits, révélant un triangle de peau hâlée.

— Non, pas avant tout à l'heure, quand j'ai lu ce que votre père a écrit. Mais Theo... je sais à quel point il vous aimait.

S'arrachant à la contemplation morose du ciel étoilé, il porta soudain la main à ses tempes et eut un rire qui sonnait comme du verre qui se brise.

— Bon, voilà qui rétablit les choses, ironisa-t-il amèrement. Je suis désolé...

— Inutile de vous excuser, lui dit-elle de sa voix la plus neutre, percevant, sous sa colère, la souffrance qu'il éprouvait.

— Je n'arrive pas à y croire. Pendant toutes ces années... Pourquoi a-t-il fait ça ? Je me suis tenu devant lui dans cette pièce quand j'étais gamin, et je lui ai dit que je le détestais. Je l'ai traité de... tous les noms ! Et il a tout encaissé sans rien dire. *Pourquoi* ?

Il émit un gémissement rauque de souffrance, presque comme un animal.

— Pourquoi n'a-t-il pas dit que c'était *elle* qui avait une liaison… que la honte était pour *elle* ? Elle devait le tromper depuis des années. Il *vivait* avec elle. Il savait qu'elle lui était infidèle. Et pourtant, il… Pourquoi m'a-t-il laissé dans l'erreur ?

Il secoua la tête, et elle vit qu'il luttait de toutes ses forces pour rester maître de lui, rassemblant ses forces avant de se tourner vers elle.

— Cela n'a rien à voir avec vous. Je suis désolé. Ce n'est pas votre problème…

— Salvatore en a fait mon problème lorsque, pour des raisons qui lui appartiennent – et que nous ne connaîtrons peut-être jamais – il m'a couchée sur son testament, lui rappela Grace d'une voix contenue.

— Vous n'avez eu aucun rôle dans le mensonge où j'ai vécu pendant la majeure partie de ma vie… en le détestant. Il avait raison, vous savez.

— Raison… ?

Theo crispa les mâchoires.

— Je l'aurais haïe, si j'avais su.

Il avait lancé ces mots presque comme un défi.

— Vous n'étiez qu'un enfant, Theo, dit-elle, peinée pour lui. Et votre mère n'allait pas bien.

— C'est comme ça que vous percevez le fait de tromper son mari ?

— Elle était amoureuse.

— Est-ce que vous la défendez ?

— Les parents sont des gens comme les autres… comme vous et moi. Ils ne sont pas parfaits. Je suis sûre que votre mère aimait aussi votre père, mais d'une autre façon. Et elle vous aimait, vous, ajouta Grace, tristement, en songeant à la femme tragique du portrait. J'imagine qu'on ne choisit pas de qui on s'éprend.

Theo la fixait avec une intensité difficile à supporter, mais elle ne détourna pas les yeux. Elle souffrait elle aussi, en essayant d'imaginer ce qu'il devait ressentir en ce moment.

— Elle ne l'aimait pas, et elle ne m'aimait pas non plus.

Il avait dit ces mots comme s'ils lui étaient arrachés contre sa volonté.

— Mais si ! s'écria-t-elle, faisant un pas en avant.

Après une hésitation, elle posa une main à plat sur son bras, maintint ce contact.

— J'ai vu les photos. Elle vous *adorait*. Et votre père... Eh bien, ils se sont peut-être éloignés l'un de l'autre, ou alors, elle était incapable de l'aimer comme il l'aimait. Ce sont des choses qui arrivent.

Quelque chose, dans son intonation, parut l'atteindre et le tirer de son humeur sombre, car il la regarda vivement.

— Cela vous est arrivé ?

Elle envisagea un mensonge. Mais elle décida que si, en se focalisant sur sa vie sentimentale en déroute, il oubliait un peu le chaos de la sienne, cela valait la peine de sacrifier son intimité. Elle hocha la tête.

— Je croyais qu'il m'aimait, mais ce n'était pas vrai... Il m'aimait... comme une sœur, mais pas comme une femme, ajouta-t-elle avec effort.

— Et maintenant ?

— Nous sommes amis. Il a épousé ma sœur.

— Et vous acceptez ça ? demanda-t-il d'un ton incrédule.

— Je n'ai pas tellement le choix.

— Quel salaud !

Elle eut un léger rire.

— Ce serait plus facile s'il l'était, admit-elle à regret, gênée d'avoir livré quelque chose d'aussi personnel. Mais George est vraiment charmant. Et elle est ma sœur. Ce n'est pas comme si je pouvais...

Elle s'interrompit, soudain mal à l'aise.

— Comme si vous pouviez vous couper d'elle, la sortir de votre vie ? C'est si facile que vous en seriez surprise, lâcha-t-il d'une voix traînante. Je sais de quoi je parle.

— Ce n'est pas ce que je voulais dire.

Theo dit abruptement :

— Salvatore... Mon père...

Il avait prononcé ce dernier mot comme s'il n'y avait pas eu recours depuis longtemps, même dans l'intimité de ses pensées.

— Il est mort, et je ne pourrai jamais plus parler avec lui... J'étais un enfant, mais maintenant... Il m'a privé de ce choix.

— Je sais, dit-elle, le cœur serré de le voir souffrir. Mais soyez sûr que votre père vous aimait.

Sa voix douce et calme semblait percer dans le maelström d'émotions où il devait être emporté. Elle continua :

— Et il savait qu'au fond de vous, vous l'aimiez. Je ne saurais juger le choix qu'il a fait. Je crois qu'il se tourmentait lui-même. Mais il pensait bien agir. Il s'est débattu avec ça, et au bout du compte, il n'a pas voulu ternir l'amour que vous aviez pour votre mère. Il a voulu préserver les souvenirs que vous en gardiez.

La main toujours posée sur son bras musclé, elle crut sentir qu'il se détendait un peu.

— Je comprends que vous soyez en colère.

— Vous *comprenez* ?

Elle tressaillit, tant il y avait mis de véhémence.

— Non, vous avez raison, je n'ai pas idée de ce que vous ressentez. Comment le pourrais-je ?

L'expression de Theo se radoucit un peu.

— Je n'en ai pas idée moi-même, admit-il, le regard errant vers la mer. Il est mort en me laissant croire qu'il avait tué ma mère... que la raison qui l'avait poussée à s'ôter la vie était l'infidélité qu'*il* lui avait faite.

Grace ne dit rien. Il ne s'attendait sans doute pas à ce qu'elle réponde.

— Quel effroyable gâchis !

— Vous l'aimez, n'est-ce pas ? dit-elle, sans avoir conscience d'avoir énoncé à voix haute sa découverte avant qu'il tourne vivement la tête.

— J'ai un ami gallois... Ils ont un mot pour ça : *hiraeth* – il n'a pas d'équivalent en anglais, reprit-il, le regard dirigé vers la ligne noire des montagnes enténébrées. Mais le sens est celui d'un appel... du désir ardent d'un lieu ou d'un sentiment perdu. Une nostalgie profonde... un mal du pays teinté de chagrin.

Grace avait les larmes aux yeux. Elle soupçonnait qu'il admettait pour la première fois, et s'avouait à lui-même, son lien émotionnel avec sa terre natale.

— Maintenant, vous êtes de retour chez vous, dit-elle doucement.

Chez lui, et non chez elle, se rappela-t-elle alors qu'il paraissait surpris par son commentaire, comme si cette idée-là ne l'avait pas traversé. Elle lui viendrait pourtant, elle en était sûre. Il n'en avait peut-être pas encore conscience, mais il n'y avait aucune raison pour qu'il continue à rejeter ce qui lui était dû.

Et quand elle serait partie – quand tout ceci ne serait plus qu'un souvenir et qu'elle aurait repris son cher métier d'infirmière – en viendrait-elle à ressentir un peu ce sentiment qu'il décrivait ? Cet... *hiraeth* ? Pouvait-on vraiment s'attacher si fortement à un lieu en un bref laps de temps ?

On tombait amoureux vite, du moins l'avait-elle entendu dire. Pour sa part, elle connaissait George depuis un an quand elle avait commencé à éprouver des sentiments forts pour lui.

Aujourd'hui, elle se demandait si ce qu'elle avait pris pour de l'amour ne consistait pas seulement à avoir apprécié quelqu'un qui l'écoutait avec intérêt. Comme elle venait d'une famille dont tous les membres étaient plus savants qu'elle, Grace était habituée à ce que son avis soit oblitéré dans les conversations. Le fait d'être sollicitée, écoutée, avait eu quelque chose de grisant.

Mais quand elle regardait George, elle n'avait jamais éprouvé l'élan sensuel qu'elle ressentait en regardant Theo.

— Nous n'avons pas mangé, dit-il.

Elle secoua la tête.

— J'avais oublié.

Le moment où elle s'était vêtue, consciente de vouloir faire impression sur Theo, et avait ressenti sans l'admettre ce frisson d'excitation si agréable, lui semblait remonter à si loin !

— Je n'ai pas vraiment faim.

Il n'insista pas. Il avait sans doute envie d'être seul. Il avait beaucoup de choses à assimiler.

— Bon, eh bien... bonne nuit, dit-elle, soudain incapable de rencontrer son regard.

Cela ne lui avait pas été facile, mais elle avait réussi à combattre sa puissante attirance pour ce bel homme ténébreux. Car la vulnérabilité qu'il recelait, même si elle l'avait juste entrevue, avait eu raison de toutes ses défenses.

— Je suis heureux que vous ayez été là pour lui pendant ses dernières semaines.

Theo parut aussi surpris de son propre commentaire qu'elle de l'entendre.

— Il n'a pas souffert, dit-elle dans l'espoir qu'il se sentirait mieux.

— C'est une bonne chose. Mais je voulais dire que... votre compagnie a dû adoucir ses derniers jours. Je suis content qu'il n'ait pas été seul.

Son regard viril, attiré par sa bouche frémissante, s'attarda sur le dessin de ses lèvres pulpeuses, et il éprouva un frisson de désir.

— J'ai apprécié sa compagnie – juste sa compagnie, souligna-t-elle en rougissant. Quoi qu'en disent les journaux à scandale. Je suppose que vous avez lu l'article ?

— Je ne lis pas ce genre de torchon, dit-il.

Les gens qu'il employait le faisaient pour lui – les gens qui, en l'occurrence, avaient fait fuiter cette histoire.

— Hélas, tout le monde ne suit pas votre exemple.

— Ils sont toujours de moins en moins nombreux, et aucun d'eux ne croit ce qu'il lit, dit-il, incapable de la regarder dans les yeux.

Grace sourit, appréciant qu'il essaie de la ménager.

— Si seulement c'était vrai !

Elle perdit le fil de ses pensées dès que leurs regards se rivèrent l'un à l'autre. On aurait dit qu'une force invisible l'avait happée dans sa zone d'attraction magnétique. Elle n'avait jamais rien ressenti de tel.

Il y eut comme une turbulence dans l'air alors que leur attirance incontrôlable, dans une flambée soudaine, atteignait l'incandescence.

Si seulement la vie était aussi simple que le désir ! pensa Theo. Il en entendait l'appel et, cette fois, ne résista pas. Il lui laissa libre cours. En regardant la bouche de Grace, il n'avait pas à réfléchir... il n'avait pas à se repérer dans le chaos d'émotions que la découverte du jour avait libérées.

Dans le laps de temps qu'il lui avait fallu pour lire ces pages manuscrites, tout ce à quoi Theo avait cru s'était dérobé. Il avait eu la sensation de marcher dans des sables mouvants. Des années durant, il avait pensé à son père avec une colère froide – qui était toujours présente. Il se sentait floué, et les premières morsures d'un sentiment de culpabilité surgissaient en lui.

Il serra les mâchoires.

Grace ne cherchait plus à rompre le contact visuel avec Theo, qui continuait à la fixer avec, dans le regard, une expression qui précipitait les battements de son cœur et faisait trembler ses jambes.

— Cela fait beaucoup de choses à assimiler, dit-elle, honteuse de formuler une telle platitude.

Mais lui fallait rompre la tension nouvelle qui vibrait entre eux.

— Demain, dit Theo. Je ne veux pas penser à ça ce soir.

Ce soir, il voulait se perdre dans le corps de Grace, s'abîmer dans l'expérience simple, étourdissante, du plaisir.

Grace avait la bouche sèche, le cœur emballé, lorsqu'elle leva vers Theo des yeux fiévreux.

— Que voulez-vous faire, ce soir ?

En entendant les mots qui sortaient de sa bouche et sa voix, presque méconnaissable, elle eut une bouffée de panique. Et si elle avait mal interprété la situation ?

— La même chose que toi.

— Tu ne sais pas ce que je veux, dit-elle.

Theo sourit et, avec douceur, enroula la main autour de sa nuque, puis se pencha pour poser sa bouche sur la sienne.

Il y avait quelque chose de désespéré, presque effrayant, dans son baiser. Brûlante de désir, Grace se laissa aller contre lui, puis noua les bras autour de son cou pour se lover plus étroitement contre son torse viril.

Il répondit à son assaut en approfondissant son baiser, jusqu'à faire naître en elle la sensation qu'il allait la dévorer. Puis sa main trouva un sein, enveloppa sa rondeur tout en donnant plus de douceur au baiser, qui finit par devenir un lent, un lancinant, un délicieux tourment.

À ce stade, Grace avait cessé d'avoir les idées claires. Seulement régie par son instinct, par son désir éperdu, elle s'abandonna. Ses genoux se dérobaient sous elle et pourtant elle avait la sensation de flotter dans l'espace...

Theo fit basculer sa tête en arrière et contempla son visage, ses yeux mi-clos au regard noyé, ses lèvres délicieuses entrouvertes contre sa bouche virile.

— Tu es parfaite, murmura-t-il, redessinant sans hâte la ligne de sa mâchoire, d'un geste qui tremblait un peu. J'ai besoin de toi. J'ai besoin de ça...

— Moi aussi, dit-elle, le souffle aussi chahuté que le sien.

Un éclair de satisfaction primitive jaillit dans son regard de jais, alors qu'il la soulevait dans ses bras. Elle ne protesta pas, se laissant emporter vers le palais illuminé.

9

— Ta chambre ou la mienne ? demanda-t-il alors que, la portant toujours, il ouvrait une porte latérale d'un coup d'épaule, puis empruntait un couloir éclairé par des appliques tamisées.

— La plus proche, souffla-t-elle.

— Donc, la tienne. J'ai envie de t'embrasser encore, mais si je le fais, nous n'atteindrons jamais ta chambre, et je n'aimerais pas que notre première fois ait lieu dans un escalier dérobé. Mais sache que je ne pense qu'à t'embrasser. Partout...

Quand ils atteignirent la chambre de Grace, Theo s'approcha du baldaquin et rabattit à la hâte la courtepointe avant d'allonger Grace sur le lit et de s'agenouiller près d'elle, lui encadrant le visage de ses mains.

— Et maintenant, dit-il, faisant pleuvoir des baisers le long de son cou, si nous en venions à ce que je t'ai promis, *cara*...

La tête renversée en arrière, cambrée, elle s'abandonna, les yeux clos, les poings serrés, tandis qu'il déposait une cascade de baisers sur son cou, remontait vers sa joue... Il marqua un léger arrêt en atteignant sa bouche et la regarda, puis s'empara de ses lèvres, les goûtant et taquinant à loisir, les happant avec sensualité, comme pour se repaître de sa saveur.

Grace s'enflamma de plus belle alors que la caresse s'accentuait, et plaqua les seins contre son torse tandis qu'ils roulaient sur eux-mêmes, enlacés, et que les mains de Theo se promenaient partout sur sa peau. Elle était en feu.

Elle émit un murmure de protestation quand il s'écarta. Posant sur elle un regard torride, il murmura :

— Laisse-moi faire...

Elle le regarda se débarrasser de sa chemise, qu'il envoya valser. Avec un soupir impatient, elle posa les mains sur son ventre plat, grisée par l'illusion d'avoir le contrôle en sentant les muscles se contracter. C'était une illusion, elle en avait conscience, car jamais elle ne s'était sentie aussi peu maîtresse du jeu. Une sensation merveilleuse...

— Tu es très beau, lui dit-elle d'une voix embrumée. Je parie qu'on te dit ça souvent...

Elle se souleva pour coller la bouche contre son ventre, laissa courir sa langue sur la chair nue. Puis elle souffla :

— Tu as un goût... de sel.

Elle allait renouveler son manège, mais une main lui empoigna doucement les cheveux pour l'en empêcher et, ignorant son murmure rauque de protestation, Theo la repoussa. Elle retomba sur le matelas, le souffle court. Il la chevaucha alors, les yeux braqués sur son visage empourpré.

— C'est mon tour, il me semble, dit-il, posant la main sur la soie bleue qui lui couvrait le ventre. Tu as trop chaud, non ?

Grace laissa échapper un gémissement quand il recouvrit un sein de sa main et en taquina la pointe. Puis il fit glisser les bretelles de la robe sur ses épaules.

— Tu es si belle !

Nouant les bras autour de son cou viril, abîmée dans l'excitation de ce contact peau contre peau, elle ne sut pas comment elle se retrouva le visage face au sien, leurs deux corps étroitement mêlés. Elle l'étreignit avec ferveur tandis qu'il glissait les mains entre eux pour la toucher à travers la soie, lui arrachant des gémissements de plus en plus forts.

Theo sentait que sa raison, sa maîtrise lui échappaient. Grace était plus sensible à ses caresses que n'importe quelle autre femme qui avait partagé son lit. Elle avait une sensualité innée, et sa réactivité au plus léger contact de ses doigts allumait en lui un désir fiévreux qui le dévorait tel un incendie dévastateur.

Il avait conscience de son élan possessif alors qu'il la contemplait. Il n'avait jamais ressenti ça avec une autre femme. C'était un besoin presque primitif d'affirmer que Grace lui appartenait. Et ce sentiment ne se rattachait pas seulement à ce corps divin qui le rendait fou, mais aussi à toute sa personne.

— Ma beauté, souffla-t-il, en caressant ses fesses délicieusement rondes. Mon ange…

Il trouva la fermeture Éclair de la robe, qu'il ouvrit avec lenteur.

— Mon ange, répéta-t-il d'une voix rauque, en soulevant doucement sa robe.

Éperdue de désir, Grace regarda Theo se libérer de son pantalon, puis de son boxer, révélant une impressionnante érection.

Elle était rouge comme un coquelicot lorsqu'il l'attira à lui. Elle se contenta de le contempler sans mot dire, ne voulant surtout pas rompre l'ensorcellement. Les mots n'auraient eu guère de sens, d'ailleurs. Elle n'aurait pas su exprimer ses sensations, ni le sentiment de plénitude qui l'envahissait.

Theo lui caressa les cheveux d'un geste tendre, contrastant avec la fougue qui se dessinait sur ses traits puissants. Elle eut le sentiment d'être dans l'œil d'un cyclone. Le calme trompeur avant la tempête…

Son regard de jais erra vers sa bouche, et il se remit à l'embrasser, l'attirant à lui, se plaquant contre elle d'un mouvement souple des reins tandis qu'il laissait courir ses lèvres au creux de sa gorge, puis plus bas…

Elle le retint en l'agrippant par les cheveux, et se cambra pour mieux s'offrir à lui. Envahie par une excitation folle, elle savoura un instant cette étreinte intime, et mêla au sien son souffle entrecoupé.

Elle ferma les yeux quand il glissa un doigt en elle, toute aux sensations que provoquait cette caresse, nouvelle pour elle.

— Cela fait longtemps que tu n'as pas fait l'amour ? demanda-t-il sans préambule.

Mal à l'aise, Grace hésita, puis s'entendit répondre :

— Longtemps, non... Ce serait plutôt jamais.

Il mit quelques secondes à saisir le sens de ces paroles. Puis il se figea et releva la tête pour la regarder.

— Tu veux dire que... ?

Grace hocha la tête. S'il la rejetait maintenant...

Elle n'était même pas capable d'envisager cette éventualité, mais elle savait que la désolation qui serait la sienne n'aurait rien à voir avec ce qu'elle avait ressenti lorsque George l'avait rejetée. Autant comparer la flamme vacillante d'une bougie à un incendie de forêt ...

— Oh ! *cara*..., murmura Theo en lui caressant le visage avec une tendresse que démentait la passion dévorante de son regard. Es-tu bien sûre de vouloir ça maintenant... avec moi ?

La réponse fut facile pour Grace. Elle ne voulait que Theo, rien que Theo, et totalement.

— Tout à fait sûre.

— Je serai très doux et je te donnerai du plaisir, je te le promets.

Les yeux mi-clos, elle savoura le spectacle de son corps élancé et tout en muscles.

Theo la contempla, désireux de se perdre en elle – un désir si fort qu'il le fit hésiter. Elle était si petite, si fragile ! Il embrassa le creux de son cou, sa bouche... Il avait peur de la briser. Mais la passion de Grace était plus grande qu'elle, il le savait, et elle décuplait sa propre passion...

— J'ai faim de toi, dit-il.
— Alors prends-moi…

Elle laissa échapper un long soupir alors qu'il se glissait en elle. Elle ferma les paupières, oubliant tout, même les ombres qui passaient sur les traits tendus de son visage viril, attentive seulement à la sensation d'avoir en elle son sexe qui la comblait peu à peu, jusqu'à l'emplir tout à fait. Son plaisir grandit encore tandis qu'il commençait à bouger en elle, doucement d'abord, puis de plus en plus vite.

Ivres de désir, ils se donnèrent l'un à l'autre sans retenue, avant de se rejoindre dans une explosion de volupté si intense qu'elle en perdit l'esprit… Soudain, il n'y eut plus rien que lui, que leurs deux corps mêlés, que cet instant où ils ne faisaient plus qu'un.

Longtemps après, elle garda les yeux clos, tandis que des ondes de plaisir la traversaient encore. Elle avait envie de crier, de hurler sa joie ! Tout paraissait si merveilleux, si parfait qu'elle aurait voulu la partager avec la terre entière.

— Tu dors, Grace ?

Elle somnolait – en tout cas, elle était dans un état si langoureux qu'elle ne se sentait pas capable de revenir tout de suite à la réalité.

Une question, cependant, surgit de nouveau à son esprit : si elle ne lui avait pas dit que c'était sa première fois, s'en serait-il rendu compte ? Peut-être pas, car sa fougue avait compensé son manque d'expérience.

— Un peu, marmonna-t-elle.

Theo se mit à rire et contempla son visage, lui caressant la joue un moment avant d'enfouir le visage contre son épaule menue, alors qu'elle se lovait au creux de son corps.

Lorsque Grace sortit du sommeil, il faisait encore nuit, et Theo, pleinement réveillé, la contemplait.

— Tu… ne vas pas dans ta chambre ? lui demanda-t-elle.

— Tu veux que je le fasse ?

Elle fit signe que non.

— Tant mieux.

Il l'embrassa – un long baiser dont la volupté la submergea. Puis il s'écarta et se redressa sur un coude.

— Bon, avant que tu détournes mes pensées… qu'est-ce qui n'allait pas chez ce George ?

Elle ne se méprit pas sur le sens réel de ses paroles.

— J'aurais peut-être dû t'en parler avant… ?

— *Peut-être* ? Sûrement, même !

Theo n'était toujours pas remis du choc. À la vérité, il avait trouvé excitant d'être le premier – excitant… et incompréhensible, vu la sensualité innée de Grace.

— Eh bien, à un certain âge, les gens pensent que tu n'es pas normale, si tu n'as pas eu d'amant. C'est très gênant.

Elle laissa glisser son regard vers le drap enroulé autour de ses hanches viriles.

— Mais hier, avec toi… ça n'avait rien de gênant.

Une lueur jaillit dans le regard de Theo, mais elle l'ignora, trop occupée à chercher les mots justes.

— Je n'ai pas réfléchi, et c'était tout simplement… parfait.

— Je me rends compte que tu réfléchis trop, parfois.

Craignant qu'il ne cherche ainsi à lui faire comprendre qu'elle ne devait pas accorder une profonde signification à la nuit écoulée, elle se hâta de dire :

— Absolument.

— Et… avant George ?

— Les hommes me considèrent comme une amie, une sœur. Et je ne suis pas très portée sur le sexe.

Theo esquissa un sourire en coin, alors qu'il caressait son sein, par-dessus le drap.

— Crois-moi, Grace, ils ne te voient pas comme une sœur ! Et nous savons tous les deux que rien ne cloche chez toi. En fait, les hommes sont paralysés par les femmes belles et intelligentes. Tu les intimides.

Quoi ? Theo Ranieri, le plus bel homme de la planète, la trouvait belle, intelligente, et de plus, sexy ? Elle savoura dans le secret de son cœur cette découverte extraordinaire.

— Franchement, ce George…

Theo secoua la tête. Elle observa avec raideur :

— George me respectait.

— George m'a tout l'air d'un tocard. Est-ce qu'il couche vraiment avec ta sœur ? Ou leur amour est-il du genre platonique ? Une union si pure qu'ils ne peuvent que se lire des poésies ?

— Ils ont un enfant.

— Ah, tu me rassures !

Elle lui flanqua une petite tape, et s'étonna soudain d'être nue et de rire avec Theo Ranieri, comme si c'était la chose la plus naturelle du monde.

— Il n'empêche, George écrit des poésies, dit-elle sans contenir son amusement. Même s'il n'a aucun talent. Bon, sérieusement, je crois que George n'a jamais été très attiré par moi.

— C'est un tocard, je te dis.

— Arrête de dire ça. On attendait…

— Quoi ? coupa Theo. Les calendes grecques ?

— Il a couché avec ma sœur le soir où ils se sont rencontrés.

Grace avait parlé d'un ton neutre, et même réussi à émettre un petit rire, mais à l'époque cette découverte l'avait dévastée et sa confiance en elle en avait pris un coup.

— Il était venu à la maison pour faire la connaissance de mes parents. Il l'a raccompagnée chez elle, et ils ont fait l'amour sur le siège arrière de la voiture.

— Quelle classe ! ironisa Theo. Et il te l'a raconté, en plus ?

— C'est elle qui me l'a raconté. George ne s'intéressait pas à moi.

Elle savait maintenant que ç'avait été réciproque – qu'elle

n'avait éprouvé pour George que de l'amitié, même si elle ne s'en était pas rendu compte. Elle ignorait alors ce qu'était la passion... et aussi que la reddition pouvait être une grande victoire.

Elle ne savait pas non plus que l'on pouvait avoir une fascination infinie pour le corps d'un homme, songea-t-elle en promenant la main sur les reins de Theo, avant de s'attarder sur ses fesses.

Il laissa échapper un soupir.

— Un couple idéal, on dirait.

— Ma sœur est très belle, elle réussit tout ce qu'elle entreprend, et elle est super intelligente.

— Je suis sûr qu'elle validerait totalement cette évaluation. Je l'ai rencontrée une fois.

Grace se crispa, et une question lui échappa :

— Tu as couché avec elle ?

Il éclata de rire.

— Couché avec elle ? Honnêtement, je ne me souviens même pas vraiment d'elle. Ce qui m'a surtout frappé, c'est son assurance, son entêtement à croire qu'elle a raison en tout. Cela doit être agréable d'être convaincue de son infaillibilité.

Grace fut frappée de la justesse de ce jugement sur Hope, qui ne doutait jamais de rien. Cependant, venant de lui, le commentaire ne manquait pas de sel.

— Tu peux parler, monsieur je-sais-tout !

Elle s'interrompit tout net, horrifiée, réalisant que c'étaient des paroles malheureuses.

— Détends-toi, lui dit Theo, apaisant.

— Si je n'avais pas trouvé le journal, tu ne saurais rien.

Et nous n'aurions peut-être pas couché ensemble.

En fait, le « peut-être » était de trop. Il l'avait prise dans ses bras, la veille au soir, par besoin d'oublier. Et elle avait répondu à son appel, consentante.

— Je suis content que tu l'aies lu. Je suis content de savoir.

Grace n'était pas sûre de le croire, elle l'avait vu si dévasté, la veille !

Theo dut percevoir ses doutes car il dit :

— Tout le monde mérite la vérité, si douloureuse soit-elle. Sans la vérité, on ne peut pas prendre de décision en toute connaissance de cause. Oh ! je sais pourquoi mon père a menti, mais il a eu tort.

Elle lui toucha l'épaule avec douceur. Il s'inclina, mais elle le retint d'une main pour empêcher le baiser, car si elle le laissait faire, elle ne parviendrait pas à poser la question qui lui brûlait les lèvres.

— J'espère que tu ne m'en voudras pas de te demander ça, commença-t-elle avec hésitation, mais pour cette nuit… les choses sont… euh, un peu confuses dans mon esprit. As-tu pris des précautions ?

L'expression qui passa sur les traits de Theo était très douce.

— J'ai mis un préservatif, oui. Je n'aurais jamais l'égoïsme de risquer de provoquer une grossesse non voulue. Me fais-tu confiance, *cara* ?

— Évidemment !

Grace ferma les yeux. En cet instant, elle était la plus heureuse des femmes. Mais comment oublier qu'elle ne devait surtout pas s'attacher à Theo, avoir des sentiments trop forts pour lui ? En se donnant à lui, ne venait-elle pas de faire échouer toute tentative future de négociation ? Le pire, c'était qu'elle mourait d'envie de recommencer !

Elle n'avait jamais vécu une telle situation, mais elle était certaine que celle-ci impliquerait tôt ou tard de la souffrance et des regrets. Mais cela lui était égal.

Cette prise de conscience douce-amère ajouta à la complexité de ses émotions tandis qu'ils faisaient de nouveau l'amour. Le voyage sensuel cette fois fut moins sauvage. La passion était toujours là, mais accompagnée de tendresse.

Quand elle se réveilla, il faisait grand jour. Le lit portait encore l'empreinte et la senteur de Theo, mais elle était seule et, à côté d'elle, les draps étaient froids. Il était parti.

10

Grace était douchée, vêtue de denim de la tête aux pieds, et résolue à ce que la nuit écoulée ne se répète jamais.

Il était midi et demi lorsque Theo entra dans sa chambre – elle le savait car elle n'avait cessé de consulter l'heure.

— Salut ! lui dit-elle d'un ton un peu trop enjoué.

— J'étais en train de parler avec Marta.

— Ah ?

Et elle prit un air qui, espérait-elle, signifiait qu'elle n'exigeait aucune explication sur ses allées et venues et ne cherchait certes pas à le contrôler. Elle continua d'aligner négligemment ses flacons de vernis à ongles sur la coiffeuse.

— Je lui ai parlé du journal et demandé de compléter les informations si elle pouvait.

Cette fois, elle lâcha une exclamation et abandonna sa tâche pour le rejoindre d'un pas rapide.

— Et ça s'est passé comment ?

— Elle était bouleversée, il y a eu beaucoup d'émotion. Mon père l'avait placée dans une position intenable, et elle croyait que je serais en colère...

— Mais tu n'as pas réagi avec colère ? coupa-t-elle vivement.

— Bien sûr que non ! Apparemment, six personnes étaient au courant du mot d'adieu – la liaison passait pour une rumeur, semble-t-il. Ils ont tous été très discrets, il était notoire que ma mère avait souffert de troubles mentaux. Cela remontait à loin, et on ne parlait qu'à mi-voix de ce genre de chose. Parmi ceux qui savaient, trois membres du personnel sont morts, l'un a pris sa retraite et vit à Rome avec son fils, le vieux majordome de mon père a eu un AVC et est en maison de retraite. Il ne reste que Marta.

— Donc, on en reste là ?

— Marta n'en sait pas plus que nous au sujet du testament, mais elle a une théorie. Elle pense qu'il t'a laissé la moitié du domaine pour me faire revenir ici. Il n'a jamais cessé de croire, paraît-il, que ma place était ici. Selon elle, il pensait que si je revenais ne fût-ce qu'une fois, je ne repartirais plus.

Grace déglutit, la gorge nouée par l'émotion.

— Et il avait raison, n'est-ce pas ? Tu es chez toi ici, Theo.

— Peut-être..., dit-il avec circonspection. J'ai une vie très différente, aujourd'hui.

— Je ne crois pas que tu aurais vendu. À un moment ou un autre, tu...

— Tu es une romantique ! s'exclama Theo, presque accusateur.

— Mais non ! s'insurgea-t-elle.

Il se laissa tomber avec une élégance nonchalante sur le canapé à dossier droit recouvert de chintz, mais se remit debout presque aussitôt.

— Ce truc est plus dur que du ciment ! gronda-t-il.

— Eh bien, tu peux t'en débarrasser, tout refaire à ton goût. Je signerai tout ce que tu voudras. Il est clair que ton père ne voulait pas réellement que le domaine sorte de la famille ou soit morcelé. Et je ne veux pas en tirer profit.

Theo secoua la tête, et se demanda comment il avait pu la prendre pour une croqueuse de diamants. Vu son grand cœur et sa générosité, il était plus probable qu'on profite d'elle, qu'elle devienne la victime de quelque salopard sans scrupule.

— Tu ne deviendras jamais riche, alors !

— Je ne tiens pas particulièrement à l'être.

— Tu aimes cet endroit, n'est-ce pas ?

— Ce n'est pas ma maison, souligna-t-elle, esquivant son regard.

— Mais elle pourrait le devenir. Si nous laissions les choses en l'état, pour le moment ? Il n'est jamais bon de prendre des décisions précipitées, dit Theo. Et la gestion quotidienne du palais...

— Nic est quelqu'un de très capable, coupa-t-elle.

— Sa femme attend encore un bébé. Il a demandé à bénéficier temporairement d'horaires réduits.

Theo ne s'était toujours pas fait à l'idée que son ami, autrefois si rebelle, était aujourd'hui papa et mettait la main à la pâte.

— Et d'après lui, continua-t-il, aucun membre de l'équipe n'est mûr pour prendre la relève. Il m'a d'ailleurs dit apprécier ta contribution. Comme il l'a souligné, tu ne rechignes pas à l'ouvrage.

— Donc, tu penses que je pourrais plus ou moins administrer le domaine, c'est ça ?

— Tu n'es pas administratrice, tu es copropriétaire.

— Salvatore n'a pas réellement voulu ça.

— Tu n'en sais rien. Écoute, si on prenait les choses comme elles viennent, le temps de nous faire à cet arrangement ? Une sorte de pilotage à vue, pour ainsi dire. Considère ça comme une coopérative. Cela conviendrait à tes principes égalitaires.

— Qui te dit que j'ai des principes égalitaires ?

— Tu cherches à te défaire d'une fortune. C'est plus qu'un indice, *cara*.

Grace avait besoin d'être protégée contre elle-même, décida Theo, son regard errant vers le lit, soigneusement refait avec des draps propres.

Elle lui décocha un regard courroucé.

— Tu m'embrouilles, dit-elle.

— Bon, revenons-en aux choses simples, alors : reste jusqu'à ce que tu sois lassée de moi.

— Ou l'inverse ! rétorqua-t-elle, cherchant à être aussi désinvolte que lui et refusant de se laisser décontenancer par ses propos trop directs.

En réalité, elle sentait l'excitation s'emparer d'elle. Une excitation mêlée d'un sentiment plus doux, plus profond aussi. Une voix intérieure lui souffla qu'elle ne pourrait pas cacher longtemps son amour naissant. Elle devait rester maîtresse d'elle-même et savourer cette parenthèse, dont elle chérirait le souvenir quand elle se serait refermée.

— Nous avons du temps devant nous, je crois, dit Theo. Je n'ai jamais pris autant de plaisir qu'avec toi. Nous nous entendons bien au lit, et aussi ailleurs, ajouta-t-il avec un sourire ravageur. Si nous faisions l'amour dans les combles, ou dans la bibliothèque...

— Theo ! s'écria-t-elle, pensant aux nombreuses pièces du palais et s'enflammant de plus belle.

— Grace, tu vas dire oui, et nous le savons tous les deux. Tu as envie de moi, n'est-ce pas ? Tu adores mes allusions coquines...

Elle céda.

Luca Ferrara était un des plus anciens amis de Theo, et aussi un auteur à succès. Theo l'avait présenté à sa femme, l'actrice américaine Sophia Halton. Le duo était si célèbre qu'on les connaissait sous un surnom valise : Luphia.

La soirée à venir réunirait une centaine de leurs amis pour fêter l'anniversaire de la star. Sophia, qui avait tout ce qu'on peut souhaiter, avait demandé, plutôt que des cadeaux, des donations à la cause caritative qui lui tenait à cœur.

La sécurité serait drastique. Les photographes ne seraient pas autorisés à l'intérieur, mais le couple avait permis à des journalistes choisis de prendre des photos de leurs invités, à leur arrivée ou leur départ. Quant aux mobiles, ils seraient déposés à l'entrée.

Le bruit courait d'une annonce importante et, selon les supputations, ce serait la prochaine arrivée d'un enfant. Le couple essayait d'en avoir depuis des années, ce n'était pas un secret. Alors, peut-être Sophia n'avait-elle pas tout ce qu'on peut désirer ?

Grace était l'une des rares à connaître la vérité. Il s'agissait bien d'un bébé – ou plutôt de deux bébés, des jumelles de dix-huit mois dont l'une était née avec des troubles d'origine neurologique. L'adoption avait eu lieu le mois précédent, et le couple voulait faire part de son bonheur à son entourage.

Tout le plaisir que Grace avait éprouvé lorsque Theo avait partagé le secret avec elle s'était évaporé lorsqu'il était repassé la voir le même jour pour lui rappeler que l'information était confidentielle, que ses amis comptaient sur la discrétion des rares informés. Comme s'il la croyait capable de vendre la mèche sur les réseaux sociaux !

Elle avait encaissé cette profonde vexation sans mot dire. Elle comprenait que Theo n'avait pas réellement confiance en elle, et ce problème s'était révélé de plusieurs autres manières au cours du mois écoulé.

Il y avait eu les occasions où il avait rabattu le couvercle de son portable à son entrée dans la pièce, pour qu'elle ne voie pas l'écran – elle avait fait mine de ne rien remarquer. Il lui arrivait aussi de disparaître vingt-quatre heures d'affilée sans explication, et il ne lui venait jamais à l'esprit, apparemment, qu'elle pouvait désirer savoir où il était. Ou alors, il y pensait, et ce silence était sa façon de lui signifier qu'elle n'avait pas à le savoir.

Peut-être se faisait-elle des idées, mais s'il ne communiquait pas, comment s'empêcher de se poser des questions ? C'était un obstacle de taille au développement d'une relation véritablement intime. Peut-être était-ce le but, d'ailleurs. Il ne voulait pas d'une intimité en dehors du lit, et quant à elle...

Lucide, Grace avait cessé de lutter contre sa certitude d'être *amoureuse*, et avait résolu de vivre dans l'instant, sans trop songer à la souffrance qui viendrait, inévitablement.

Ce soir, en tout cas, elle n'avait qu'un souci en tête : allait-elle porter les cheveux lâchés ou en chignon ?

Sa décision fut retardée par la sonnerie de son mobile. Quand elle décrocha, sa sœur Hope, à l'autre bout du fil, alla droit au but.

— Est-il vrai que tu es invitée à la fête d'anniversaire de Luphia ?

L'indignation et la jalousie de sa sœur rappelèrent à Grace l'importance de l'événement, et elle fut gagnée par la nervosité.

— Eh bien… c'est un dîner, plutôt. Salvatore a fait à leur organisme de charité un legs assez important, et en guise de remerciement il a reçu ce carton d'invitation, expliqua-t-elle, tentant de minimiser l'événement et, surtout, sa participation.

Hope s'amadoua, et consacra les cinq minutes suivantes à lui faire la leçon sur les vêtements qu'elle devait porter et la façon de se comporter dans une telle occasion.

— Je sais, acheva-t-elle, que personne ne fera attention à *toi*, mais passer inaperçue est peut-être une bonne chose. Il y aura surtout des couples parmi les invités. Au fait, le beau Theo a-t-il aussi reçu une invitation ?

— Salvatore était son père, alors, j'imagine que oui, dit-elle, feignant l'ignorance.

Leur liaison ne serait sans doute jamais publique – elle ne se prolongerait peut-être même pas jusqu'à la semaine suivante. Cependant, même si les choses avaient été différentes, elle aurait maintenu Theo à l'écart de sa famille le plus longtemps possible.

George n'était pas le seul à avoir été subjugué par sa famille – toutes les personnes qu'elle avait amenées à la maison étaient tombées sous le charme. Elle avait toujours pris ça avec philosophie. Mais là, c'était différent. Theo était à elle. Elle ne voulait le partager avec personne !

En fait… il ne lui appartenait pas, bien sûr. Mais c'était une réalité qu'elle voulait refouler, remettant à plus tard la peine et les larmes. Grace avait compris qu'on ne pouvait rien prévoir – et certainement pas choisir la personne dont on tombait amoureux.

— Tu dois tout de même le voir de temps à autre, non ? insista Hope. Il possède la moitié de ton *palazzo*.

— Le lieu est vaste.

— J'aurai peut-être l'occasion de le visiter un de ces jours, continua Hope.

Grace fit une réponse évasive.

— Fais un effort, Grace ! Je n'arrive pas à croire que tu ne sais même pas avec qui il sort. Il doit bien y avoir des indices. On suppute beaucoup à son sujet... On ne l'a pas vu dans ses endroits habituels depuis un bon mois. Enfin, amuse-toi bien quand même, conclut Hope, magnanime. Au fait, George t'embrasse...

Grace raccrocha, se félicitant de son art de l'esquive, et il ne lui fallut pas plus de quelques secondes pour rejeter l'idée que sa sœur était jalouse d'elle.

Elle était déterminée à prendre tout le plaisir possible avec Theo, et à engranger de merveilleux souvenirs en vue d'affronter son avenir, qui s'annonçait bien terne. Car, pour le meilleur ou pour le pire, incapable de brider ses sentiments naissants, elle était tombée amoureuse de lui. Elle essayait pourtant de les dissimuler, terrifiée à l'idée qu'il vienne à les deviner. En vérité, depuis la première fois où elle s'était donnée à lui, elle avait su qu'elle avait de l'amour pour lui et que tout se terminerait par des larmes.

D'ici là, elle profiterait de son statut de maîtresse, dit-elle à son reflet, avant de se détourner du miroir pour remonter la fermeture à glissière de sa robe. Une création originale, réalisée sur mesure.

Si Hope savait ça, elle serait verte de jalousie !

Quand l'équipe du couturier était venue au *palazzo*, Grace, médusée, avait interrogé Theo du regard. Il avait semblé penser que c'était nécessaire, ce qui était sans doute normal de la part d'un homme qui, de sa vie, n'avait acheté un costume de prêt-à-porter.

Tu dois tout de même le voir de temps à autre !

Elle se remémora la dernière vision qu'elle avait eue de Theo. Il s'était levé pendant la nuit, la chair dorée de son dos sculpté luisant dans la semi-pénombre. Elle avait effleuré du bout des doigts sa peau, et il avait pris sa main pour la porter à ses lèvres, en s'excusant de l'avoir réveillée.

— J'ai un ou deux coups de fil à passer, lui avait-il dit.

Elle avait soupiré.

Il était réglé sur le fuseau horaire de Los Angeles, en ce moment – il y avait une importante fusion en cours, là-bas. Grace ne connaissait pas les détails, mais il lui semblait qu'il aurait mieux valu qu'il aille aux États-Unis plutôt que de se coucher aux aurores après avoir travaillé de longues heures depuis le dîner. Ou de se lever à 2 heures du matin pour mener ses affaires.

Il fonctionnait en dormant très peu et, quel que soit son emploi du temps, il ne désertait jamais leur lit – celui de la chambre de Grace. Cependant, il n'en parlait pas comme de *leur* chambre, même si ses affaires y traînaient. Peut-être parce qu'il n'y avait pas de « nous » dans l'esprit de Theo... Ce « nous » n'existait que dans son cœur à elle.

— Bon, je porte les cheveux lâchés ou pas ? demanda-t-elle à son reflet en se regardant dans le miroir.

Elle voulait faire le bon choix, voir le désir dans les yeux de Theo lorsqu'il la rejoindrait. Un sourire joua sur ses lèvres tandis qu'elle gagnait la coiffeuse pour sortir de son écrin de velours le collier de saphir.

Selon Theo, les pierres avaient la couleur de ses yeux, et elle avait frémi au contact de ses doigts quand il lui avait mis la parure, avait déclaré que c'était parfait – qu'*elle* était parfaite.

L'éclat de son regard illuminé de plaisir s'était quelque peu terni lorsqu'il avait observé que le collier lui appartenait à moitié, et qu'il valait mieux qu'elle le porte au lieu de le laisser dormir dans un coffre de banque.

Elle agrafa le collier, puis traversa la pièce pour voir le résultat de ses efforts dans le miroir en pied. La robe en soie noire, coupée dans le biais, était d'une simplicité trompeuse. Le corsage, qui moulait ses petits seins haut placés, n'avait rien de révélateur sur le devant, et était très échancré en V dans le dos, presque jusqu'à la taille – d'où son choix de relever ses cheveux en chignon, les mèches bouclées qui lui encadraient le visage venant adoucir la coiffure.

Le style de la tenue la faisait paraître plus grande, un effet accentué par les hauts escarpins qu'elle portait, maintenus par de larges brides en velours incrustées de pierreries.

Elle savait qu'elle était à son avantage, et cela dopait son assurance. Elle ne s'imaginait pas pour autant qu'elle attirerait tous les regards, surtout lorsque son hôtesse était une star de Hollywood. En réalité, Grace ne désirait pas être au centre de l'attention – c'était le regard de *Theo* qu'elle voulait capter.

Agitée, elle se mit à faire les cent pas, voulut sans nécessité remettre du rouge à lèvres, remarqua que ses mains tremblaient. Elle était nerveuse. Pas à cause de sa célèbre hôtesse ni des prestigieux invités de ce dîner, mais parce que c'était une première, pour elle. L'ironie était qu'elle ne savait pas si elle s'y rendait comme cavalière de Theo ou, comme elle l'avait dit à Hope, en tant que représentante de Salvatore.

Il lui aurait suffi de demander pour être fixée. Depuis quand reculait-elle devant les questions dont elle craignait la réponse ? Au demeurant, qu'apprendrait-elle qu'elle ne savait déjà ? Elle était éperdument amoureuse de Theo, alors que lui voulait seulement coucher avec elle.

Non. Il devait y avoir davantage. Il n'aurait pas pu lui faire l'amour avec tant de bouleversante tendresse s'il n'éprouvait pas quelque chose pour elle !

Elle laissa échapper un soupir. Elle s'était dit ces choses-là cent fois, et ne s'était jamais décidée à tester sa théorie la plus optimiste.

Elle s'approcha de la cheminée en marbre, où l'invitation en lettres dorées était glissée derrière une statuette Art déco. Son nom y figurait bien, à côté de celui de Theo. Cela avait une allure... officielle. Ils figuraient comme un couple sur ce carton, et Theo ne semblait pas y voir d'objection.

Bien sûr, il se pouvait qu'elle accorde trop d'importance à ça. Même si Theo avait suggéré, ce matin, d'inviter sa famille au *palazzo*.

— Non, sérieusement ? avait-elle demandé.

— Tu ne veux pas qu'ils viennent ?

Pour que tu tombes sous leur charme ?

— Si, bien sûr. Mais peut-être pas si vite...

— Tu crains que je te fasse honte ?

— J'ai peur qu'*eux* me fassent honte, plutôt ! avait-elle répliqué.

— Je te promets d'avoir un comportement irréprochable.

Elle avait fait mine d'être déçue, disant avec une petite moue de défi :

— Pas si irréprochable que ça, j'espère.

— Sérieusement, avait-il enchaîné en modérant son sourire malicieux, il y aura des règles à respecter. Je ne les laisserai pas te persécuter.

— Je n'ai jamais dit qu'ils me persécutaient ! Je ne suis pas une victime, avait-elle protesté, horrifiée d'avoir pu donner cette impression.

Il avait haussé les épaules.

— Il se trouve que je sais lire entre les lignes. Ils te manquent de respect et ils t'en font voir de toutes les couleurs. Cela revient au même et c'est tout aussi inacceptable.

Elle se remémora avec un sourire cette « déclaration de guerre » inattendue. Il était donc prêt à la défendre ! Mais son sourire s'effaça quand elle se rappela ce qui s'était produit ensuite – souvenir troublant qui enflammait ses sens, presque comme si Theo la pénétrait en ce moment.

Quand elle avait observé : « Quelqu'un pourrait entrer ! » il avait répliqué : « Eh bien, qu'ils entrent ! » Et elle l'avait laissé lui faire l'amour dans le petit salon, alors qu'elle aurait pu l'arrêter, si elle l'avait voulu. Par moments, elle ne se reconnaissait pas elle-même...

Le tintement de l'horloge au mur lui fit plisser le front. Avant de s'éclipser, Theo lui avait recommandé d'être prête à 19 heures pour le départ en hélicoptère. Or, il était moins le quart. Où était-il donc ?

11

Theo était à son bureau. Non pas celui de son père, trop petit pour lui, mais dans une vaste pièce couverte de rayonnages qu'il avait équipée pour... *Quoi donc ? Travailler à domicile ?*

Il refoula cette interrogation. Comme il en refoulait quelques autres depuis plusieurs semaines.

Il tenait en main l'enveloppe contenant la sortie papier du fichier de Rollo, qu'il n'avait toujours pas ouvert sur son ordinateur. Pendant la semaine, Theo avait envisagé de tout avouer à Grace. À savoir qu'il était responsable de la fuite dans les journaux à scandale. De l'article à cause duquel sa famille la traitait comme si elle leur faisait honte, et qui, la veille encore, avait suscité la diffusion d'une enquête consacrée à la « captation d'héritage ».

Il tenta d'oublier la peur qui l'envahissait lorsqu'il imaginait la réaction de Grace. Cela pouvait amener la fin de leur relation, or il ne voulait pas que leur aventure se termine !

Elle s'achèverait un jour, pourtant – rien n'était éternel.

Son père n'avait jamais cessé d'aimer son épouse, lui souffla une voix intérieure. Elle avait été son unique amour.

Avec un murmure de frustration, il refoula cette pensée. Il devait se soucier de la soirée à venir et du fait qu'on les y verrait ensemble – ce qu'il avait jusqu'ici évité. Grace ne semblait pas consciente de l'interprétation fallacieuse que les médias pourraient donner de leur apparition en tant que couple.

Il se figea, sous le choc. Il venait de réaliser… qu'il les considérait comme un couple. Et son sentiment de culpabilité s'accrut à l'idée que Grace serait la proie des journaux à scandale. Il voyait déjà les gros titres : *Du lit du père à celui du fils !*

Tout de même, ce soir, il pourrait contrôler jusqu'à un certain point le « narratif ». Les journalistes invités étaient triés sur le volet, et l'accès strictement limité. Et Grace les affronterait sous sa protection.

En voyant l'éclat expressif des yeux de Theo, Grace sut que sa tenue lui plaisait. Ce regard lui disait qu'elle était sensuelle, féline, ultra-sexy. Elle agita la tête dans un léger cliquetis de pendants d'oreilles, grisée.

— Tu aimes ? demanda-t-elle.

Il soupira.

— Tu es une petite sorcière – et tu le sais !

Elle lui retourna le compliment.

— Tu es très séduisant, toi aussi.

L'expression était faible. En habit de soirée, Theo avait une allure folle, et il était d'une beauté spectaculaire.

Il lui offrit son bras. Après une brève hésitation, elle l'accepta.

— Ton carrosse attend, dit-il avec un sourire qui dissimulait, elle en était consciente, la flambée soudaine de sa libido.

Grace souleva les pans de sa robe alors qu'ils s'engageaient sur le tapis de faux gazon déroulé sur la pelouse – un chemin jusqu'à l'hélicoptère, et une bénédiction pour elle qui portait des talons hauts.

— Les journalistes seront présents à notre arrivée.

— Oui, tu me l'as déjà dit.

— Il est peu probable qu'on te posera des questions, tu sais.

— Mais s'ils le font, je ne répondrai rien. Il n'y a pas de souci, Theo, assura-t-elle – elle ne pouvait guère lui en vouloir de redouter de sa part un faux pas qui le gênerait.

— Ce fichu article ! grommela-t-il. Je suis tellement désolé…

— Tu n'y es pour rien, dit-elle avec philosophie.

Et elle remarqua qu'il détournait les yeux.

À destination, ils furent accueillis par des vigiles en uniforme et guidés jusqu'à la villa palladienne illuminée. C'était un édifice à colonnes dont le perron menait à une vaste entrée sur laquelle veillaient des statues de pierre, séparées par des fontaines ornementales.

Ils firent halte tandis que le couple qui les précédait, au bas des marches, posait pour les photographes. Grace sentit la main de Theo, légère au creux de ses reins. Il lui signifiait qu'il était là pour elle.

— C'est superbe, murmura-t-elle.

Si elle n'avait pas vécu au *palazzo* pendant plusieurs mois, elle aurait été intimidée par ce qui l'entourait. Mais elle regardait autour d'elle avec curiosité.

— Est-ce que ça va ? lui demanda Theo, tendu, lorsqu'ils prirent à leur tour la pose pour les photographes.

Elle hocha la tête et regarda le bel homme qui se tenait près d'elle. Elle n'avait pas réalisé, avant, que Theo détestait tant les journalistes. Il avait beau sourire, ses yeux noirs lançaient des regards de mépris en direction des visages masqués par les objectifs. Des regards si incendiaires qu'ils semblaient pouvoir carboniser sur place ceux qui en étaient la cible.

Il se détendit un peu quand ils rejoignirent leurs hôtes, prêts à les accueillir. Grace avait vu Sophia Halton à l'écran, bien sûr, mais en chair et en os elle était encore plus éblouissante. Très grande, elle était gainée d'une robe de soirée or brodée de perles qui moulait ses formes voluptueuses. Une vision à couper le souffle.

— Theo ! s'écria-t-elle, les mains tendues, un sourire chaleureux aux lèvres. Et ce doit être Grace… Oh ! mais vous êtes ravissante !

Grace, abasourdie, sourit béatement, stupéfaite d'être complimentée par une sublime déesse.

— Je suis si heureux que vous ayez pu venir…, dit Luca Ferrara.

Doté d'une barbe grisonnante, il avait plusieurs centimètres de moins que sa sculpturale épouse, et paraissait plus contenu. Mais Grace aimait bien le pétillement ironique de son regard, suggérant qu'il avait souvent été témoin de l'effet produit par sa compagne et s'en délectait toujours.

Il allait reprendre la parole, mais un homme en uniforme, un plateau dans une main et un mobile dans l'autre, surgit de derrière une statue, sur leur gauche.

— Alors, Grace… Un Ranieri chasse l'autre ?

Il n'alla pas plus loin, et son sourire mauvais s'effaça en un éclair. Car il se retrouva soudain plaqué contre une colonne, saisi au collet par Theo. Grace ne lui avait jamais vu cette expression de fureur primitive.

— Theo… *Theo !* Laisse-le respirer…

La voix grave et calme de Luca parut enfin porter. Theo desserra suffisamment son emprise pour que l'individu ouvre la bouche. Il s'apprêtait même à parler.

— Pas un mot, lui ordonna Theo.

L'intrus obéit, et Grace entendit le fracas du mobile expédié à terre avant de se retrouver entraînée dans une pièce latérale par son hôtesse.

— Est-ce que ça va ? lui demanda Sophia.

Grace secoua la tête, ses jambes tremblaient. Un instant plus tard, Theo et Luca les avaient rejointes. Ils s'exprimaient en italien – enfin, Luca écoutait, et Theo tempêtait. Il n'avait toujours pas décoléré.

Sophia incita Grace à boire la coupe de champagne qui, elle ne savait comment, s'était retrouvée dans sa main. Theo, lui, tenait un verre rempli de liquide ambré. Luca lui parla à voix basse. Un instant plus tard, il tapota l'épaule de son ami, puis se tourna vers Grace.

— Nous sommes vraiment désolés de cet accroc, Grace.

— Ce n'est pas votre faute, dit-elle, gênée par tout ce remue-ménage.

Ce n'était pas le reporter intrus qui l'avait effrayée, mais la réaction de Theo.

— Nous devons retourner à nos invités, glissa Sophia d'un ton d'excuse, en prenant son mari par le bras. Rejoignez-nous à l'étage par le passage dérobé lorsque vous serez prêts.

Elle déplaça un volume sur un des rayonnages qui tapissaient la pièce, et une porte s'ouvrit, révélant un escalier éclairé.

— Je suis désolé, dit Theo quand il fut seul avec Grace.

— Je n'aurais rien dit à cet individu. Je ne suis pas stupide. Je ne t'aurais jamais embarrassé, dit Grace avec véhémence.

— Embarrassé ? Je ne l'étais pas. Je... J'ai peut-être un peu exagéré, dit-il en posant son verre.

Elle retint un commentaire ironique. Ce n'était pas le moment.

— Tu as eu une mauvaise journée ? demanda-t-elle.

— J'ai eu un mauvais *mois* !

Elle accusa le coup. Il y avait un mois qu'elle faisait partie de sa vie – le message n'était pas difficile à déchiffrer.

— Allons-nous monter ? dit-elle d'une petite voix, en jetant un coup d'œil vers l'escalier secret.

Après un moment, Theo hocha la tête.

Ils débouchèrent dans un lieu étourdissant. La salle illuminée par des lustres était ornée de fresques, et d'une série d'alcôves entre les fenêtres à arcades, ouvertes pour accueillir l'air nocturne. Un quatuor à cordes jouait en sourdine près de la zone qui accueillait les tables parées d'argent, de cristal et de fleurs. C'était là que les invités s'étaient rassemblés.

— Grace, permettez-moi de vous présenter à quelqu'un qui meurt d'envie de faire votre connaissance.

L'irrésistible Sophia emmena Grace avec elle. Et, tout en souriant et en prenant l'air intéressé, Grace observa Theo à la dérobée – lui qui évoluait dans la salle avec aisance. Elle ne se réjouit pas de voir que plusieurs femmes rivalisaient pour attirer son attention !

À table, elle fut placée en face de lui, à trop grande distance pour bavarder, mais à côté de Luca, qui était charmant et attentif.

Après le repas, il se déplaça pour rejoindre Sophia à la place d'honneur et faire avec elle leur grande annonce, qui émut tout le monde. Ils ne présentèrent pas leurs bébés, qui dormaient. Ils désiraient seulement partager la nouvelle avec leurs meilleurs amis avant qu'elle devienne publique.

— Tu sembles épuisée, fit observer Theo à Grace alors qu'ils montaient enfin à bord de l'hélicoptère, au terme de la soirée.

— Ça va. Mais nous devons parler.

Continuer ainsi ne lui réussissait pas, c'était épuisant. Elle se devait de dire à Theo ce qu'elle éprouvait, même si cette vérité devait mettre fin à leur aventure commune.

Il hocha la tête.

— Je suis d'accord. J'ai aussi des choses à te dire.

12

Theo était en train d'ouvrir l'enveloppe de Rollo lorsque son mobile sonna. Il décrocha, cet appel ne le surprenait pas.

— Comment va Grace ? demanda Luca.

— Nous allions prendre un dernier verre.

Et échanger quelques vérités dérangeantes, pensa Theo, qui ajouta avec sincérité :

— Je suis désolé si nous avons perturbé la soirée.

— Personne ne s'est rendu compte de rien, et si faute il y a, c'est mon équipe de sécurité qui en est responsable. Sophia est avec les petites. Mais elle m'a chargé de faire passer un message à Grace : elle sera toujours disponible pour elle si elle a envie de voir une amie. Et si quelqu'un sait ce qu'on ressent quand on est victimes des paparazzi, c'est bien ma Sophia !

Theo remercia son ami, puis raccrocha après avoir promis de transmettre le message.

Il renversa sur la table le contenu de l'enveloppe – sa façon à lui de crever l'abcès. Le document du haut de la pile était la photocopie d'un article de journal ancien.

Il le parcourut du regard, et son sang se glaça. Le dicton avait beau prétendre que la foudre ne frappait jamais deux fois au même endroit, Theo savait que cela arrivait, en réalité. Là, il ne s'agissait pas de foudre. Il s'agissait d'une femme accusée de vol...

et d'avoir usé de sa position pour en tirer un gain financier, et à *deux* reprises... Quel était le taux de probabilité ?

Et quelle probabilité pour qu'il ait cru Grace sur parole s'il n'avait pas été... eh bien, *obsédé* par elle ? Jamais, auparavant, une femme ne lui avait fait éprouver ce qu'il ressentait. Non seulement cette faim d'elle, insatiable, mais aussi ce dangereux besoin de la soutenir.

Aucune femme ne pouvait être aussi *parfaite* qu'elle en avait l'air.

Il prit une grande inspiration, se dit qu'il ne la jugerait pas. Il lui donnerait une chance de s'expliquer – quoi de plus raisonnable ?

Cela ne diminua pas le sentiment de culpabilité irrationnel qui le tenaillait. La cause en était peut-être qu'une petite part de lui-même serait soulagée, si ces récits se révélaient vrais. Cela signifierait qu'il n'avait pas à se demander si leur relation allait au-delà de l'attirance physique, ni déterminer à quoi cela les mènerait. Le mot « engagement » le mettait mal à l'aise.

— Salut ! dit Grace, interrompant le fil de ses sombres pensées. Qu'est-ce qu'il y a ? Tu as l'air...

Pendant un instant, il ne dit mot. Elle lui coupait littéralement le souffle, avec sa chair nacrée qui tranchait sur le noir de sa robe, et ses cheveux lâchés. Il l'imagina dévêtue, avec seulement les escarpins vertigineux et les saphirs, et lui lové contre sa peau soyeuse. Avec un soupir étranglé, il ignora l'instinct qui le poussait à la renverser sur le sol pour lui faire l'amour.

— Je ne m'étonne plus que tu aies si bien encaissé l'affaire des journaux à scandale. Tu as déjà vécu ça, dit-il en la scrutant, alors qu'il lui tendait la coupure de journal accusatrice.

Elle y jeta un coup d'œil, sans lire. Puis dit avec calme :

— C'est un article sur un rapport de police affirmant qu'une infirmière a volé un collier et un paquet d'argent liquide. Il n'est pas apparu par magie.

S'approchant de la table, elle remua les papiers qui s'y trouvaient avant de se retourner vers lui.

— Et ceci non plus. Tu ne me fais pas du tout confiance, n'est-ce pas, Theo ? À moins que tu ne cherches une issue pour fuir parce que tu es incapable de t'engager ? Tu n'as pas eu de chance dans ton enfance, c'est vrai, mais comme beaucoup d'autres gens. Pour autant, ils ne sont pas devenus des lâches ! C'est de ça que tu voulais parler ? cria-t-elle en abattant sa paume sur le tas de papiers.

— Je voulais m'excuser, dit-il avec un rire amer face à l'ironie de la situation, à son besoin de libérer sa conscience. Je me sentais coupable. Parce que le type à qui j'ai demandé de réunir ces informations a dérapé et fait fuiter l'info.

Grace était devenue livide. Elle le dévisageait de ses yeux blessés et accusateurs.

— Tu as fait fuiter l'histoire. *Toi ?*

— Je n'avais pas autorisé ça, mais oui. Ce type travaillait pour moi.

— Et tu m'as laissée croire que... ? J'étais si inquiète à l'idée de t'avoir fait honte ! Eh bien, si tu es venu te confesser, bizarrement, moi aussi. Non, pas pour ça, fit-elle en chiffonnant la coupure entre ses doigts et en l'expédiant par terre. Je voulais t'avouer que je t'aimais. J'en ai assez de faire semblant.

Sans attendre qu'il réagisse à cette révélation, elle continua d'un air sombre :

— Les Quant... M. Quant était un homme charmant...

Sa famille l'était aussi, et ils l'avaient couverte de compliments sur son travail. Jusqu'à ce qu'un collier et une somme d'argent disparaissent. Elle avait été accusée – très peu de temps – avant que leur petit-fils échoue aux urgences à la suite d'une overdose et que l'argent qu'il n'avait pas encore remis à son dealer soit retrouvé dans son appartement, ainsi que le collier caché dans une théière.

— Tu sais de quoi je parle, alors ? demanda Theo. Cela a vraiment eu lieu ?

Grace le regarda, vit la condamnation inscrite sur son visage, et soudain elle se sentit glacée.

— Oui, il y a eu une accusation il y a cinq ans… ma deuxième mission.

De façon stupéfiante, sa voix restait calme et ferme, en dépit de sa sensation d'étouffer, comme si les murs de la pièce se refermaient sur elle.

— Suis-je autorisé à connaître les détails ?

De nouveau, elle scruta son visage, et se sentit stupide d'avoir cru qu'elle représentait pour lui autre chose qu'une simple conquête.

— Que désires-tu ? Des témoins oculaires prêts à se porter garants pour moi ? Un film de vidéosurveillance montrant le vrai coupable en action ? Ou une déclaration sous serment signée de mon sang fera-t-elle l'affaire ?

Le sarcasme était apparemment l'ultime recours quand on avait le cœur brisé, pensa-t-elle. Car son cœur se brisait, en mille morceaux, ne laissant que du vide.

— Tu es ridicule. Et puérile, répliqua Theo.

Il sentait perler la sueur sur son front alors qu'un sentiment voisin de la panique faisait accélérer son cœur. Il n'avait connu que des ruptures nettes et sans drame. Et celle-ci était totalement différente ! De plus, Grace et lui n'avaient pas eu une liaison… Ils avaient eu une *relation* ! Du moins, il l'avait cru. Ironie du sort, il avait même désiré aller au-delà…

Grace le regardait comme s'il était la plus grande déception de sa vie. Comme si elle le détestait.

— Ce genre de réaction ne suggère pas que la personne est blanche comme neige, ajouta-t-il.

— Oh ! c'est avec toi que j'ai perdu mon innocence, rétorqua-t-elle. Désolée, ce n'est pas correct. Je ne regrette pas d'avoir couché avec toi. Seulement d'être amoureuse de toi !

— Arrête ce cinéma et dis-moi ce qui s'est passé, qu'on puisse reprendre les choses comme avant ! jeta-t-il, frustré.

Grace inspira profondément et tenta de réprimer son tremblement. Il était inouï qu'il s'imagine que les choses étaient aussi simples !

— Reprendre les choses *comme avant* ? Et si je ne veux pas, moi ! N'as-tu rien de plus à donner ? Car notre relation n'est pas mon idée d'un couple épanoui ! lança-t-elle crûment. Pour ce genre de chose, on peut payer, tu sais !

— Pourquoi ne me donnes-tu pas une explication, au lieu de changer de sujet ?

— Je pourrais t'expliquer ce qui s'est passé, et tu pourrais me croire, ou te laisser convaincre. Mais après ?

Jamais elle n'oublierait l'expression de doute qu'elle avait vue dans ses yeux. Cela resterait une ombre entre eux.

— N'importe quoi ! s'écria Theo. Tu exagères. Si je dois te protéger, il faut que je connaisse les faits.

Elle avait envie de hurler : « Je ne veux pas qu'on me protège ! Je veux qu'on m'aime ! »

Mais il ne pouvait pas y avoir d'amour sans confiance.

— Me *protéger* ? dit-elle avec dédain. Tu avais décidé que j'étais coupable avant même que j'entre ici !

Theo ne nia même pas. Elle se détourna, prise de nausée, et ne le regarda pas avant d'avoir dominé son malaise.

— Tu trouveras ça risible, mais je m'étais persuadée que nous pourrions avoir un avenir ensemble. Je sais… c'est stupide. Je ne peux même pas rejeter le blâme sur mes parents, ils ne m'ont jamais laissée lire de contes de fées quand j'étais petite.

— Il n'y a aucune raison pour qu'on ne continue pas comme maintenant, soutint Theo.

— Si tu le crois vraiment, tu es idiot. Il s'agit de *confiance*, Theo. Peu importe que tu aies tout le temps envie de me déshabiller – si ça peut te réconforter, je partage cette envie. Mais sans la confiance…

Soudain, toute son énergie la quitta. Le feu était éteint et elle se sentait vide.

Il ne lui aurait pas déplu d'enlever le collier de saphirs pour le lui jeter à la figure. Au lieu de ça, elle s'empara d'une liasse de papiers sur la table et foudroya Theo du regard en disant :

— Puérile, hein ? Eh bien, tiens, en voilà du comportement puéril !

Puis elle envoya valser les feuilles vers lui avec un rire amer, et quitta la pièce pour aller s'enfermer dans sa chambre et pleurer tout son soûl.

Ce fut un coup frappé à la porte qui la sortit de son hébétude.

Lentement, elle se leva et alla ouvrir. Marta se tenait sur le seuil. Son expression chaleureuse, pleine de compassion, la fit de nouveau fondre en larmes.

Au bout de plusieurs minutes, Grace redressa sa tête, appuyée contre l'épaule de son aînée.

— Désolée, Marta.

Puis elle lui dit ce qu'elle comptait faire. Marta eut beau l'engager à réfléchir, recourir même au prétexte improbable de l'imminence d'une forte perturbation météorologique, Grace se contenta de sourire. Elle avait l'habitude de résister à des gens convaincus de lui tenir des propos raisonnables, d'être plus avisés qu'elle.

— Tout ira bien, dit-elle, amusée par l'anxiété de la gouvernante à l'idée des intempéries annoncées. Je suis anglaise, j'ai l'habitude de la pluie.

Une heure plus tard, elle était en voiture avec un bagage restreint – non pas dans l'un des véhicules de luxe du *palazzo*, mais dans la Mini de la gouvernante.

Le plan de fuite de Grace se décomposait en petites étapes,

à accomplir l'une après l'autre sans trop penser aux suivantes. Elle passait à l'action, voilà tout. Même si c'était peut-être une erreur de ne pas regarder en arrière, pensa-t-elle lorsqu'en manœuvrant elle évita de justesse une branche que le vent avait abattue dans la cour.

Il fut vite évident que Marta n'avait pas inventé la perturbation météo. Le vent et la pluie se renforçaient au fur et à mesure qu'elle s'éloignait des bâtiments du palais. Grace en franchit les grilles en se demandant si elle reviendrait un jour. C'était peu probable.

Elle dépassa l'endroit où elle avait rencontré Theo pour la première fois et, de nouveau, les larmes lui montèrent aux yeux. Comment une histoire apparemment si parfaite pouvait-elle s'achever aussi mal ?

Elle se dit qu'il valait mieux qu'elle se termine maintenant. Sinon, elle aurait continué pendant des semaines encore à nourrir de faux espoirs.

Il pleuvait dru, à présent. Si fort que le va-et-vient des essuie-glaces ne suffisait pas à dégager la vue. Elle rapprocha son visage du pare-brise, s'efforçant de distinguer la route étroite devant elle. Et tout à coup il n'y eut plus de route du tout.

Laissant échapper une sorte de hoquet, elle donna un coup de volant. Ce geste désespéré empêcha que la voiture soit propulsée dans le vide, mais elle fut entraînée dans un dérapage incontrôlable.

Grace ferma instinctivement les yeux. C'était sans conséquence : le pare-brise était totalement obstrué par une couche de boue brune. Le véhicule percuta quelque chose – et le cri de Grace fut étouffé par le fracas du métal.

— Oui, je serai au bureau demain. Je veux voir toute l'équipe.

Theo, ignorant le coup frappé à la porte, continua à s'adresser à son assistante.

— Je me fiche de savoir où il est ! lança-t-il. Je l'attends à la réunion demain, et je veux un compte rendu complet.

La porte s'ouvrit, et il se retourna. Si c'était Grace qui venait s'excuser de sa conduite, il la ferait attendre !

C'était Marta. Il lui suffit de la voir pour reposer son téléphone.

— Qu'est-ce qui ne va pas ?

— Grace m'a demandé de ne rien vous dire, et je le lui ai promis, mais je suis très inquiète. Il y a eu un glissement de terrain, et je lui ai prêté ma voiture. Vous savez qu'elle n'est pas vraiment une conductrice hors pair, et...

— Attendez, reprenez. Grace a fait quoi ? demanda-t-il en se forçant à rester calme – conscient que Marta n'était pas du genre à s'affoler pour rien.

— Elle est partie.

— Partie ? répéta-t-il, sidéré et scandalisé – car enfin, ce n'était pas *Grace*, mais *lui*, qui partait !

— Avec ma voiture, précisa Marta. Et maintenant, Marco vient de rentrer de... bref, peu importe, il dit qu'il y a eu un glissement de terrain sur la route du nord, qui est bloquée.

— Et Grace est partie dans cette direction ?

La gouvernante hocha la tête.

Theo fut envahi d'une peur glaçante, qu'il n'avait jamais connue auparavant. Il se pencha, les mains à plat sur le bureau, inspirant fortement, cherchant à ne pas penser à Grace, seule, effrayée, blessée. Appelant au secours. L'appelant, lui.

Il se secoua. Il devait se ressaisir, et vite !

— Quand est-elle partie ?

— Il y a deux heures, je pense... peut-être plus. J'ai tenté de la dissuader, mais...

— ... elle est plus têtue qu'une mule, je sais, dit-il, effleurant l'épaule de Marta. Vous avez essayé de la joindre sur son mobile ?

Elle hocha la tête.

— Pas de réponse. Oh ! j'aurais dû la retenir !

Déjà, Theo avait atteint la porte.

— Ce n'est pas votre faute, Marta, dit-il. C'est la mienne.

Appelez-moi sur mon mobile si vous avez des nouvelles, et demandez à Nic d'envoyer des hommes vers la rivière ! S'ils repèrent quoi que ce soit, alertez-moi. Je suppose que les hélicoptères de sauvetage sont cloués au sol ?

— Je n'ai pas...

— Bon, vérifiez ça. Et faites-leur savoir que nous devrons lancer des recherches dès que le temps le permettra.

Marta hocha la tête.

— Soyez prudent. Et je vous en prie, Theo... ramenez-la. Nous l'aimons tous.

— Je le ferai, c'est promis !

Theo arriva aux garages du palais au moment où Nic, descendu d'une Land Rover, commençait à enlever sa parka. En le voyant, celui-ci s'avança vers lui, main tendue. Il se rembrunit dès qu'il vit l'expression de son ami.

Il écouta en silence Theo lui expliquer la situation, puis il lui lança les clés du 4x4.

— C'est le tout-terrain le plus puissant que nous ayons. Reste en contact... et sois tranquille, nous avons une bonne réserve de volontaires.

Nic avait tout juste fait deux pas lorsque Theo démarra sur les chapeaux de roues. Il roula pied au plancher, jusqu'à l'endroit où la voie, inondée, disparaissait sous les eaux. Il louvoya, négociant au mieux les pires crevasses et les rochers sans pouvoir les éviter tous.

Mâchoires serrées, Theo continua à rouler, dans un crissement d'essuie-glace. Dire que Grace était dans une Mini !

— Typique ! Satanée tête de mule !

Pendant les kilomètres suivants, la pluie diminua un peu et la route devint plus facile. Theo progressa plus vite, jusqu'à parvenir au bout de la voie. Littéralement. Le cœur serré, il examina le paysage dévasté. Une portion de terrain s'était effondrée, ouvrant une blessure à flanc de colline. Devant, la route était bloquée par la boue, les rochers et les arbres déracinés.

Theo se saisit du sac à dos qu'il avait flanqué sur le siège arrière – le matériel d'urgence : kit de premiers secours, couverture de survie, barres énergétiques. La flasque de boisson chaude que lui avait donnée Marta surmontait le tout, avec le brandy qu'il avait lui-même ajouté. Il ferma sa parka imperméable, ajusta le sac à dos sur ses épaules.

Le vent était apparemment tombé, mais la pluie redoubla – aussi violente qu'une véritable agression physique. Il n'y avait pas le moindre signe des éclaircies annoncées après la tempête, ni d'une Mini rouge.

Grace avait-elle réussi à franchir cette section avant que la route ne soit bloquée ?

Theo ne voulait pas – ne *pouvait* pas – croire qu'elle n'y était pas parvenue. Elle était trop obstinée pour mourir… pour renoncer.

— Fichue tête de mule ! grommela-t-il encore, essuyant son visage ruisselant.

Il n'avait pas demandé à tomber amoureux – il n'avait pas *voulu* tomber amoureux. De combien de gens l'amour avait-il gâché la vie ? Combien de gens étaient-ils devenus désillusionnés et amers après avoir été trahis par la personne à laquelle ils avaient donné leur cœur ?

Pendant des années, son père avait symbolisé pour lui la trahison – une trahison que Theo avait fini par croire inévitable. Aujourd'hui, il connaissait la vérité. Son père avait été lui aussi victime de l'amour.

Les gens persistaient à croire qu'ils gagneraient ce défi au bon sens. Un défi que Theo n'avait nulle intention de relever. Mais à l'idée que Grace était là quelque part, perdue, blessée… Son arrogance lui semblait sidérante, et sa lâcheté méprisable.

Il avait passé ces dernières semaines à rejeter la vérité, refusé de renoncer au contrôle, mais n'était-ce pas cela, l'amour ? Remettre son bonheur entre les mains d'une autre personne ?

Il avait élevé autour de lui de si hautes murailles de protection qu'il avait eu l'arrogance de croire que nul ne les franchirait. Puis il y avait eu Grace… Ces murailles s'étaient écroulées dès l'instant où il avait plongé le regard dans ses yeux bleus.

La confiance, pensa-t-il, honteux. L'honnêteté de Grace avait toujours été perceptible dans son beau regard. Et il l'avait laissée partir sans combattre parce qu'il était lâche. Mais maintenant il allait la retrouver. Et la laisser décider de son avenir – car sans elle, il n'en avait aucun.

— Grace ! Grace !

Les mains en porte-voix, il avança en criant son prénom, dans l'espoir qu'elle était à l'abri quelque part, recueilli par un voisin, en train de boire une tasse de thé et de le maudire.

Il avait trouvé un passage à travers les décombres et cherchait à déterminer un plan pour la suite, lorsque son regard se figea. Il lui sembla que son cœur s'arrêtait de battre. Le spectacle d'un amas de métal tordu, dans la vallée, enfoncé dans la boue s'imprima sur sa rétine – une vision de cauchemar qui le hanterait à vie.

— Oh ! Grace… Grace !

Il réprima le gémissement désespéré qui montait de sa gorge et survola la pente du regard, cherchant une voie d'accès, vers laquelle il se précipita.

Grace avait d'abord cru qu'elle rêvait, quand elle avait perçu la voix de Theo. Elle s'était dit qu'elle entendait ce qu'elle avait envie d'entendre, alors qu'elle escaladait, le cœur battant, un amas de branchages et de débris végétaux, après avoir enjambé un arbre déraciné.

C'est alors qu'elle le vit.

— Mon Dieu, Theo ! hurla-t-elle. Éloigne-toi du bord ! C'est dangereux ! Mais que fais-tu, bon sang ?

Theo se tenait au bord d'un à-pic vertigineux. En entendant sa voix, il se retourna précipitamment, déclenchant une chute de cailloux dans le ravin.

Les yeux dilatés par la peur, Grace cria de plus belle.

— Éloigne-toi de là, espèce de fou ! Tu vas te tuer !

— Tu es vivante !

— Bien sûr…

Elle se tut, le regard écarquillé, allant de son visage terreux à la carcasse de la voiture en contrebas.

— La voiture a été emportée vers le ravin. Mais elle a buté violemment contre un arbre. Je crois que ça l'a fait changer de direction. Elle a continué à glisser, mais plus lentement… Je savais qu'il fallait que je sorte. Seulement, la portière était coincée.

Theo vit passer dans son regard le souvenir du moment affreux où elle avait dû se croire incarcérée, perdue… Il jura, sa voix s'étranglant à cause des larmes qu'il contenait de son mieux.

— Tu n'étais pas là pour me sauver, alors j'ai dû me sauver moi-même, dit-elle. J'ai voulu fracasser la vitre comme une idiote, alors qu'il suffisait de l'ouvrir. Heureusement, je ne suis pas bien grosse…

— Tais-toi !

Pas facile de parler quand on vous serrait à vous étouffer. Theo l'embrassait comme un perdu, tel un homme mourant de soif tombé sur une source en plein désert. Ses caresses avaient quelque chose de sauvage, voire de désespéré, mais elle était en même temps si tendre que Grace avait de nouveau les larmes aux yeux.

Quand il s'écarta enfin, elle mit un moment à rouvrir les paupières. Puis elle considéra son beau visage en se répétant qu'elle ne devait pas accorder trop d'importance à ce baiser…

— Tu n'es pas blessée ?

— Non, tout va bien. J'ai juste froid et… je suis sale.

Il lui enveloppa les épaules de ses paumes, puis la palpa comme pour se convaincre qu'elle était bien là, qu'elle était indemne. Il vit qu'elle frissonnait, vêtue seulement d'un débardeur détrempé d'eau qui laissait deviner les pointes de ses seins.

— Pourquoi es-tu en débardeur ?

— Je n'arrivais pas à passer par la vitre ouverte avec mon gros pull, dit-elle, continuant à trembler sous l'effet du froid et du choc.

Lâchant un juron, il se débarrassa de son sac à dos et défit la fermeture à glissière de sa parka, dont il l'enveloppa avant de remonter à nouveau la fermeture.

— Tu seras trempé, dit-elle, le regardant de sous la capuche.

— Je survivrai, fit-il en sortant du sac la couverture de survie et en la mettant autour de ses épaules comme protection supplémentaire.

— Je dois avoir l'air ridicule… j'avais une toilette haute couture il y a deux heures, observa-t-elle entre deux claquements de dents.

Theo se tourna vers elle d'un air farouche.

— Tu étais éblouissante… mais là, tu es *belle*. Et *vivante*. J'ai bien cru que…

Il n'alla pas plus loin, sa voix se brisait.

Grace le regarda lutter pour redevenir maître de lui.

— Tu as cru que j'avais dégringolé dans le ravin ? Oh ! Theo, je suis vraiment désolée de t'avoir fait subir ça ! Mon Dieu, j'espère que la voiture de Marta est assurée en cas de conduite par un tiers. Je l'ai un peu forcée à me la prêter…

— Aucune importance ! Allons, viens, nous ne pouvons pas rester ici. Il nous faut un abri… Tu peux marcher ?

— J'ai marché pendant… une éternité, on dirait. Pour me retrouver à mon point de départ. J'étais sur le point de ren…

Grace s'interrompit. Elle n'admettrait pas qu'à sa grande honte elle avait failli renoncer par désespoir.

— Quand je t'ai entendu, reprit-elle, j'ai cru à une hallucination auditive. J'avais tellement prié pour que tu viennes… Oh ! Theo, j'ai eu si peur !

Elle soupira alors que son compagnon l'entourait de ses bras, lui insufflait sa chaleur, lui donnait le sentiment d'être à l'abri. Theo la souleva dans ses bras.

— Je sais que tu peux marcher, dit-il, devançant d'éventuelles protestations, mais il nous faut vite un abri. Et je dois téléphoner au palais pour qu'ils rappellent les équipes de recherche.

Grace, qui n'avait pas eu l'intention de s'insurger, se contenta de nicher la tête au creux de son épaule virile, se cramponnant à lui.

Quelques minutes plus tard, il la reposait à terre, puis prenait le temps de passer un coup de fil à Nic pour lui annoncer qu'il avait retrouvé la fugitive et qu'elle était saine et sauve. De là où elle se trouvait, Grace perçut des hourras à l'autre bout du fil, comme si la nouvelle était partagée avec plusieurs personnes.

Theo sourit, écartant de lui l'appareil jusqu'à ce que le vacarme s'apaise. Puis il reprit la communication, prêta l'oreille aux propos de Nic.

— Tu as deviné mon intention, dit-il. Appelle-moi dès que l'hélicoptère sera libre. Oui bien sûr, les évacuations restent prioritaires. On tiendra bon sur place. Merci, Nic.

— J'ai causé beaucoup de problèmes, hein ? fit Grace quand il eut raccroché.

— Tu es une fauteuse de troubles depuis ton arrivée.

Blessée, elle ravala ses sentiments. C'était dur, mais elle aurait pu difficilement prétendre le contraire, dans ces circonstances.

Theo fit un pas vers elle. Son air hagard avait disparu et il dégageait une vitalité presque indécente. La prenant par la main, il la mena vers un chemin dont la présence ne se révéla que lorsqu'il eut écrasé sous sa botte un tapis de ronces.

Un instant plus tôt, elle se sentait quasiment incapable de mettre un pied devant l'autre. Mais Theo, en lui tenant la main, lui transmettait une partie de son énergie vitale. Elle le suivit en avançant prudemment, respectant ses instructions.

— Nous y sommes presque, dit-il, ménageant un arrêt pour

qu'elle reprenne son souffle. La plupart des gens semblent considérer que même si tu crées des problèmes, tu en vaux la peine, ajouta-t-il.

Elle leva sur lui un regard interrogateur.

— Pas tous ?

Il haussa les épaules.

— Je ne peux parler que pour moi.

Avant qu'elle ait eu le temps de réagir à cette révélation, ils étaient de nouveau en route. Il souleva une branche qui leur masquait la vue, et une petite construction carrée apparut, constituée de parois en bois de mélèze argenté, d'un toit de métal ondulé, de fenêtres aux encadrements recouverts de peinture turquoise.

À l'intérieur, le plancher était propre. Il n'y avait aux murs que des itinéraires de pistes et des affiches sur la faune locale. Sur un placard figurait en plusieurs langues l'inscription « Prenez ce qu'il vous faut », et en dessous, une cassette où chacun versait son écot.

Un poêle à bois était prêt à l'usage, flanqué d'une provision de bûches et de petit bois. Deux lits de camp pliants étaient appuyés au mur.

Theo posa le sac à dos sur la table, au milieu de la pièce.

— Il y a plusieurs abris de cette sorte dans la région. Les promeneurs et les ornithologues amateurs s'y abritent pour une nuit d'étape. Une bonne initiative... Nous devrions la généraliser, je trouve.

Cela signifiait-il qu'il ne partait plus ? Et comment devait-elle interpréter ce « nous » ?

Ce fut par peur des réponses qu'elle resta silencieuse alors qu'il s'approchait du poêle à bois, allumait le feu, et refermait la porte avant de se redresser.

— Ça se réchauffera vite, dit-il alors que déjà les bûches flambaient derrière la paroi de verre.

— C'est quoi, cet endroit ?

— Une ancienne cabane de chasseurs. On y campait souvent, Nic et moi, quand nous étions gosses. Je pensais qu'elle était en ruines, depuis le temps.

Grace hocha la tête, surprise de voir qu'au lieu de s'approcher du fourneau Theo gagnait la table et fouillait dans le sac à dos.

— Une attention de Marta, dit-il, ouvrant une thermos pour remplir une tasse. Et la mienne…

Il ouvrit une gourde plus petite et ajouta une bonne rasade du brandy qu'elle contenait dans la boisson chaude.

Étrangement intimidée, Grace accepta la tasse, avala une gorgée du liquide brûlant tiédi par l'addition d'alcool.

— Nous en avons pour un moment à attendre ici, maintenant qu'ils te savent saine et sauve, dit Theo. L'hélicoptère évacue un village dont la rivière a débordé.

— Il y a des blessés ?

— Rien de grave, heureusement. Les nouvelles digues anticrue n'ont pas tenu, mais elles ont limité les dégâts. C'était une tout autre histoire quand j'étais gamin. Je me souviens d'un glissement de terrain, une fois, où un camion a été emporté pratiquement au même endroit que toi. Le conducteur a laissé une veuve avec deux jeunes enfants.

Theo s'était-il remémoré cette tragédie, pendant qu'il la cherchait ?

Grace réalisa son imprudence, et vida sa tasse d'un trait.

— Je ne suis pas aussi téméraire, normalement, avoua-t-elle. Je ne pensais qu'à fuir.

Theo fut tenté de porter la flasque d'alcool à ses lèvres afin de se donner du courage, mais il voulait garder l'esprit clair pour ce qu'il avait à dire.

— Il n'y a pas de fuite possible. Ni pour moi, ni pour toi. Nous ne pouvions qu'en arriver là. Tes actes n'ont fait que devancer l'appel.

Il marqua une pause, luttant contre lui-même pour baisser sa garde, puis continua.

— J'aurais pu passer encore un mois à argumenter contre moi-même, à me débattre, à te haïr, à t'aimer… mais j'en serais arrivé à courir après toi. Je refuse de croire, Grace, que le destin nous aurait privés de cette chance.

Leurs regards se rencontrèrent, et ce qu'elle lut dans ses yeux lui emballa le cœur. La couverture de survie glissa à terre alors qu'elle effectuait timidement un pas, les bras tendus vers lui, telle une somnambule.

— Avant que tu dises quoi que ce soit…, reprit-il avec le même élan d'énergie.

Aurait-elle voulu parler qu'elle n'y serait sans doute pas parvenue – elle avait la gorge nouée par l'émotion.

— Laisse-moi t'expliquer, poursuivit-il, passant une main sur ses cheveux mouillés. Enfin, je vais essayer. Quand ma mère est morte, je crois que j'ai associé l'émotion – l'amour – à la souffrance. Ma solitude était ma force… une sécurité. Puis tu as surgi dans ma vie, tu as commencé à occuper mes pensées, tu y as élu domicile, chahutant toutes mes convictions, m'amenant à tout remettre en question, à… à ne plus être seul. Je n'ai jamais douté de toi. C'est de moi que j'ai douté, avoua-t-il. Je n'en revenais pas d'avoir la chance d'avoir quelqu'un comme toi dans ma vie, Grace. Je m'attendais à ce que tout s'écroule. Je ne supportais pas l'idée de te perdre, *tesoro mio !*

Theo s'empara de la main qu'elle lui tendait, et attira Grace à l'abri de ses bras.

— Oh ! Theo, je t'aime !

Il lui enveloppa le visage de ses paumes viriles, regarda avec émerveillement ses grands yeux bleus étincelants. Il la tenait comme si elle était précieuse et fragile, et elle se sentit réconfortée, à l'abri, aimée par l'homme le plus extraordinaire du monde.

— Si tu pars, je pars aussi, lui dit-il.

Elle leva sur lui un regard étonné.

— Je ne vais nulle part. Je peux participer à la gestion du domaine.

Il se mit alors à rire.

— Je ne veux pas d'une administratrice. Je veux une épouse.

Grace en resta sans voix.

— Tu ne penses tout de même pas que je consentirais à moins ? ajouta-t-il. Et puis il serait bon que je sois dans les parages pour me porter à ton secours, non ? La prochaine fois que tu voudras jouer avec la mort.

— Ce serait une très bonne chose, oui. Même si je n'ai aucune intention de recommencer. Oh ! Theo, je t'aime tant ! s'écria Grace, se pendant à son cou. Merci de m'avoir sauvée !

— Tu m'as sauvé, moi, *cara*. Tu m'as sauvé d'une existence stérile et vide. Tu m'as fait don de la vie quand tu m'as accordé ton amour...

Theo dressa soudain la tête, l'air déçu.

— Qu'est-ce qu'il y a ?

— Ou je me trompe fort, ou nous sommes sur le point d'être secourus, dit-il en élevant la voix pour dominer le vrombissement d'un hélicoptère au-dessus de leurs têtes. Ça tombe vraiment mal !

Grace se mit à rire.

— Je crois que ça tombe on ne peut mieux, au contraire.

Épilogue

Grace entra dans son dressing et s'immobilisa. Rien n'était à sa place habituelle. Ses vêtements étaient réordonnés en rangs séparés, par couleur, avec des indications du genre : Printemps, Hiver, Automne…

— La spécialiste du *feng shui* que votre sœur a engagée semble penser que vous n'êtes pas « du printemps » et que vos chaussures ne sont pas en harmonie avec le monde naturel… Une question d'orientation, lui expliqua Marta, à côté d'elle. Je les ai remisées dans la chambre et les remettrai en place quand les invités seront partis.

Grace laissa échapper un petit cri de frustration.

— C'est Hope tout craché ! Je vais l'étrangler ! gronda-t-elle.

— Il valait mieux ne pas discuter, reprit Marta. Et votre sœur avait l'air contente.

L'humour de Grace refit surface et elle se mit à rire.

— Hope a débuté dans un cabinet d'avocats, dit-elle. Dès qu'ils ont eu le dos tourné, elle a réorganisé tout le classement. Elle ne comprenait pas qu'ils soient furieux, parce que…

— Son système était bien plus efficace ? enchaîna une voix masculine.

Grace se retourna vivement.

— Theo, tu ne devrais pas être ici. Ça porte la poisse de voir la robe de la mariée avant la noce.

— Quelle robe ? Aurais-tu l'intention de remonter vers l'autel dans les ravissants chiffons que tu as sur toi ? Je n'y vois aucun inconvénient, mais il faut prendre en compte le risque de crise cardiaque pour pas mal d'invités. Bas et porte-jarretelles... Ah, pourquoi les femmes n'en portent-elles pas plus souvent ?

— Parce que c'est inconfortable ? suggéra Grace, se promettant de ressortir sa lingerie de future mariée pour d'autres occasions, si cela plaisait tant à Theo.

Puis, s'avisant qu'il était en jean et T-shirt, elle s'écria :

— Mais tu n'es pas habillé !

— Toi non plus.

— Il y a deux heures qu'on s'occupe de moi... Toute une armada a défilé ici, et nous venons à peine de nous en débarrasser, n'est-ce pas, Marta ? Marta ? Mais où est-elle ?

— Elle s'est éclipsée pour nous laisser notre intimité.

— Pour ça, nous avons toute la vie devant nous. Oh ! Theo, tu n'as pas changé d'avis ?

— Certainement pas. Pour moi, ce n'est qu'une formalité. Il y a des mois que je me suis engagé avec toi.

— Pourquoi nous a-t-il fallu tant de temps pour organiser notre mariage ?

— Parce que nous avons voulu faire plaisir à trop de gens.

Grace soupira.

— *J'ai* voulu, tu veux dire. Tu comprends...

— Tu peux accorder cette journée aux autres, mais ensuite...

Theo s'interrompit : on frappait à la porte.

— Si c'est ma mère ou ma sœur, dis-leur que j'ai été téléportée !

— Détends-toi, ce ne sont sûrement pas elles.

Grace le contourna pour aller ouvrir, et se détendit en découvrant Sophia sur le seuil. Au cours des derniers mois écoulés, Sophia et elle étaient devenues proches, et un mois plus tôt Grace était devenue la marraine d'une des jumelles de son amie.

— Tu veux que je m'en aille ? dit Sophia, jetant un regard plein d'humour vers Theo.

— On m'a déjà congédié, dit Theo. Tu es toujours aussi ravissante, Sophia, continua-t-il en tournant les talons.

— Je ne sais pas comment il fait pour être aussi décontracté, commenta Grace. Je suis un paquet de nerfs.

— Il donne le change, prétendit Sophia. J'étais juste venue te dire de penser aussi à t'amuser. Bon, je te laisse...

— Non, ne pars pas ! Ma famille sera bientôt de retour, et ce sera le chaos. Tu veux bien m'aider à mettre ma robe avant ?

— Bien sûr.

Heureusement, Hope n'avait pas touché à la robe de mariée, toujours suspendue dans la housse à l'effigie du couturier qui l'avait conçue. Sophia l'aida à la passer sans altérer sa coiffure ni son maquillage.

— Quelle merveille ! souffla-t-elle en admirant la robe en soie parée de dentelles, la traîne en satin aux broderies exquises. Très vintage. Oh ! Grace... ! Il y aura des larmes quand tu remonteras vers l'autel, affirma Sophia en embrassant son amie. À tout à l'heure, ma belle.

Comme Grace marquait un arrêt devant la porte, sa sœur et demoiselle d'honneur, la larme à l'œil, la prit par le bras.

— Tu es belle, Grace, si belle ! Il en sera foudroyé, dit Hope.

Puis, à la surprise de Grace, elle ajouta un commentaire qui faisait écho à celui de Sophia.

— Pense à t'amuser, aussi. J'étais si terrifiée le jour de mon mariage que je m'en souviens à peine.

D'un geste impulsif, Grace l'embrassa, suscitant des cris de protestation.

— Tu vas écraser ton bouquet ! C'est bien de toi d'avoir choisi des fleurs sauvages... Elles sont belles, remarque. Tout est très beau.

Le service religieux devait avoir lieu dans la petite chapelle du domaine, à l'origine, mais la liste des invités s'était allongée, et il avait donc été décidé qu'il se tiendrait dans la salle de bal.

Lorsque la musique commença, Grace fut assaillie par une myriade de sensations et de visions : le parfum des fleurs ornant la salle, les têtes tournées vers elle... Elle eut un instant de panique, mais recouvra son calme lorsqu'elle rencontra le regard de celui qui, dans son cœur, était déjà son époux.

Elle se dirigea vers lui, hâtant le pas à mesure qu'elle avançait, puis, à mi-chemin, se mit à courir sans crainte de tomber, sûre qu'il la rattraperait dans ses bras.

Il y eut quelques soupirs étranglés, puis des rires, et enfin, quand elle rejoignit Theo, des sifflets et un tonnerre d'applaudissements – le cérémonial oublié dans la joie du moment.

Theo, le regard étincelant, prit la main de Grace.

— Tu as l'air d'un ange ! Et l'art des entrées remarquées, ô ma future épouse !

L'officiant s'éclaircit la gorge.

— Sommes-nous prêts ?

— Merci, mon père. Oui, je suis prêt à passer le reste de ma vie avec cette femme incomparable.

Lorsque tous furent assis, le prêtre commença la cérémonie, avec elle s'ouvrait aussi la vie future de Grace.

SHARON KENDRICK

Un aveu saisissant

Traduction française de
CHARLOTTE MEIRA

AZUR

HARLEQUIN

Titre original :
CONSTANTINE'S DEFIANT MISTRESS

Ce roman a déjà été publié en 2019.

1

Entendre le nom de cet homme à la radio fut un véritable choc.

Avec l'emploi du temps très chargé qui était le sien, Laura lisait rarement le journal — et sa dyslexie ne lui avait jamais facilité la tâche dans ce domaine. Les émissions matinales étaient donc sa principale source d'information. Son degré d'attention variait en fonction de son humeur et des nouvelles du jour. Le bruit de fond du poste lui tenait compagnie au petit matin, même si elle n'écoutait que d'une oreille distraite — surtout s'il était question de finances internationales !

Mais Karantinos était un nom qui sortait de l'ordinaire. Un nom grec qu'elle ne connaissait que trop bien. Et tout ce qui se rapportait de près ou de loin à ce magnifique pays chargé d'histoire mettait ses sens en alerte.

Elle venait de pétrir les pains et s'apprêtait à les mettre au four, mais s'immobilisa aussitôt, aux aguets.

— Le milliardaire Constantin Karantinos, expliquait le journaliste, vient d'annoncer des bénéfices record pour la compagnie maritime qu'il dirige. Le célèbre homme d'affaires, également connu comme l'une des figures les plus importantes de la jet-set internationale, vient d'arriver à Londres, où il doit organiser une importante réception à l'hôtel Granchester. Selon des sources bien informées, il devrait, à cette occasion, annoncer ses fiançailles avec le mannequin suédois Ingrid Johansson.

Laura s'agrippa au plan de travail. La douleur étreignit sa poitrine ; son cœur, comme prisonnier d'un étau, se mit à battre douloureusement.

C'était idiot, elle en avait parfaitement conscience, mais elle n'était jamais parvenue à oublier Constantin. Le souvenir doux-amer de cet homme qui lui avait fait perdre la tête quelques années auparavant venait encore régulièrement la hanter. A chaque fois qu'elle pensait à lui, c'était comme si le temps s'était arrêté à l'époque de leur rencontre. Une illusion bien douloureuse, car elle savait malgré tout que le temps, loin de suspendre son cours, avait au contraire tout balayé.

Constantin Karantinos allait donc se fiancer… Et alors ? Qu'imaginait-elle ? Un homme tel que lui n'était certainement pas destiné à rester célibataire pour le restant de ses jours. A bien y réfléchir, il était même plutôt étonnant qu'il eût attendu aussi longtemps !

Elle enfourna tristement les pains et ôta son tablier. De l'étage, on entendait des bruits de pas assourdis. Elle s'assit quelques instants, dans l'espoir d'apaiser les mouvements frénétiques de son cœur. Dans quelques instants, elle monterait pour réveiller son fils.

Elle songeait souvent à la chance qu'ils avaient d'habiter au-dessus de leur commerce. Certes, tenir une petite boulangerie de village n'avait jamais été le rêve de sa vie, mais cet emploi lui offrait, outre un logement, un revenu modeste qu'elle arrondissait de temps en temps en travaillant comme serveuse. Elle menait une existence simple sans doute, mais son travail lui permettait d'assurer le bien-être et la sécurité d'Alex. C'était là l'essentiel à ses yeux.

En haut de l'escalier, elle croisa sa sœur, dont le regard émergeait péniblement sous la frange de cheveux couleur de jais. Elle était aussi brune que Laura était blonde, ce qui amusait souvent les observateurs.

— Bonjour, Laura, marmonna Sarah en étouffant un bâillement.

— Coucou...

— Eh ben, tu en fais une de ces têtes... Ne me dis pas que le thermostat du four est de nouveau déréglé !

Laura secoua la tête.

— Alex est levé ? demanda-t-elle.

— Non, pas encore.

Elle jeta un coup d'œil à l'horloge accrochée au mur et constata qu'il lui restait encore dix minutes avant de réveiller son fils pour l'école. Elle entraîna sa sœur dans le petit salon qui surplombait la rue.

— Mais que se passe-t-il ? s'inquiéta Sarah.

Laura s'adossa à la porte, tremblant de tous ses membres.

— Constantin Karantinos est à Londres, lâcha-t-elle.

— Et alors ?

— Il... il organise une réception, et la radio a annoncé qu'il allait se fiancer à un mannequin suédois.

Sarah haussa les épaules.

— Que veux-tu que je te dise ? Ça te surprend à ce point ?

— Non... mais...

— Mais quoi, Laura ? coupa Sarah avec impatience. Tu n'as toujours pas compris que ce type était le dernier des salauds ? Il a profité de toi et pff... il t'a oubliée. C'est aussi triste et banal que ça !

— Mais peut-être que...

— Quoi ? Tu ne vas pas encore lui trouver des excuses, tout de même ? Pourquoi est-ce que tu n'as jamais pu obtenir un rendez-vous avec le « grand homme » ? Hein, pourquoi ? Et pourtant, tu as essayé un nombre incalculable de fois ! Bon sang, il a même refusé de te parler au téléphone ! Tu étais suffisamment bien pour qu'il passe un peu de bon temps avec toi, mais pas assez pour qu'il consente à reconnaître le fils qu'il t'a fait !

— Parle moins fort, je t'en prie !

Laura tendit l'oreille, en espérant de toutes ses forces qu'Alex ne se soit pas levé. Tout doucement, elle ouvrit la porte du salon et constata avec soulagement que celle de la chambre de son fils était toujours fermée.

— Tu as peur qu'Alex m'entende, c'est ça ? Franchement, pourquoi est-ce qu'il ne saurait pas que son père est l'un des hommes les plus riches du monde, alors que sa mère se tue à la tâche pour lui assurer un avenir décent ?

— Je ne veux pas que...

Elle n'acheva pas sa phrase. Que désirait-elle à la vérité ? Pour rien au monde, elle ne souhaitait blesser son fils adoré en lui révélant une vérité scandaleuse. N'était-ce pas le devoir d'une mère de protéger son enfant ? Seulement, elle trouvait cela de plus en plus difficile.

Un mois auparavant, Alex était rentré de l'école le visage tout égratigné après une bagarre dans la cour de récréation. Lorsqu'elle lui avait demandé une explication, il s'était contenté de marmonner une vague réponse, sur la défensive. Sans attendre, Laura avait pris rendez-vous avec la directrice, qui lui avait révélé la nature du problème.

Si Alex avait été malmené par ses camarades, c'était parce qu'il avait l'air différent des autres. Avec son teint mat, ses yeux noirs et sa grande taille pour son âge, il se distinguait parmi les petits garçons de sa classe. Il semblait plus âgé, plus fort aussi... Du coup, les fillettes de six ou sept ans n'étaient pas insensibles à son charme. Certaines le suivaient à la trace comme de petits chiots ! En dépit de leur jeunesse, les garçons en prenaient ombrage : il avait essuyé leur jalousie.

Tel père, tel fils, n'avait pu s'empêcher de songer Laura à l'évocation des premiers succès d'Alex auprès de la gent féminine.

Au retour de son rendez-vous avec la directrice, elle était profondément troublée. Elle aurait voulu demander à son fils pourquoi il n'avait pas répondu aux coups qu'il avait reçus ; or, elle aurait ce faisant été en porte-à-faux avec les principes éducatifs qu'elle essayait de lui transmettre. Si elle en avait eu les moyens, elle l'aurait changé d'école. C'était un luxe qu'elle ne pouvait s'offrir. L'autre école publique la plus proche se trouvait à plus de dix kilomètres et non seulement Laura n'avait pas de voiture, mais le service de ramassage scolaire n'était pas des plus fiables.

Une semaine après l'incident, Alex lui avait demandé pourquoi il ne ressemblait pas aux autres enfants de sa classe. Laura avait louvoyé, mais son fils était un petit garçon intelligent, qui ne se contenterait pas longtemps de réponses floues au sujet d'un père qu'il n'avait jamais connu.

Si seulement Constantin acceptait au moins de parler avec elle ! S'il consentait à reconnaître Alex et à passer un peu de temps avec lui. C'était tout ce qu'elle souhaitait. Son petit garçon avait le droit de connaître son héritage.

— Allez, il est temps de se préparer, déclara Sarah tout en soupirant. Essaie de penser à autre chose.

— Oui, je vais réveiller Alex.

Durant le petit déjeuner et, plus tard, sur le chemin de l'école, Laura essaya de montrer de l'entrain, mais elle était distraite. Bien que les vacances d'été fussent proches, le temps était épouvantable depuis quelques jours. La pluie, toujours et encore. Ce matin-là, un petit vent sournois la glaçait jusqu'aux os. Elle réprima un frisson et s'efforça de papoter avec son fils. Le cœur n'y était pas ; Alex le remarqua très vite.

— Tout va bien, maman ? s'enquit-il en fronçant les sourcils.

Cela ne pourrait aller mieux, songea-t-elle avec amertume, *ton père est sur le point d'épouser une autre femme. Gageons aussi qu'il ne tardera pas à avoir d'autres enfants.*

— Tout va bien, mon chéri. Je trouve seulement qu'il fait un peu froid ce matin.

Une fois qu'ils furent arrivés devant l'école, elle le serra dans ses bras, puis le suivit du regard lorsqu'il entra dans la cour de récréation. Elle espérait vivement que le sermon de la directrice avait porté ses fruits et que son fils n'aurait plus jamais à souffrir des brimades de ses camarades.

De retour à la boulangerie, elle suspendit son imperméable et esquissa une grimace en apercevant son reflet dans le miroir. Ses yeux gris étaient empreints de désarroi et ses cheveux fins, plaqués par la pluie, lui donnaient l'air pitoyable. Elle les brossa doucement et les ramassa en chignon au bas de sa nuque.

Dans la boutique, Sarah venait juste d'allumer les lumières. Cinq minutes plus tard, elles ouvriraient les portes aux premiers clients de la journée : des villageois impatients d'acheter leur pain tout chaud.

Elle était consciente de sa chance, ce qui ne l'empêchait pas de constater que la vie n'avait pas toujours été tendre avec sa sœur et elle.

Elles avaient perdu leur père lorsque Sarah était encore à l'école ; puis leur mère s'était éteinte quelques mois plus tard, paisiblement, dans son sommeil. Laura avait aussitôt abandonné ses projets de voyages aux quatre coins du globe pour s'assurer que sa sœur pourrait poursuivre ses études. Mais l'ironie du sort avait voulu qu'elle découvre sa grossesse à ce moment-là.

Les deux sœurs avaient connu des jours difficiles, mais la boulangerie et le petit appartement qu'elles avaient reçus en héritage leur avaient permis de subvenir à leurs besoins. Habituées dès l'enfance à aider leur mère au magasin, elles avaient repris sans peine le flambeau familial. Laura avait modernisé les installations et Sarah avait insisté pour faire ses études à mi-temps, afin de l'aider à s'occuper d'Alex et du magasin.

Pourtant, même si jusqu'à présent tout avait fonctionné à la perfection, cet arrangement ne pouvait être éternel. Depuis quelque temps, Sarah parlait avec enthousiasme d'une école d'art à Londres ; Laura craignait d'être un poids pour elle. Elle ne pouvait pas accepter que sa petite sœur sacrifie ses études. Il était temps que Sarah vole de ses propres ailes et accomplisse ses rêves.

Seulement, comment Laura parviendrait-elle à tout gérer de front ? Elle n'en avait pas la moindre idée et, à l'idée de se retrouver seule, sa gorge se nouait immanquablement.

Elle prit une grande inspiration et entra dans la boutique. Sarah la dévisagea, l'air réprobateur.

— Tu n'as pas l'air dans ton assiette, tu sais...

Laura disposa quelques pains dans un panier avant de répondre.

— Disons que je m'aperçois que je ne vais pas pouvoir continuer à faire l'autruche très longtemps.

— De quoi parles-tu ? demanda sa sœur en fronçant les sourcils.

Laura hésita quelques instants.

— J'ai l'intention de me battre pour Alex, lâcha-t-elle finalement. Il faut absolument que je trouve le moyen de dire à Constantin qu'il a un fils.

Sarah poussa un soupir exaspéré.

— Mais enfin, qu'est-ce qui te prend, Laura ? C'est parce que tu as appris qu'il était à Londres en ce moment ? Et alors, qu'est-ce que ça change ? Tu crois peut-être qu'il va laisser tomber son mannequin suédois pour filer le parfait amour avec toi ?

Laura sentit ses joues s'empourprer. Mais comment en vouloir à Sarah ? Seule une sœur pouvait se permettre d'être aussi franche. La vérité était peut-être difficile à entendre, mais elle devait l'accepter, analyser la situation avec pragmatisme en laissant de côté ses idéaux romantiques.

Constantin Karantinos l'avait certes désirée autrefois, mais aujourd'hui, inutile de se mentir, il la regarderait à peine. En effet, après sept années de dur labeur, Laura se sentait souvent plus vieille que ses vingt-six ans. Etre la mère d'un enfant de sept ans n'était sans doute pas étranger à cette sensation. Pourtant, au plus profond d'elle-même brûlait encore le feu ardent de ses dix-neuf ans, ce feu qu'avait allumé Constantin...

— Je sais que je ne mâche pas mes mots, Laura, mais je n'ai pas envie que ce type te fasse souffrir une nouvelle fois.

— Ne t'inquiète pas. Je sais très bien que tu as raison. Mais il ne s'agit pas de reconquérir Constantin. Je veux simplement qu'il connaisse l'existence de son fils.

— La dernière fois que tu as essayé de prendre contact avec lui, ça ne t'a menée nulle part. Pourquoi est-ce que ça serait différent aujourd'hui ?

Laura secoua doucement la tête. Elle n'avait pas la réponse à cette question. Peut-être avait-elle simplement pris conscience que le temps passait trop vite, et que c'était peut-être sa dernière chance. Et puis elle s'était endurcie. Cette fois-ci, elle n'avait pas l'intention de baisser humblement la tête. Si elle devait se trouver face à un barrage, elle le forcerait !

— Ça sera différent parce que j'ai changé. Cette fois-ci, j'ai la ferme intention de rencontrer Constantin. Et crois-moi, je le regarderai droit dans les yeux lorsque je lui apprendrai l'existence d'Alex.

— Oh, Laura, tu es si naïve ! Ça va se passer comme la dernière fois : tu n'arriveras pas à l'approcher.

Laura resta silencieuse quelques instants.

— Si je m'y prends de la même façon que la dernière fois, c'est certain en effet, reprit-elle doucement. Mais il y a des moyens moins conventionnels...

— Et puis-je savoir à quoi tu penses en particulier ? l'interrogea sa sœur en plissant les yeux, l'air suspicieux.

Laura sourit, comme chaque fois qu'elle découvrait en elle des ressources insoupçonnées. L'idée qui lui avait traversé l'esprit était si simple qu'elle s'étonnait presque de ne pas l'avoir eue plus tôt.

— Le journaliste à la radio a parlé d'une grande réception dans un hôtel à Londres.

— Et ?

— Et quel est le domaine d'activité qui emploie le plus d'extras ?... La restauration bien sûr ! Réfléchis un peu, Sarah : ils vont avoir besoin d'une foule de serveurs ce soir-là. Je vais me faire embaucher pour la soirée !

— Attends un peu... ne me dis tout de même pas que...

Laura hocha la tête avec conviction.

— Mais si ! J'ai l'habitude du job : je l'ai déjà fait pour des hôtels de la région. Ce ne sera pas bien compliqué d'obtenir des références.

— O.K., admettons que tu sois embauchée. Et ensuite ? Tu vas aller trouver Constantin dans ton petit uniforme de serveuse et lui annoncer de but en blanc, devant sa fiancée et tous ses invités, qu'il t'a fait un enfant il y a sept ans ?

Laura secoua la tête. Sa propre audace l'effrayait un peu ; pourtant, elle ne voulait pas renoncer à son projet. C'était une occasion unique, qu'elle devait à tout prix saisir.

— Non, je vais essayer d'être plus subtile que ça, mais je ne partirai pas sans lui avoir parlé.

Elle se dirigea vers la porte de la boutique et retourna la pancarte « fermé ». Dehors, quelques clients attendaient déjà ce moment avec impatience.

Laura accrocha vaillamment un sourire à ses lèvres en prenant place derrière le comptoir. Elle servit les habitués le plus gentiment possible, ainsi qu'elle s'efforçait de le faire chaque jour, mais son esprit était ailleurs.

L'ironie de son plan ne lui avait pas échappé, puisqu'elle avait rencontré Constantin alors qu'elle était employée comme serveuse. Ce soir-là, elle avait succombé à son charme avec une facilité qui lui ressemblait bien peu, elle d'habitude si timide, si réservée.

Cette seule pensée suffisait à lui faire monter le rose aux joues. A cette époque, du haut de ses dix-neuf ans, elle avait le sentiment que le monde lui ouvrait les bras. Elle économisait patiemment pour s'offrir un long voyage, à la découverte d'autres lieux, d'autres cultures. Dans ce but, elle travaillait cet été là dans un petit hôtel-restaurant, sur la côte. En ce temps-là, elle était innocente... dans tous les sens du terme. Elle n'oublierait jamais le trouble qu'elle avait ressenti lorsque son regard avait croisé celui de Constantin pour la première fois. Elle l'avait aperçu sur le pont de son bateau, juste avant qu'il n'accoste dans le petit port. De loin déjà, sa silhouette athlétique se détachait sur l'azur du ciel, et les derniers rayons du soleil semblaient caresser sa peau dorée. Un dieu grec, avait-elle aussitôt pensé, sans même connaître sa nationalité. Le soir même, lorsqu'il s'était présenté dans le restaurant où elle travaillait, elle avait cru défaillir.

Elle se souvenait de ses larges épaules, de la douceur de sa peau brune et de ses muscles puissants, parfaitement dessinés. Elle revoyait encore ses yeux, noirs comme l'ébène mais brillants comme le soleil du matin sur les flots. Comment aurait-elle pu résister à un homme pareil ? Il incarnait à la perfection ses rêves de jeune fille. Plus tard, dans ses bras, elle s'était sentie femme pour la première et unique fois de sa vie.

Le lendemain matin, lorsqu'elle s'était éveillée à son côté, il la regardait. Timidement, elle avait soutenu son regard, en espérant découvrir ce qu'il ressentait.

Mais dans les profondeurs de ses prunelles, elle n'avait trouvé qu'un abîme.

Un vide absolu.

2

— Que se passe-t-il, Vlassis ?

Constantin leva la tête et soupira, impatient. Son majordome attendait à la porte, avec un air hésitant qui n'annonçait rien de bon.

— C'est au sujet de la soirée, *kyrios*, répondit Vlassis.

Constantin pinça les lèvres. Pourquoi diable avait-il consenti à donner cette fête ? Il avait beaucoup à faire et se serait volontiers passé de cette corvée mondaine.

En fait, il s'y était résolu parce que ses relations d'affaires londoniennes attendaient cela depuis très longtemps. Les gens s'étaient toujours donné un mal fou pour s'approcher de lui — de sa fortune colossale, surtout, il n'était pas dupe. Bah ! Ce serait intéressant de voir ses amis et ses ennemis rassemblés au même endroit...

— Et alors ? De quoi s'agit-il ? répliqua-t-il vertement. Je suis occupé et j'aimerais autant de ne pas être importuné par des questions triviales, Vlassis. Je paie des gens pour s'occuper des menues tracasseries !

Le majordome eut l'air blessé, comme si la seule idée de déranger son employeur avec des soucis mineurs l'offensait au plus haut point.

— J'en suis parfaitement conscient, *kyrios*, mais Mlle Johansson vient de me transmettre un message pour vous.

Constantin se laissa aller contre le dossier de son fauteuil et croisa les doigts, songeur. Il n'ignorait pas que la presse avait déjà annoncé leurs fiançailles. Ce n'était pas la première fois que ça lui arrivait : il suffisait qu'il s'affiche avec une nouvelle conquête pour que les journalistes s'en donnent à cœur joie.

Cette fois-ci, pourtant, les choses étaient un peu plus sérieuses et la perspective d'un mariage semblait se dessiner. Avoir une épouse susceptible de prendre en charge les aspects les plus ennuyeux de sa vie sociale était sans doute l'un des meilleurs arguments en faveur de cette union.

— Je vous écoute, Vlassis.

— Mlle Johansson m'a chargé de vous dire qu'elle arriverait très tard ce soir.

— A-t-elle donné une raison ?

— Elle a parlé d'une séance de photos.

— Ah oui ? répondit Constantin, de cette voix suave qui inquiétait souvent son entourage.

Il était en effet difficile de percevoir son intention dans ces cas-là, il en avait conscience, comme d'avoir l'art de transformer en une seconde la douceur en dureté.

— A quelle heure sera-t-elle là ?

— Elle espère avant minuit.

— Je l'espère aussi.

Lorsque son majordome fut sortit, Constantin se mit à tapoter doucement sur son bureau, irrité.

Le calme et la froideur d'Ingrid étaient les qualités qui l'avaient instinctivement attiré chez elle — avec sa beauté toute nordique, évidemment. Mannequin de renommée internationale, elle avait également obtenu un diplôme en sciences politiques et parlait cinq langues étrangères. En outre, avec son mètre quatre-vingts, c'était l'une des rares femmes qui pouvaient le regarder droit dans les yeux.

Lorsqu'ils avaient fait connaissance, l'attitude distante d'Ingrid l'avait intrigué. Elle ne s'était pas laissé conquérir facilement et, pour la première fois de sa vie, Constantin avait dû batailler pour obtenir un rendez-vous. Ce petit jeu — car c'en était un, il le savait à présent — avait très bien fonctionné. Habitué à des succès faciles, il avait apprécié cette proie moins docile.

Ingrid était une femme intelligente. Consciente qu'il était très convoité par les femmes, elle avait inversé les rôles. Son attitude fuyante, lointaine, dédaigneuse parfois avait attisé son désir. Elle savait parfaitement ce qu'elle voulait : épouser un homme extraordinairement riche. Et son vœu était sur le point de se réaliser.

Constantin envisageait tout cela avec philosophie, et une pointe de fatalisme. Il était temps pour lui de se marier. Et quelle meilleure épouse qu'une femme qui attendait si peu de lui ?

Pour rien au monde il n'aurait voulu s'unir à l'une de ces hystériques en perpétuelle demande.

Oui, Ingrid correspondait bien à l'image qu'il se faisait de l'épouse idéale. Même son père l'appréciait. Bien que Constantin n'eût jamais été très proche de lui, il avait écouté ses conseils cette fois-ci.

— Pourquoi est-ce que tu ne l'épouses pas ? avait-il dit, sur le ton du reproche. Il est temps que tu te stabilises et que tu me donnes un petit-fils.

Il n'avait sans doute pas tort : l'heure était certainement venue de fonder un foyer. Pourtant, si l'idée d'épouser Ingrid lui semblait raisonnable, quelque chose le freinait malgré lui. Et il ne parvenait pas à s'expliquer cette réticence.

Réprimant un soupir, il ouvrit le dossier qui se trouvait devant lui. Le travail, voilà ce qui importait le plus à ses yeux. Depuis toujours, c'était une passion, parfois même un refuge. La vie professionnelle était beaucoup plus sécurisante que les aléas de la vie sentimentale, qui n'apportaient que soucis et désillusions. Comme il l'avait appris à ses dépens...

Il quitta son bureau à 18 heures et se dirigea vers l'hôtel Granchester, où il réservait toujours une suite au dernier étage lorsqu'il était à Londres. Il appréciait ce cadre luxueux et élégant, même s'il était un peu trop loin de la mer pour se détendre complètement.

Il lui restait une petite heure pour se préparer en vue de la soirée. A cette idée, il se rembrunit. Pour chasser les pensées maussades qui l'assaillaient, il choisit un disque d'opéra, qu'il écouta tout en se déshabillant. Le chant de la soprane, pur et incroyablement léger, était un véritablement enchantement. Cependant, sa complainte amoureuse ne trouvait aucun écho en lui. Cette constatation lui arracha un sourire ironique.

Après s'être douché, il revêtit son smoking et sortit de sa suite.

Dans le grand escalier de l'hôtel, il croisa quelques membres de la sécurité, qui l'assurèrent que tout était mis en œuvre pour tenir à distance les paparazzi. Il répondit d'un hochement de tête satisfait puis entra dans la salle de bal. Ignorant les regards insistants que lui adressaient les femmes de l'assistance, il salua ses collaborateurs et clients.

Au bout de quelques minutes, déjà lassé par ce cérémonial, il se dirigea vers l'une des fenêtres et admira distraitement les jardins illuminés.

— Désirez-vous boire quelque chose, monsieur ?

L'espace d'un instant, cette petite voix qui l'avait arraché à sa rêverie lui rappela un lointain souvenir, trop évanescent pour qu'il puisse y prêter réellement attention. Il se tourna et vit une jeune serveuse, fine et pâle, qui le regardait en se mordant nerveusement les lèvres.

— Oui, je veux bien un verre d'eau s'il vous plaît.

— Très bien, monsieur.

Constantin ne l'avait pas reconnue ! Bien que cruellement blessée, Laura était miraculeusement parvenue à répondre d'une voix assurée. Elle avait essayé de soutenir son regard aussi longtemps que la décence le lui permettait, mais il n'avait même pas semblé intrigué.

Tout en se dirigeant vers le bar, elle se morigéna. Qu'avait-elle espéré ? Les hommes tels que lui avaient quantité de maîtresses, qu'ils oubliaient très vite. Pourquoi aurait-elle fait exception à la règle, elle, une petite serveuse qu'il avait rencontrée sept ans auparavant ? La nuit où il l'avait séduite, il l'avait longuement complimentée sur ses yeux. « Ils ont la couleur des nuages qui s'accrochent à mon île. » Sur le coup, elle l'avait cru. Et s'était offerte à lui. Combien naïve elle était ! A présent, elle savait que les séducteurs de l'acabit de Constantin Karantinos savaient offrir à chaque femme une flatterie destinée à lui donner l'illusion d'être unique.

Pourquoi ne lui avait-elle pas parlé de son fils plutôt que de lui proposer un verre ? L'occasion était parfaite : il était seul, sa fiancée n'avait pas encore fait son apparition.

Mais le revoir lui avait asséné un tel choc que Laura avait bêtement perdu ses moyens. Quelle idiote ! A sa décharge, ce n'était pas si facile de jeter à la tête d'un homme que l'on n'avait pas vu depuis sept ans qu'il avait d'un fils.

Elle soupira. Si trouver un emploi de serveuse à l'hôtel Granchester avait été un jeu d'enfant, le reste de son plan s'annonçait beaucoup plus ardu...

— Mais qu'est-ce qui t'a pris, enfin ? gronda sa responsable, une employée d'une cinquantaine d'années à l'expression sévère qui la fusillait du regard.

— Pardon ? J'ai simplement demandé à ce monsieur s'il désirait boire quelque chose.

— Ce « monsieur » ? reprit la femme, scandalisée. Non mais dites-moi que je rêve ! Est-ce que tu as la moindre idée de son identité ? Ce « monsieur » est celui qui organise cette fête et te paie. C'est le célèbre homme d'affaires grec Constantin Karantinos.

Alors, si quelqu'un doit lui proposer à boire, c'est moi. Je m'en occupe à présent. Qu'a-t-il commandé ?

— Juste un verre d'eau…

— Plate ou gazeuse ?

— Euh… il ne l'a pas précisé.

Laura crut que la responsable du bar allait s'étouffer de rage.

— Dis plutôt que tu ne lui as pas demandé !

— Non… Non, je suis désolée, j'ai totalement oublié.

Au regard que lui adressa sa supérieure, Laura craignit d'être renvoyée sur-le-champ. Heureusement, un brouhaha de l'autre côté de la salle détourna son attention. Une musicienne de renom, chargée d'animer la soirée, venait d'arriver et réclamait des attentions immédiates.

— Dans ce cas, propose-lui les deux ! Et après ça, je te conseille de te faire discrète !

Pendant que la barmaid accourait au-devant de la nouvelle arrivante, Laura disposa deux bouteilles d'eau sur un plateau en argent et se dirigea courageusement vers Constantin. Elle s'efforça d'arborer un air serein, même si elle se sentait entièrement soumise au douloureux tumulte de ses émotions.

Se retrouver face au père biologique de son fils était une épreuve plus rude qu'elle ne l'avait imaginé. Malgré elle, les souvenirs de leur nuit passionnée affleuraient à sa mémoire, comme autant de vestiges d'un bonheur qui n'avait jamais existé que dans son esprit trop prompt à s'enflammer.

Et ce n'était pas tout… Revoir Constantin en chair et en os lui avait permis de mesurer à quel point Alex lui ressemblait. Elle le savait déjà, bien sûr, mais cette confrontation lui en avait fait prendre conscience avec une plus grande acuité. Constantin incarnait ce qu'Alex *pourrait* devenir : fort, puissant, prospère. N'était-ce pas ce dont toute mère rêvait pour son fils ?

Mais pour l'heure, ce n'était malheureusement pas la direction qu'il prenait. Chahuté à l'école, limité par les pauvres moyens financiers de sa mère, il ne disposait pas des meilleures cartes pour réussir.

C'est pourquoi elle devait à tout prix surmonter ses craintes, oublier l'humiliation et parler à Constantin. Cet acte de bravoure, elle le devait à son fils.

Lorsqu'elle s'approcha une nouvelle fois, un violent tressaillement intérieur l'électrisa. Le charisme de Constantin s'était accru avec les années. Les lignes découpées de sa silhouette demeuraient intactes, son teint ambré n'avait rien perdu de son éclat, et si quelques rares fils argentés striaient à présent ses tempes, sa chevelure était toujours aussi épaisse. Il paraissait néanmoins plus distant qu'auparavant, comme si le pouvoir incroyable dont il jouissait avait érigé un mur invisible autour de lui.

Le cœur battant à tout rompre, Laura avançait en prenant garde à ne pas faire tomber son plateau. Lorsqu'elle se présenta enfin devant lui, au bout de ce qui lui avait semblé une éternité, elle ne put s'empêcher de regarder sa bouche. La sensualité des lèvres contredisait la ligne sévère de l'expression. Derrière la façade policée du businessman, on devinait un homme plus sauvage et passionné.

— Votre verre d'eau, monsieur, annonça-t-elle d'une voix douce.

Elle s'efforça de sourire. Ne lui avait-il pas dit un jour que son sourire ressemblait aux premiers rayons du soleil ? Peut-être cela rafraîchirait-il sa mémoire ? Et puis il y avait la voix : ne disait-on pas que l'inflexion, la tessiture propres à chacun étaient identifiables entre mille ? Espérant qu'il finirait ainsi par la reconnaître, elle formula la phrase la plus longue possible :

— Comme je ne savais pas si vous préfériez de l'eau plate ou pétillante, je vous ai apporté les deux.

— Je vous remercie.

— Et... euh... les deux bouteilles viennent des Costwold, ajouta-t-elle en remarquant l'étiquette. C'est une eau extrêmement pure et...

— Très intéressant, coupa-t-il, mi-sardonique, mi-ennuyé.

Il prit un verre, le but en quelques gorgées et le reposa sur le plateau sans la regarder. Puis il lui lança un bref signe de la tête. Laura comprit qu'il lui donnait congé. Elle voulut insister mais un invité s'approchait déjà, et Constantin se tourna pour le saluer.

Il était trop tard.

Déçue qu'il ne l'ait toujours pas reconnue, Laura s'éloigna tristement. Avait-elle changé à ce point ou s'était-il empressé de l'oublier après la nuit ardente qu'ils avaient partagée ?

Peu importait à présent. La soirée venait de commencer, mais elle avait déjà perdu deux occasions de lui parler d'Alex. Elle devait à tout prix le croiser de nouveau. Car elle ne quitterait pas les lieux sans avoir mené à bien son projet.

Durant les trois heures qui suivirent, Laura fut terriblement occupée. Un dîner pour trois cents personnes fut servi, et elle passa son temps à apporter des plats, qu'elle rapportait ensuite dans la cuisine, à peine touchés. Ce n'était pas seulement un autre monde mais un univers totalement étranger, où personne ne semblait conscient de la valeur des choses. Sous la lumière subtilement dorée des chandeliers, les diamants étincelaient au cou des femmes. Installée sur une estrade, la musicienne célèbre, dont l'arrivée un peu plus tôt avait peut-être évité le renvoi à Laura, jouait à la harpe une sérénade langoureuse.

Laura songea aux économies qu'elle faisait toute l'année pour offrir un Noël digne de ce nom à son fils. Le seul budget « champagne » de la soirée dépassait certainement ses revenus annuels. Et tout ce luxe représentait une goutte d'eau dans la fortune de Constantin Karantinos.

A sa droite, la place que devait occuper Ingrid Johansson restait vide, malgré les mets fins et les vins rares qui se succédaient ; à sa gauche, une princesse s'efforçait d'attirer son attention par tous les moyens. Cependant, Constantin ne semblait pas captivé par sa conversation. De toute évidence, il attendait avec impatience l'arrivée de sa fiancée.

Mais le dîner s'acheva sans que celle-ci parût.

Peu de temps après l'ouverture du bal, un murmure traversa la salle et les invités s'écartèrent aussitôt. Laura releva la tête et vit alors apparaître une magnifique créature. Altière et élégante, elle avançait avec assurance, consciente d'attirer sur elle tous les regards. Ses magnifiques cheveux blonds cascadaient sur l'étole en hermine qui recouvrait ses épaules. Elle portait un spectaculaire fourreau argenté, qui mettait en valeur sa silhouette de rêve.

Laura poussa un soupir désolé : Ingrid Johansson venait d'arriver…

Avec un petit sourire discret, mais enjôleur, elle s'approcha de Constantin pour l'embrasser. Un frisson sembla parcourir l'assistance.

— Quelle entrée spectaculaire, ma chère Ingrid, murmura-t-il à son oreille.

Elle sembla le prendre comme un compliment alors que, dans la bouche de Constantin, ce n'en était pas un. Au fond de lui, il éprouvait un malaise indéfinissable. Loin d'admirer Ingrid, comme tout le monde autour de lui, il avait été agacé par son ostentation. Un vague sentiment de dégoût s'était emparé de lui.

Ingrid se montra charmante avec tous les invités qu'il lui présenta, mais donna très vite des signes de lassitude.

— Sommes-nous vraiment obligés de rester jusqu'à la fin ? demanda-t-elle au bout d'un moment. Je suis vraiment fatiguée.

— Rien ne nous y oblige, répondit-il d'une voix douce. Nous pouvons monter dans ma suite.

En voyant le couple s'éloigner, Laura crut que son cœur allait cesser de battre. Que faire à présent ? Dès que Constantin aurait franchi la porte de la salle de bal, il serait de nouveau protégé par sa garde rapprochée, celle qui l'avait refoulée chaque fois qu'elle avait tenté d'entrer en contact avec lui. A moins que… Les propos de Sarah lui revinrent à l'esprit : et si ce n'était pas seulement ses employés, mais *lui* qui avait expressément refusé de lui parler ?

Elle se mordit la lèvre. Il n'était plus temps de se poser de pareilles questions : elle devait trouver une solution, et vite ! Si Constantin refusait de reconnaître l'existence de son fils, elle voulait au moins l'entendre en face.

Une fois de plus, elle se découvrit des ressources insoupçonnées dans le feu de l'action : une idée venait de s'imposer à elle. D'un pas décidé, enhardie par l'urgence de la situation, elle se dirigea vers le bar et demanda une bouteille du champagne le plus coûteux. Puis elle saisit un plateau et y disposa deux coupes.

— Demande expresse de M. Karantinos, déclara-t-elle au barman.

Celui-ci parut méfiant, mais elle s'éclipsa si vite qu'il n'eut guère le temps de lui poser de questions.

Ses chaussures plates ne faisaient aucun bruit sur le marbre du hall, contrairement aux élégants escarpins des invitées. En passant devant un miroir, Laura surprit son reflet. Elle se serait bien passée de cette confrontation inopinée avec son apparence : l'uniforme qu'elle portait, composé d'une robe noire informe qui s'arrêtait sous le genou et d'un tablier de coton blanc, incarnait une domesticité révolue. Ses cheveux étaient ramassés en un étroit chignon surmonté d'une petite coiffe de dentelle blanche.

C'était dans cet accoutrement qui ne la montrait pas vraiment sous son meilleur jour qu'elle devait se présenter devant Constantin et sa somptueuse fiancée !

Dans l'ascenseur qui la menait au dernier étage de l'hôtel, elle s'efforça de respirer calmement. Elle aurait tout donné pour que son stratagème fonctionne. Lorsque les portes de l'appareil s'ouvrirent, elle constata avec horreur que la tâche s'annonçait plus difficile que prévu…

Deux gardes du corps bâtis comme des armoires à glace gardaient la porte de l'appartement de Constantin. Il lui fallut rassembler tout son courage pour s'approcher d'eux, comme si sa présence était tout à fait normale.

L'un des cerbères arqua un sourcil mauvais.

— Qui vous a permis de monter ? fit-il rudement.

Laura se força à sourire et répondit d'un ton guilleret :

— J'apporte du champagne pour M. Karantinos.

— Il nous a spécifié qu'il ne voulait pas être dérangé.

Laura refusa de se laissa éconduire si près du but : l'enjeu était trop important. Elle prit un petit air conspirateur et adressa même un semblant de clin d'œil au garde du corps.

— Je crois qu'il est sur le point de faire sa demande en mariage…

L'autre homme parut réfléchir, puis finit pas céder.

— O.K. Dans ce cas, allez-y.

Laura frappa deux coups secs et entendit une exclamation étouffée. Elle les dérangeait certainement, mais si elle attendait quelques minutes de plus, sans doute seraient-ils en train de…

Elle préféra chasser cette idée de son esprit. D'un geste décidé, elle poussa la porte et la referma derrière elle. Le tableau qui s'offrit alors à ses yeux n'était pas celui qu'elle avait imaginé.

Constantin regardait Ingrid Johansson d'un air dur. Quant à cette dernière, elle paraissait atterrée. Une nouvelle fois, Laura fut frappée par l'extraordinaire beauté de cette femme. Sa robe épousait ses formes comme une seconde peau, rehaussant le dessin parfait de ses hanches et de sa poitrine.

Ils tournèrent la tête au même moment.

— Mais… qu'est-ce que vous faites là, vous ? s'exclama Constantin.

En apercevant le champagne, il leva les yeux au ciel.

— Vous n'avez pas le droit d'entrer dans ma suite, et je n'ai pas commandé de champagne !

Il n'avait pas le cœur assez sec pour sabrer le champagne en l'honneur de sa rupture avec Ingrid ! Visiblement sonnée par ce qu'il venait de lui dire, celle-ci restait immobile, bouche bée, comme si elle n'avait pas véritablement compris le sens des paroles qu'il avait prononcées avant l'irruption de la femme de chambre.

Sa décision avait dû lui sembler pour le moins inattendue, certes, mais lors de cette soirée, Constantin avait soudain pris conscience de la nécessité de mettre un terme à sa relation avec Ingrid. Beaucoup d'arguments jouaient en faveur de celle-ci, mais que faire contre la certitude irrationnelle qui l'avait envahi, lui soufflant qu'épouser cette femme serait une erreur ? Que s'était-il passé ? Difficile à dire. L'idée du mariage ne venait pas vraiment de lui, et bien qu'il fût conscient des avantages d'une telle union, il ne se sentait pas encore prêt. Et puis l'apparition d'Ingrid à la soirée avait servi de détonateur. Pour une raison mystérieuse, sa manière de poser, de minauder l'avait excédé.

Perdu dans ses pensées, il en avait presque oublié la jeune serveuse, qui lui rappela sa présence en s'adressant à lui d'une voix tremblante.

— Il faut absolument que je vous parle, bredouilla-t-elle en jetant un regard timide à Ingrid. Seul, si possible.

— Mais qu'est-ce que ça veut dire ! s'écria Ingrid.

Constantin n'en avait pas la moindre idée… L'espace d'un instant, il se demanda si cette petite employée n'était pas une journaliste déguisée. A moins que son uniforme ne dissimulât une arme ? Célèbre et puissant, il faisait l'objet de menaces régulières.

Mais il se rappela l'avoir croisée plus tôt dans la soirée, au moment du cocktail. Elle lui avait vanté les vertus de l'eau qu'il buvait d'une façon totalement incongrue. Manifestement, elle maîtrisait fort mal les usages du grand monde. Une telle maladresse semblait incompatible avec un quelconque subterfuge.

L'expression de son visage l'intriguait : il n'avait jamais rencontré une femme comme celle-ci auparavant, aussi se mit-il à l'étudier plus attentivement.

La pâleur de ses joues était frappante, mais ses grands yeux gris animaient tout son visage. Elle semblait lutter pour respirer calmement : le mouvement saccadé de sa poitrine la trahissait. Il nota d'ailleurs qu'elle avait des formes plutôt généreuses pour quelqu'un d'aussi gracile.

— Qui êtes-vous ? demanda-t-il brusquement. Et que me voulez-vous ?

— Je vous l'ai déjà dit, je voudrais vous parler... en tête à tête si possible.

Constantin plissa les yeux. Son instinct le pressait d'écouter ce que cette femme avait à lui dire. Il y avait tant d'urgence dans sa voix qu'il jugea plus prudent d'accéder à sa requête en congédiant tout témoin inutile. Il se tourna vers Ingrid, en espérant de tout cœur qu'elle ne lui infligerait pas l'une de ces scènes dont les femmes éconduites avaient le secret.

— Il me semble que tu devrais partir à présent, Ingrid. J'ai demandé qu'une voiture t'attende en bas.

Un bref instant, Laura se sentit submergée par la culpabilité : il suffisait de regarder la jeune mannequin pour comprendre ce qu'elle était en train de vivre. Laura se sentit sincèrement désolée pour elle. Il était évident qu'elle ne souhaitait pas partir, mais Constantin arborait l'air résolu et inflexible de celui qui ne cédera pas. Et tout cela était sa faute ! Affreusement mal à l'aise, elle essaya d'adoucir la situation.

— Ecoutez, fit-elle en esquissant un mouvement de repli, je vois bien que le moment est mal choisi. Je pourrais peut-être revenir un peu plus tard...

— Vous n'irez nulle part, trancha Constantin. Ingrid était sur le point de partir de toute façon.

Celle-ci serra les lèvres, ramassa son étole et se dirigea vers la porte, drapée dans sa dignité.

— Salaud ! lança-t-elle avant de disparaître dans un claquement de porte.

Pendant quelques instants, ce fut le silence complet. Sidérée par la scène dont elle venait d'être témoin, Laura ne savait que faire, ni que dire.

— Je suis désolée..., murmura-t-elle au bout d'un moment.

— Taisez-vous ! coupa Constantin en plaçant les poings sur ses hanches. Et épargnez-moi vos excuses grotesques. Vous vous prenez pour qui ? Vous déboulez chez moi sans y être invitée et vous osez vous lamenter en constatant la pagaille que vous avez semée ? Allons, un peu de sérieux !

Laura baissa les yeux, mortifiée. Elle releva toutefois rapidement la tête et croisa le regard sombre et inquisiteur de Constantin.

— Alors, parlez à présent. Qui êtes-vous et que faites-vous ici ?

Il ne l'avait toujours pas reconnue... Laura serra les dents : elle devait passer outre cette humiliation. Le moment tant attendu était arrivé, mais trouver les mots était si difficile.

L'image d'Alex se forma alors dans son esprit et elle trouva la force de parler.

— Je suis navrée que cela se passe ainsi, mais je voulais vous dire qu'il y a sept ans... Il y a sept ans, j'ai eu un enfant.

Elle marqua une pause pour reprendre son souffle. Le regard de Constantin s'était rétréci.

— Et cet enfant est votre enfant...

Elle dut s'arrêter encore. Sans oser regarder Constantin, la voix éraillée par l'émotion, elle prononça les derniers mots à toute vitesse.

— Vous avez un fils, Constantin. Un fils dont je suis la mère.

3

Constantin dévisagea la jeune serveuse qui se tenait tremblante devant lui. Elle serait la mère de *son* fils ? Il aurait presque pu en rire si le propos n'était pas si insultant.

— Voilà une affirmation des plus saugrenues, répondit-il sèchement. Et ce d'autant plus que je ne vous connais même pas !

Laura eut l'impression qu'il venait de lui enfoncer un poignard dans le cœur. Malgré cela, elle s'efforça de garder contenance.

— Dans ce cas, pourquoi n'avez-vous pas demandé à vos gardes du corps de me mettre à la porte ?

— Parce que je suis d'un naturel curieux.

— N'est-ce pas plutôt parce que vous sentiez que j'allais vous dire la vérité ?

— Si cela avait été le cas, je me serais trompé. Et lourdement !

Il ajouta, avec un petit sourire moqueur :

— Je n'ai pas l'habitude de m'acoquiner avec des serveuses, voyez-vous.

C'était cruel. Terriblement cruel. Mais Laura comprit qu'il avait proféré ces paroles blessantes à dessein, certainement pour la remettre à sa place. Elle se fit violence pour ravaler son humiliation et garder son calme.

— Peut-être est-ce vrai aujourd'hui ; mais je peux vous garantir que ça n'a pas toujours été le cas.

Le calme et l'assurance de la jeune femme déstabilisèrent

Constantin. Il plongea son regard dans le sien, dans l'espoir d'y trouver une réponse — ou plutôt la certitude qu'elle était en train de mentir. Mais tout ce qu'il perçut fut une grande détresse. Les yeux gris de la jeune serveuse ressemblaient à ciel d'orage, profond et torturé.

Des yeux couleur d'orage...

Un souvenir lointain affleura à sa mémoire. Trop vague encore pour qu'il pût le saisir.

— Détachez vos cheveux, ordonna-t-il.

— Mais...

— Je vous ai demandé de détacher vos cheveux !

Saisie par le ton catégorique, Laura porta la main à son chignon et ôta les épingles d'une main fébrile. La petite coiffe de dentelle blanche tomba par terre. Après tout, elle n'en aurait plus besoin après ce qu'elle venait de tenter...

Libérés de leur carcan ses cheveux se mirent à danser sur ses épaules. Elle secoua la tête pour leur redonner forme et regarda Constantin droit dans les yeux. Curieusement, celui-ci semblait troublé.

Il la dévisagea longuement. Il fut frappé par la couleur de ses cheveux, par leur extraordinaire finesse compensée par leur masse généreuse. Aussi pâles et lumineux que des rayons de lune, ils ressemblaient à d'immenses fils de soie.

Debout devant lui, la jeune femme semblait terriblement démunie ; ses yeux immenses le scrutaient avec une insoutenable intensité.

Ces yeux, il les avait déjà vus.

Sa mémoire se remettait doucement en marche.

Un petit port anglais, des années auparavant... Après avoir passé un été particulièrement chargé à régler les affaires familiales, il avait ressenti le besoin de prendre des vacances. C'était peu de temps avant l'anniversaire de la mort de sa mère.

Son père s'appuyait de plus en plus sur lui à cette époque. Constantin avait senti que, très vite, il ne pourrait plus se permettre de prendre un mois de congé pour naviguer, comme il l'avait toujours fait depuis ses dix-huit ans.

Son instinct ne l'avait d'ailleurs pas trompé : à peine revenu en Grèce après sa croisière, il avait pris connaissance de l'état catastrophique des finances de l'entreprise paternelle. Depuis la disparition de sa femme, ce dernier, trop accaparé par son chagrin, avait négligé ses affaires professionnelles.

Cette année-là avait donc été l'ultime occasion de profiter de cette totale liberté. Cette escapade avait marqué la fin de la phase insouciante de sa jeunesse. Il avait embarqué à bord de son voilier et navigué sur la Méditerranée. Abreuvé de soleil et de vent, il avait joui d'une paisible solitude pendant deux semaines. Heureux de vivre simplement, loin du monde et de son pesant bavardage, il avait lu, nagé et pêché. Ce sentiment de liberté lui suffisait et à aucun moment il n'avait ressenti le désir de posséder une femme — des femmes, il en avait toujours eu autant qu'il le souhaitait.

Après une escale à la pointe du Portugal, il avait décidé de mettre le cap sur l'Angleterre, avec l'idée de découvrir un peu mieux ce pays, ses châteaux et ses mystères.

Un jour, il avait accosté dans le petit port de Milmouth. Séduit par le lieu, il avait choisi d'y passer la nuit, dans un petit hôtel charmant, tout droit sorti d'une autre époque. Dans le jardin attenant, de charmantes vieilles dames dégustaient des gâteaux à la crème. Posées là dans le décor fleuri, incroyablement verdoyant, elles semblaient tout droit sorties d'un roman du XIXe siècle.

Lorsqu'il s'était assis à son tour, à l'une des rares tables restées libres, elles avaient cessé de manger pour le regarder avec étonnement. Etait-ce son jean usé jusqu'à la corde, l'intensité de son bronzage ou simplement l'effet qu'il produisait souvent sur les femmes, quel que soit leur âge ? Il avait souri intérieurement à cette dernière idée.

Et puis une serveuse s'était approchée pour prendre sa commande. Le calme intérieur de Constantin s'était instantanément mué en une furieuse agitation. Il n'aurait su dire pourquoi, comme si un charme avait agi à son insu. La peau diaphane de la jeune femme, la grâce et l'énergie de sa démarche avaient aussitôt attisé son désir. Il se souvenait clairement maintenant de cette sensation étrange, dont il n'avait jamais fait l'expérience auparavant. Elle avait touché, sans rien faire pour, une partie secrète de lui-même. Ses lèvres, douces et colorées comme des pétales de rose, semblaient appeler les baisers les plus ardents. Elle avait des yeux magnifiques, d'un gris sombre étonnamment changeant — une couleur qu'il n'avait jamais vue avant ce jour.

Et d'un seul coup, il avait eu envie d'elle. Terriblement.

— Je suis désolée monsieur, mais vous ne pouvez pas vous asseoir ici, lui avait-elle dit en arrivant à côté de lui.

Sa voix douce, aussi pure que du cristal avait exaspéré son désir.

— Ah bon ? Et pourquoi ?

— Euh... parce que, je suis vraiment navrée, mais les jeans ne sont pas tolérés dans cet établissement, avait-elle répondu, l'air sincèrement embêtée.

— Mais j'ai faim, avait-il murmuré en plantant son regard dans le sien. *Très* faim. Qu'est-ce que vous pouvez me proposer ?

Elle avait alors suggéré de l'installer dans un recoin abrité du jardin, puis elle lui avait apporté des sandwichs, quelques scones et de la confiture. Le tout en lui adressant des regards complices et rieurs. Puis, lorsque son service s'était achevé, elle avait accepté de dîner avec lui. Elle s'appelait Laura et ce doux prénom lui avait rappelé les lauriers de son pays. Elle était douce, incroyablement douce, et cela faisait très longtemps qu'il n'avait pas tenu une femme entre ses bras.

La suite de la soirée avait été prévisible, mais la réaction de la jeune femme l'avait surpris. Contrairement aux créatures sophistiquées qui partageaient d'ordinaire son lit, elle n'avait joué aucun jeu avec lui. Il avait trouvé en elle une vulnérabilité qu'elle ne cherchait pas à dissimuler. Mais Constantin avait toujours fui la fragilité — même si cette charmante anglaise s'était glissée dans ses bras comme la princesse oubliée d'un conte de fées.

Au petit matin, elle n'avait pas voulu le laisser partir. Pourtant, il devait lever l'ancre. Il était Constantin Karantinos, l'héritier d'une des dynasties les plus puissantes de Grèce. Son destin n'était pas de rester dans les bras d'une petite serveuse, aussi séduisante fût-elle.

Comme le fonctionnement de la mémoire était étrange... Les images s'effacèrent peu à peu et il regarda de nouveau la jeune femme, qui semblait statufiée face à lui. Elle venait de lui dire qu'ils avaient conçu un enfant cette nuit-là. Le destin jouait des tours insolites, qui lui ramenait aujourd'hui cette femme, porteuse d'une nouvelle qui risquait d'ébranler son existence. S'il y prêtait foi...

Il se dirigea jusqu'au bar et se servit un verre d'eau. Non qu'il eût réellement soif, mais il souhaitait gagner un peu de temps.

— Puis-je vous servir quelque chose ? s'enquit-il.

La jeune femme hocha la tête. Son visage était incroyablement pâle. Il aurait dû lui proposer de s'asseoir mais sa colère et son indignation n'étaient pas complètement retombées : il se sentait incapable du moindre égard.

Il but son verre d'un seul trait et se tourna vers elle.

— J'ai utilisé un préservatif cette nuit-là, fit-il observer.

Le ton chirurgical de Constantin fit légèrement vaciller Laura. La froideur dont il faisait preuve la mettait au supplice. Une partie d'elle-même avait espéré autre chose. Pourtant, s'efforçant de se mettre à sa place, elle était pleinement consciente que la situation n'était pas facile pour lui. Une femme qu'il connaissait à peine faisait un retour fracassant dans sa vie. Il se serait certainement bien passé de ce qu'elle venait de lui apprendre...

— Eh bien, cette « protection » n'a pas rempli correctement son rôle, répondit-elle le plus calmement possible.

— Et cet enfant a... quel âge ?

— Sept ans.

Constantin sentit ses entrailles se nouer. Il tourna la tête et regarda par la fenêtre, de crainte que son visage ne trahît son émotion.

— Pourquoi avez-vous attendu tout ce temps pour m'en parler, demanda-t-il entre ses dents. Pourquoi avoir laissé passer sept ans ?

Laura s'apprêtait à ouvrir la bouche pour lui expliquer, mais il se retourna d'un seul coup et répondit à sa place.

— Ah mais bien sûr ! C'était le moment idéal, n'est-ce pas ?

— Je ne comprends pas ce que...

Il ne lui laissa pas la possibilité d'achever sa phrase :

— Vous avez attendu suffisamment longtemps pour vous assurer que je ne pourrai pas influencer cet enfant, même s'il est le mien. Vous savez ce que l'on dit : tout se joue avant sept ans.

Il s'approcha d'elle, les yeux incendiés de colère.

— Alors qu'est-ce qui s'est passé ? Hein ? Vous avez appris le succès de mes affaires en lisant la presse et, du coup, vous vous êtes dit que le moment opportun était arrivé ? Vous avez imaginé que tout cela vous mettrait en position de marchander.

— De marchander ? reprit Laura, incrédule.

Constantin parlait comme s'il s'agissait d'un contrat à négocier entre deux hommes d'affaires !

— Ne prenez pas cet air ulcéré. Parlons franchement, vous voulez bien. Je présume que vous désirez de l'argent ?

D'un geste automatique, Laura étendit la main pour prendre appui sur le canapé. Ses jambes la soutenaient à peine, mais elle était résolue à ne pas s'asseoir. Elle craignait d'accentuer ainsi sa faiblesse.

— Comment osez-vous dire une chose pareille, murmura-t-elle.

— Pourquoi est-ce que vous seriez venue me voir, sinon pour obtenir un « dédommagement » ?

— Je vais partir, rétorqua-t-elle. Rien ne m'oblige à rester ici pour écouter vos propos insultants.

— Moi, je vous y oblige. Vous ne partirez nulle part tant que nous n'aurons pas réglé ce problème.

Ce *problème*... C'est ainsi qu'il appelait leur fils ? Laura vacilla sous la douleur. Mais pouvait-elle vraiment penser à Alex comme à *leur* fils ? Jusqu'à présent, il n'avait été que le sien, et il y avait peu de chance que cela change un jour.

— En venant jusqu'à moi ce soir, vous m'avez impliqué, que ça vous plaise ou non. Qu'imaginiez-vous ? Chacun de nos actes engendre des conséquences.

— Je suis mieux placée que quiconque pour le savoir, répliqua-t-elle, un peu abasourdie par le ton menaçant de Constantin.

Les yeux de ce dernier s'étrécirent. Il cherchait à comprendre la démarche de cette jeune femme, mais peinait encore à prendre la mesure de ce qu'elle venait de lui annoncer. Il se sentait un peu perdu.

— Pourquoi avez-vous attendu aussi longtemps pour me le dire ?

Elle soupira profondément.

— J'ai essayé de vous prévenir.

Elle vit Constantin grimacer.

— C'est la vérité ! J'ai essayé de retrouver votre trace, mais ce n'était pas facile, croyez-moi.

— Normal, puisque je n'ai jamais envisagé qu'il y aurait plus qu'une aventure d'une nuit entre nous.

Laura encaissa la pique sans se laisser démonter.

— Et c'est vous qui me parliez des conséquences de chacun de nos actes ?

Touché, pensa Constantin. Il garda le silence un bref instant.

— Racontez-moi ce qui s'est passé, demanda-t-il finalement.

— J'ai réussi à trouver l'adresse et le numéro de téléphone de votre société à Athènes.

Elle avait été sidérée d'apprendre que son amant d'une nuit était à la tête d'une firme aussi importante, mais elle avait fait fi de sa timidité.

— J'ai appelé, mais je n'ai jamais obtenu que l'on vous passe la communication. J'ai aussi envoyé une lettre, mais de toute évidence, vous ne l'avez jamais reçue. Et j'ai essayé encore et encore...

En général, elle faisait une tentative au moment de l'anniversaire d'Alex, quand les questions de ce dernier se faisaient plus pressantes.

— Bref, le résultat était toujours le même. Quelle que soit la tactique, j'ai toujours été refoulée.

Constantin se rembrunit. Il comprenait à présent ce qui s'était passé. Une jeune anglaise demandant à ce qu'on lui passe *kyrios* Karantinos... Pas étonnant qu'on l'eût congédiée, balayée d'un revers de la main comme une mouche volant trop près d'une assiette. Quant aux lettres, elles avaient certainement été ouvertes et étudiées avec attention. Il se demanda qui avait pris la décision de ne pas les lui montrer.

Il soupira. Tout cela était parfaitement crédible.

Sa garde rapprochée s'était toujours montrée très zélée. Ce n'était pas le rôle de ses employés de former un tel bouclier entre le monde et lui, mais il comprenait pourquoi ils avaient agi de la sorte. Les femmes l'avaient toujours poursuivi de leurs assiduités, et certaines n'hésitaient pas à mettre en œuvre les ruses les plus tortueuses pour attirer son attention. Comment son équipe aurait-elle pu deviner que cette femme-là avait une bonne raison de l'appeler ou de lui écrire ?

— Est-ce que vous avez une photo ? s'enquit-il tout à trac. Une photo de l'enfant...

Laura acquiesça, quelque peu soulagée par cette demande : s'il demandait à voir une photo d'Alex, c'était plutôt bon signe. En découvrant son beau visage et ses grands yeux sombres, il ne pourrait qu'être frappé par la ressemblance.

— Elle est dans mon sac à main, dans le vestiaire du personnel. Voulez-vous que j'aille la chercher ?

Constantin hésita. Curieusement, il ne souhaitait pas la laisser partir seule, comme s'il craignait qu'elle disparût à tout jamais.

— Je vous accompagne.

— Mais je...

— Mais quoi ? coupa-t-il sévèrement.

Laura était sur le point d'objecter qu'elle risquait le renvoi si on la surprenait en compagnie d'un des invités, mais elle s'aperçut aussitôt que cela n'avait plus aucune importance. De toute façon, elle n'avait pas l'intention de remettre les pieds dans cet hôtel.

— Les gens vont jaser s'ils vous voient en compagnie d'une serveuse dans le vestiaire.

— Et alors, laissons-les jaser ! s'enflamma-t-il. Vos scrupules sont franchement risibles après tout ce que vous avez fait ce soir.

A ces mots, il ouvrit en grand la porte de la suite, échangea quelques paroles en grec avec ses gardes du corps et pria Laura de le suivre.

Dans l'ascenseur, qui paraissait beaucoup petit que lorsqu'elle l'avait pris seule, Laura fut troublée par la proximité de Constantin. Il aurait suffi de peu de chose pour que son bras touche le sien, et son parfum boisé était comme une caresse pour ses sens.

Les portes s'ouvrirent au premier sous-sol. C'était une partie de l'hôtel que Constantin ne connaissait pas, aussi suivit-il Laura à travers un dédale de couloirs. Lorsqu'ils furent arrivés devant la porte du vestiaire des femmes, elle le pria de l'attendre un instant.

D'un geste vif, Constantin lui attrapa le menton et la força à le regarder.

— Ne prenez pas la fuite, murmura-t-il, une menace discrète dans la voix.

Laura s'immobilisa. Ce simple contact lui avait rappelé ce qu'elle avait ressenti quelques années auparavant, quand ce même homme l'avait serrée dans ses bras.

Elle rejeta la tête en arrière.

— Je… je n'en avais pas l'intention.

— Dépêchez-vous.

Laura opina du chef, un peu tremblante.

— Il faut aussi que je me change… Je ne peux pas garder mon uniforme. Ça ne prendra que quelques minutes.

— J'attends, grommela-t-il.

Elle referma la porte derrière elle, laissant Constantin à ses pensées. Des images nettes de cette fameuse nuit lui revinrent, de l'ardeur de Laura qui s'était offerte à lui, avec un plaisir qu'elle n'avait pas cherché à déguiser. Il se rappela son propre plaisir lorsqu'il avait pris possession de son corps souple et nerveux. A cette idée, un brusque désir s'empara de lui ; il serra les poings, comme pour le contenir. Cette femme avait-elle vraiment conçu un enfant cette nuit-là ? Un fils ?…

Laura retira son uniforme, le plia soigneusement et le déposa sur le panier de linge. Puis, elle s'habilla. Sa tenue, d'une simplicité absolue, se composait d'un jean, d'un T-shirt blanc et d'un pull-over en fin lainage gris. Elle revêtit sa veste, attrapa son sac à main et ressortit du vestiaire.

Constantin l'attendait à la même place, aussi immobile qu'une statue.

— Alors, cette photo ?

Dans la lumière crue du couloir, elle extirpa son portefeuille de son sac et lui présenta la photo de classe d'Alex, prise deux mois auparavant.

Constantin la regarda en silence pendant un long moment. L'enfant avait de grands yeux noirs et le teint légèrement mat. Ses cheveux avaient été coiffés avec soin pour l'occasion, mais quelques boucles rebelles commençaient à s'échapper. Une chevelure identique à la sienne au même âge.

Il étudia l'image avec une plus grande attention. L'enfant souriait, certes, mais il y avait une pointe de tristesse dans ce sourire. Constantin sentit son cœur se serrer. En lui se débattaient deux sentiments contradictoires : le désir de protéger ce petit garçon et le déni. La partie la plus rationnelle de son être refusait de croire Laura.

Il hocha doucement la tête. La soirée avait été riche en événements : tout d'abord le gala, puis sa rupture imprévue avec Ingrid et cette annonce de paternité. C'était trop...

— C'est votre portrait tout craché ! s'exclama Laura, qui ne supportait plus ce long silence.

Un frisson glacé parcourut Constantin. Cela faisait très longtemps qu'il ne s'était pas senti aussi peu maître de lui. Depuis la mort de sa mère, lorsqu'il avait vu son père s'effondrer devant lui. C'était à ce moment-là qu'il avait décidé, une bonne fois pour toute, que l'amour était un sentiment beaucoup trop dangereux. Un sentiment susceptible de briser l'homme le plus fort. Il ne voulait pas de cette précarité-là.

— Mon portrait, dites-vous ?

— Mais oui !

— Ça ne prouve rien, décréta-t-il en lui rendant la photo. C'est peut-être un montage très réussi.

Laura écarquilla les yeux. Elle n'en revenait pas qu'il pût la soupçonner d'être aussi froide et calculatrice. A ses yeux, elle était une manipulatrice de la pire espèce... Après tout, il ne la connaissait pas, pas plus qu'elle ne le connaissait d'ailleurs.

Mais à mesure qu'il se révélait, elle éprouvait une antipathie croissante à son égard. Avait-il oublié qu'elle était totalement innocente lorsqu'elle s'était donnée à lui ?

— Vous me prêtez des intentions bien sombres. Peut-être avez-vous l'habitude de rencontrer des femmes dénuées de scrupules dans votre monde, mais je ne suis pas comme elles. Je mène ma vie simplement, et vos histoires de trucage de photo n'ont aucun sens pour moi. Qu'est-ce que vous imaginez donc ? Que je vous ai tendu un piège le soir où nous avons couché ensemble ? Je vous rappelle que j'étais vierge.

Il haussa les épaules, mais se souvint de son étonnement lorsqu'il avait découvert que la jeune femme qu'il convoitait était aussi pure qu'une oie blanche. Il avait été surpris qu'elle s'offrît à lui avec une telle facilité. Mais peut-être avait-il été naïf, et sa virginité n'avait-elle été qu'un leurre destiné à l'amadouer ? Avec elle, il avait joué le rôle de l'aventurier au long cours, libre comme l'air. Bien entendu, il n'avait pas jugé utile de l'informer de sa fortune. Mais il n'était pas impossible qu'elle eût aperçu son yacht ce jour-là, ou qu'elle eût mené sa petite enquête entre le moment où elle lui avait servi le goûter et le dîner. Jouer les innocentes avait peut-être fait partie d'un plan pour séduire un riche Méditerranéen.

Constantin avait passé sa vie entouré de gens qui désiraient obtenir quelque chose de lui : pourquoi cette Laura aurait-elle fait exception à la règle ?

— Vous m'avez *dit* que vous étiez vierge, en effet. Mais après tout, rien ne me prouve que vous n'ayez pas menti. Ah oui... je me souviens de votre cri quand je vous ai pénétrée ; mais je ne vous cacherai pas que ça arrive souvent.

Laura porta les doigts à ses lèvres, l'air horrifié. Constantin se força malgré tout à durcir son cœur un peu plus.

— Vous pensiez peut-être que cette prétendue pureté vous garantirait un futur avec un genre d'homme que vous ne risquiez pas de croiser de nouveau. Dans votre esprit, cette histoire de virginité était-elle de nature à vous rendre plus respectable à mes yeux ? La vérité, c'est que vous avez passé la nuit avec un homme que vous veniez de rencontrer. Vierge ou pas, cela n'a du coup pas beaucoup d'importance.

Laura se sentit nauséeuse. C'était comme si Constantin lui avait arraché ses souvenirs pour les fouler aux pieds.

Elle rangea la photo d'Alex dans son sac et ravala ses larmes.

— Si c'est ce que vous pensez, je crois qu'il n'y a rien de plus à ajouter.

Elle tourna les talons, mais Constantin la saisit par le bras. Il l'attira tout contre lui, si près qu'elle pouvait sentir la chaleur de son corps athlétique. Celui de l'homme qui lui avait fait un enfant... Elle frissonna, éperdue. La nature était bien cruelle de lui faire de nouveau désirer cet homme, qui venait pourtant de l'écraser de son mépris. Il pencha doucement la tête vers la sienne et elle se sentit prisonnière de son regard d'ébène. Il n'allait tout de même pas... ?

Si.

Il la plaqua contre lui. Elle sut qu'elle aurait dû protester, mais c'était au-delà de ses forces. Il captura ses lèvres avec ardeur. Laura avait beau manquer d'expérience en la matière, elle perçut qu'il y avait plus de colère que de désir dans ce baiser. Cela ne l'empêcha pas d'y répondre avec feu.

Il me méprise, pensait-elle, tout en le laissant l'embrasser avec fureur.

Les mains de Constantin enserraient sa taille comme les griffes d'un oiseau de proie, et elle pouvait sentir les battements sourds de son cœur contre sa poitrine.

Elle émit un petit son étouffé, de désarroi ou de réprobation, elle ne savait plus trop. Puis, elle trouva la force de s'arracher à son étreinte.

— A quoi est-ce que ça rime ? dit-elle dans un souffle.

Constantin s'efforça de reprendre le contrôle sur lui-même. La question méritait d'être soulevée en effet. Et la réponse était simple, évidente : le désir, l'inexplicable désir. Emporté par un incroyable besoin de possession physique, il s'était laissé aller, oubliant son statut, celui de Laura, et la nature exceptionnelle des circonstances. Il s'étonnait d'éprouver une attirance aussi forte pour cette petite serveuse au teint pâle. Et il réprouvait fortement son attitude, peu avisée si l'on considérait qu'elle risquait d'affaiblir sa stratégie d'inflexibilité.

Il la regarda durement.

— Il faut faire un test de paternité, le plus vite possible.

Laura, qui s'était attendu à tout sauf à cela, ouvrit de grands yeux empreints de détresse.

— Mais...

— Mais quoi ?

Il émit un petit rire ironique.

— Vous ne pensiez tout de même pas que j'allais reconnaître cet enfant, lui donner accès à l'une des plus grandes fortunes du monde, simplement parce que vous prétendez qu'il est de moi et qu'il me ressemble vaguement ?

— Mais vous avez vu...

— Oui, il a l'air grec, reconnut Constantin. Mais ce n'est pas une preuve suffisante. Vous pourriez très bien être l'une de ces femmes qui craquent pour les hommes de mon pays. Le charme méditerranéen, comme on dit !

Ses lèvres dessinèrent un sourire insolent.

— En tout cas, vous venez de le prouver, pour notre plus grand plaisir à tous les deux.

Laura recula jusqu'à sentir le mur contre son dos, effarée. C'était donc pour cela qu'il l'avait embrassée, pour lui prouver qu'elle n'était qu'une femme facile, prête à se jeter à la tête du premier bel homme venu ?

— Vous... vous n'êtes qu'un salaud !

Constantin se fit la réflexion que les femmes manquaient cruellement d'imagination lorsqu'il s'agissait de l'insulter. Elles ne comprenaient pas que c'était elles, et leur conduite inconsidérée, qui prêtaient le flanc aux critiques. Mais au fond de lui, il ressentait une douleur inédite et sournoise qu'il ne comprenait pas… C'était un état si rare chez lui qu'il éprouvait le désir de retourner les coups reçus, et de les retourner plus fort qu'ils n'avaient été portés.

— Ecoutez-moi bien, Laura : si le test prouve que l'enfant est de moi, je prendrai mes responsabilités. Mais d'abord, je veux cette preuve.

4

— Comment ça, il veut un test de paternité ?

Laura comprenait la stupeur de sa sœur. Elle haussa les épaules en soupirant. Depuis qu'elle avait quitté l'hôtel Granchester la nuit précédente, elle faisait tout son possible pour ne pas se laisser envahir par un terrible sentiment de lassitude et de tristesse. Après avoir passé le reste de la nuit dans un modeste hôtel londonien, où elle n'avait pas pu trouver le sommeil, elle avait pris le premier train pour Milmouth.

Depuis, les paroles blessantes de Constantin Karantinos revenaient sans cesse hanter son esprit. Elle était rentrée à temps pour emmener Alex à l'école. Mais à présent que les premiers clients du matin avaient été servis et que la boutique était calme, elle devait essuyer le feu des questions de Sarah.

Cette dernière ne décolérait pas.

— C'est plutôt clair, non ? répondit Laura. Il veut un test ADN, une preuve qu'Alex est bien son fils.

— Tu lui as montré la photo ?

— Bien sûr.

— Et ?...

Laura hésita quelques instants, cherchant la meilleure manière de présenter les choses à sa sœur. Elle était réticente à l'idée de lui révéler les propos méprisants de Constantin. Une fierté mal placée sans doute.

— Il a reconnu qu'Alex « avait l'air grec », pour employer ses propres mots, mais qu'il ne pouvait pas prendre le risque de le reconnaître sans preuve. Tu comprends, s'il décide d'assumer cette paternité, Alex deviendra son héritier.

— Quel salaud !

Bien qu'elle eût gratifié Constantin de la même appellation la veille, Laura se surprit à prendre son parti, ou du moins à atténuer ses torts.

— En un sens, je comprends son point de vue, observa-t-elle prudemment. Il ne peut pas savoir qu'il est le seul à pouvoir être le père d'Alex.

— Mais... tu ne le lui as pas dit ?

— Non.

La colère de Constantin n'était que trop palpable, et la communication entre eux si difficile ! Lui expliquer qu'il avait été son seul amant jusqu'à aujourd'hui ne lui avait pas paru possible. Surtout qu'il l'avait accusée d'avoir menti sur sa virginité !

— Même si je lui avais dit, reprit Laura, il ne m'aurait certainement pas crue.

— Laura, je n'en crois pas mes oreilles ! s'emporta Sarah, furieuse. Ne me dis pas que tu es en train de le défendre tout de même ?

— Bien sûr que non, répondit-elle aussitôt en se mordant la lèvre.

Mais la vérité était bien plus complexe. D'une certaine manière, elle comprenait Constantin. Pourtant, l'idée qu'il puisse la soupçonner d'avoir multiplié les partenaires et choisi le plus riche pour en faire le père de son fils la blessait profondément. La manière dont elle s'était conduite le jour où elle avait rencontré Constantin ne lui ressemblait guère ; depuis, d'ailleurs, elle n'avait plus jamais agi de la sorte. Cela, Constantin ne pouvait pas le savoir.

— Dans son esprit, il n'est pas impossible que des dizaines

d'amants grecs se soient succédé dans ma vie, dit-elle, cillant à plusieurs reprises pour faire barrage aux larmes qui lui montaient aux yeux.

— Quoi ? Et tous avaient un yacht amarré au port de Milmouth peut-être ? rétorqua Sarah, sarcastique. J'ignorais que notre petite ville était jumelée avec Athènes !

— Très drôle, marmonna Laura en nouant son tablier.

Des clients entrèrent dans la boulangerie, mettant fin à la conversation. Les commentaires acerbes de Sarah avaient eu le mérite d'aider Laura à se concentrer sur ce qui lui restait à faire.

Elle profita de sa pause-déjeuner pour surfer sur internet, en quête d'information sur les tests de paternité. Sa dyslexie la ralentit un peu, mais elle finit par trouver ce dont elle avait besoin. Assise dans un petit coin de leur salon, elle étudia le contenu du site jusqu'à ce qu'elle fût certaine d'avoir compris tous les tenants et aboutissants.

La sonnerie de son téléphone portable la fit sursauter. Elle ne l'utilisait que pour des urgences, et très peu de personnes connaissaient son numéro. Celui qui s'afficha sur l'écran était inconnu ; la voix au bout du fil ne l'était pas en revanche.

— Laura ?

Elle ferma les yeux. L'inflexion si particulière de Constantin, avec un accent aussi léger que charmant, agit sur elle comme une caresse. Mais elle se reprit aussitôt.

— Bonjour, Constantin.

— Ah, vous avez reconnu ma voix, observa-t-il doucement.

— C'est fou, non ? Eh oui, aussi étrange que cela puisse paraître, il n'y a pas beaucoup de marins grecs qui me passent des coups de fil.

Irrité par l'accueil moqueur que lui réservait Laura, Constantin fronça les sourcils.

— Vous devinez sans doute pourquoi j'appelle.

— Oui.

— Est-ce que vous allez donner votre accord pour le test de paternité ?

Laura s'accrocha de toutes ses forces à l'appareil.

— Oui.

— Parfait.

Adossé à son fauteuil en cuir, face à la baie vitrée de son bureau, Constantin balaya la ville de Londres du regard.

— J'ai déjà pris quelques renseignements, ajouta-t-il. Nous pouvons nous arranger pour que le test soit fait au cabinet de mon avocat, ici, à Londres.

Les intonations suavement persuasives de Constantin alertèrent Laura. Elle se félicita d'avoir mené ses propres recherches, et de ne pas être réduite à accepter bêtement tout ce qu'il proposait.

— Je ne veux pas le faire dans le bureau d'un avocat, répondit-elle, calmement mais fermement.

Le silence se fit sur la ligne.

— Pourquoi ?

— Parce que je crois savoir que procéder de la sorte génère toutes sortes d'implications légales. Ce test est fait pour établir votre paternité, selon votre souhait. Je ne veux pas qu'il puisse servir à réclamer un quelconque droit de garde. Je préfère donc faire le test chez moi, simplement pour connaître la vérité.

Il y eut un autre silence, plus long que le premier.

Constantin n'avait pas imaginé qu'elle irait à l'encontre de ses souhaits — il s'était de fait attendu à ce qu'elle accepte ses conditions sans protester. C'était ainsi que les gens se comportaient d'ordinaire avec lui. Ils s'inclinaient sans poser de questions.

Pour qui se prenait ce petit bout de femme qui s'opposait à lui de la sorte ?

— Et si je ne suis pas d'accord ? reprit-il d'une voix plus basse.

— Vous n'avez pas vraiment le choix, répliqua-t-elle, refusant obstinément de se laisser intimider. C'est vous qui voulez ce fichu test, vous qui me forcez à faire prélever un échantillon dans la bouche de mon petit garçon. Est-ce que vous avez pensé une seule seconde à ce que j'allais lui dire ? Comment vais-je expliquer tout ça à un enfant de sept ans ?

— Et vous n'y avez pas réfléchi avant de venir me voir ? rétorqua-t-il vivement.

A la vérité, Laura n'avait pas du tout songé aux répercussions de sa démarche. Elle s'était laissé porter par des émotions confuses, dont un terrible sentiment d'injustice quand elle avait appris que Constantin était sur le point d'épouser une autre femme, avec laquelle il fonderait une famille. Tout cela sans savoir qu'il avait un autre fils, qui lui ne connaîtrait peut-être jamais qu'une existence difficile, menée dans l'ombre. Sottement, elle avait aussi imaginé, espéré, que Constantin se souviendrait avec un peu de tendresse de la nuit qu'ils avaient passée ensemble. Suite à cela, un peu comme dans un conte de fées, il aurait fièrement reconnu son enfant.

C'était idiot, immature, et d'autant moins joli qu'elle avait jalousé la femme que Constantin avait choisie. Révolte, jalousie et culpabilité, voilà tout ce qu'elle avait ressenti en l'espace de vingt-quatre heures. Elle n'en était pas très fière...

— Vous n'imaginiez pas que j'allais vous signer un gros chèque sans faire d'histoires ? reprit-il.

Alors qu'elle était sur le point de reconnaître la validité de son argument, cette remarque l'incita à se taire. Cet homme pouvait décidément se montrer bien cruel. N'avait-elle pas eu tort de lui révéler l'existence d'Alex ? A présent, il était trop tard pour les regrets...

— Je me charge d'organiser le test..., dit-elle finalement d'une voix mal assurée.

Constantin entendit le léger tremblement de Laura et fronça les sourcils, contrarié. Il revit la photographie du petit garçon, ses boucles rebelles et son regard un peu triste. Pouvait-il vraiment imposer ce test à cet enfant ? Laura n'avait-elle pas déjà prouvé sa bonne foi ? Si elle avait bluffé, elle n'aurait pas pu soutenir une telle histoire si longtemps. Le sentiment qu'il avait essayé de chasser de son esprit ces dernières heures devint soudain une certitude. Il le savait depuis le début : ce petit garçon était *son* petit garçon.

— Oubliez le test.

Laura demeura interdite.

— Que j'oublie le test ? reprit-elle au bout de quelques instants. Mais pourquoi ?

— J'ai changé d'avis, répondit-il lentement.

Elle n'en croyait pas ses oreilles. Constantin lui disait d'abandonner le test alors que c'était *son* idée ?

— Je ne comprends pas... Vous vouliez une preuve.

— Je n'en ai plus besoin. Je vous crois.

— Vous croyez qu'Alex est votre fils ?

— Oui.

Durant le long blanc qui suivit, Constantin se rendit compte du pouvoir de ce simple mot, qui allait changer le cours de son existence.

— Oui, je crois qu'il est mon fils, répéta-t-il d'une voix grave, comme alourdie par le poids de cette vérité.

Il l'avait su à l'instant même où il avait posé les yeux sur la photo de l'enfant aux boucles indisciplinées.

— Mais... comment est-ce possible ? Après tout ce que vous avez dit...

Constantin serra le poing et le regarda fixement. Tout ce dont il avait accusé la jeune femme avait pris racine dans le déni farouche qu'il lui avait opposé. Il *n'avait pas voulu* la croire. Mais étrangement, il se surprenait désormais à considérer les aspects positifs de cette nouvelle, qui arrivait sans doute au bon moment dans sa vie. Une solution avait commencé à germer dans esprit, une solution parfaite étant donné les circonstances. Il ne lui restait plus qu'à convaincre Laura.

La détermination dont il avait fait preuve pour reconstruire l'une des compagnies maritimes les plus puissantes de Grèce émergeait à présent sous une nouvelle forme.

Il se souvint de la manière dont Laura l'avait laissé l'embrasser la veille, et il sut alors qu'elle agréerait sa demande. Elle n'était pas le genre de femme à passer à côté d'une occasion en or lorsqu'elle se présentait !

L'espace d'un instant, il fut tenté de lui soumettre son projet au téléphone ; il se ravisa. Laura lui avait prouvé qu'elle pouvait être têtue. Il était plus prudent de miser sur un face-à-face. Le langage du corps suppléerait aux arguments raisonnables si d'aventure elle se rebiffait.

— Votre façon de coopérer m'a convaincu que vous disiez la vérité, ajouta-t-il d'une voix douce. Une femme comme vous ne se frotterait pas à un adversaire tel que moi si elle mentait.

Etourdie par le tour inattendu des événements, Laura balbutia.

— Euh... merci...

Elle ne s'aperçut qu'après coup que les propos de Constantin n'étaient pas des plus flatteurs. *Une femme comme vous !* Une fois de plus, le plus parfait mépris transparaissait dans son discours.

— Il faudrait que nous puissions discuter de l'avenir, reprit Constantin. Nous devons évaluer les possibilités qui s'offrent à nous.

Laura éprouva un sentiment mêlé de crainte et d'espoir. Le revirement subit de Constantin demeurait tout à fait mystérieux. Qu'avait-il en tête ?... Car elle ne doutait pas qu'il avait déjà longuement réfléchi à la situation.

— Quelles possibilités ? s'enquit-elle avec méfiance.

— Rencontrons-nous quelque part pour en discuter en toute tranquillité.

La gorge de Laura s'assécha. D'un seul coup, elle eut la désagréable impression d'être piégée. Elle s'efforça de se raisonner : après tout, c'était elle qui avait souhaité informer Constantin de l'existence d'Alex. Mais à présent, qu'allait-il se passer ?

— Très bien. Quand et où ?

— Le plus vite serait le mieux. Disons, demain soir. Je peux venir à Milmouth...

— Non !

Sa réponse avait jailli comme un cri. Elle s'efforça de se radoucir.

— Pas ici, pas encore. Les gens parleraient...

— Pourquoi ?

Laura regarda par la fenêtre. Au loin, on devinait le scintillement de la mer. Constantin ignorait tout de la vie dans une petite ville comme Milmouth. Son aventure d'une nuit avec un bel inconnu était passée inaperçue, mais lorsque sa grossesse avait commencé à se voir, cela avait été un choc pour le voisinage. Laura avait dû affronter les regards et les messes basses. Si sa mère avait été encore en vie, elle l'aurait certainement aidée à faire face aux mauvaises langues. Toutefois, même seule, jamais Laura n'avait abandonné sa fierté, du début de sa grossesse jusqu'au moment où elle était revenue de l'hôpital avec Alex dans les bras.

Son petit garçon était si mignon que les gens du village avaient cessé de jaser pour s'attendrir sur son visage d'ange. Ils avaient bien sûr essayé de connaître l'identité du père, mais Laura avait toujours gardé un silence obstiné à ce sujet. Peu à peu, les questions avaient cessé. Laura avait été acceptée avec son fils par la petite communauté de Milmouth.

Mais à supposer que Constantin fît son apparition dans la ville, lui qui présentait les mêmes caractéristiques physiques qu'Alex, tous les regards se tourneraient vers lui. Laura pourrait tout aussi bien annoncer la nouvelle en première page de la *Gazette de Milmouth*, le résultat serait le même : les gens parleraient et Alex finirait par apprendre la nouvelle. Et la dernière chose que

Laura souhaitait, c'était que son fils apprît l'identité de son père sans y être préparé.

— Pourquoi parleraient-ils, Laura ? insista Constantin.

— Parce que c'est ce que les gens font ici, et partout ailleurs je suppose. Je n'ai pas envie que mon fils entende ces ragots, vous comprenez ?

— Oui, vous avez raison. Dans ce cas, Londres ?

— Ce n'est pas très facile pour moi d'aller jusque là-bas.

— Je vous enverrai une voiture.

Comme les menus tracas de la vie quotidienne étaient peu de choses lorsque l'on avait de l'argent ! songea Laura. Mais elle ne souhaitait pas non plus qu'une limousine avec chauffeur l'attende devant chez elle. Ce serait tout aussi suspect.

— C'est gentil, mais ce n'est pas la peine. Je vous propose d'aller à Colinwood. C'est la grande ville la plus proche de Milmouth.

Constantin congédia d'un revers de main sa secrétaire, qui venait d'entrer avec une pile de dossiers. Il nota le nom de la ville.

— Y a-t-il un bon restaurant là-bas ?

Laura réfléchit un bref instant.

— Il y a un hôtel, la Vigne vierge, je crois. Leur restaurant a bonne réputation.

Laura s'interrompit. La perspective de dîner en tête à tête avec Constantin l'angoissait. Boire un verre lui semblait plus raisonnable car si, par malheur, la soirée tournait au vinaigre, il lui serait plus facile de s'enfuir.

— Mais je ne tiens pas à dîner, reprit-elle. Je préfère prendre mes repas avec mon fils. Je vous y retrouverai au bar, à 21 heures.

— Très bien. A demain alors.

Constantin raccrocha, un peu perplexe. Contrairement à toutes les autres, cette femme semblait s'ingénier à contrarier ses plans.

De retour dans la boutique, Laura annonça de but en blanc la nouvelle à sa sœur.

— Je prends un verre avec lui demain soir. Il a changé d'avis pour le test de paternité.

Sarah s'arrêta aussitôt de brosser le comptoir.

— Pourquoi ?

— Je n'en sais vraiment rien…

5

En attendant son rendez-vous avec Constantin, Laura essaya de poursuivre ses activités comme si de rien n'était. Mais au fond d'elle-même régnait un tumulte sans précédent. L'inquiétude et l'excitation livraient en elle une terrible bataille, si bien qu'elle ne parvenait plus à distinguer ces deux sentiments.

Choisir la tenue qu'elle porterait ne fut pas une mince affaire. Peu habituée à sortir, elle ignorait ce que la situation imposait. Et puis ce n'était pas un rendez-vous galant — c'était même tout sauf ça. Elle savait que s'habiller avec trop de recherche était la dernière chose à faire : elle ne voulait pas que Constantin la soupçonnât de vouloir l'impressionner. Mais il ne l'avait jamais vue qu'en tenue de serveuse, en jean ou nue, et sa fierté exigeait qu'elle fît un petit effort.

Le moment de se préparer arriva enfin. Laura avait soigneusement bordé Alex dans son lit. C'était une soirée chaude, presque moite. Elle prit une douche et finit par opter pour une petite robe fleurie au tissu léger, une tenue convenable et adapté au temps. Une paire de sandales lacées à talons hauts ferait parfaitement l'affaire pour habiller la robe, sans excès. Enfin, elle accrocha à ses oreilles de petites perles qui avaient appartenu à sa mère.

Lorsqu'elle se présenta devant Sarah, celle-ci fronça les sourcils.

— Pas de maquillage ?

— Je suis un peu maquillée, protesta Laura.

— Mmm, pas de quoi le rendre fou non plus.

— Ce n'est pas mon intention, répliqua-t-elle, un peu vexée.

Puis elle ramassa son sac à main et se dirigea d'un pas résolu vers la porte d'entrée.

— J'y vais, passe une bonne soirée ; et merci de me garder Alex.

— Pas de problème. N'hésite pas à m'appeler si tu as besoin de secours !

— Et comment comptes-tu me secourir ? demanda Laura, avec un petit sourire amusé. Tu envisages d'envoyer la cavalerie ?

Elle prit le bus en direction de Colinwood. Durant le trajet, elle regarda le magnifique panorama qui s'étendait sous ses yeux. Le soleil dardait ses rayons obliques sur la côte, enveloppant le paysage dans une lumière douce et dorée. Elle puisa dans ces repères familiers la force dont elle avait besoin pour affronter Constantin.

Le restaurant était plein. Elle remarqua le nombre important de jeunes couples amoureux et ne put s'empêcher de les envier. Elle n'était pas fière d'éprouver ce sentiment, mais elle imaginait le bonheur d'être ensemble, la joie d'être deux pour accueillir un enfant — tout ce dont elle avait été privée.

Très vite, elle aperçut Constantin. De toute évidence, il s'était arrangé pour être placé à la meilleure table, dans un recoin calme qui offrait une vue appréciable sur le magnifique jardin de l'hôtel. Une serveuse s'affairait tout sourire à ses côtés : après avoir déposé une petite coupelle d'olives à côté de son verre, elle laissa nonchalamment glisser la main le long de ses hanches comme pour attirer son attention. Laura prit une profonde inspiration et s'avança, s'efforçant d'afficher une expression neutre.

Constantin avait immédiatement repéré son rendez-vous quand elle était entrée dans la salle, hésitante. Il l'observa d'un œil clinique. Cette fois-ci, elle ne portait pas d'uniforme, mais une robe légère qui mettait en valeur ses formes harmonieuses. Ses longs cheveux blonds étaient lâchés sur ses épaules et attiraient sur eux la lumière déclinante du soleil. Ses chaussures à talons hauts soulignaient le galbe de ses jambes ravissantes. Il se souvint pourquoi elle l'avait tant captivé quelques années auparavant.

— Bonsoir, Constantin.

— Asseyez-vous, je vous en prie.

— Merci.

Elle s'installa à l'extrémité de la banquette en cuir, consciente d'avoir l'air terriblement nerveuse. Lorsqu'il lui tendit un verre de vin, elle le saisit machinalement, tout en songeant qu'il était peu judicieux de boire de l'alcool.

— J'espère que vous n'avez pas attendu trop longtemps, s'excusa-t-elle pour dissimuler son malaise.

— Je viens d'arriver. Mais passons les politesses d'usage, vous voulez bien ? Est-ce que vous avez parlé à votre fils ?

Laura secoua la tête. Elle aurait aimé que Constantin cessât de la regarder de cette façon-là. C'était comme s'il la déshabillait du regard.

— Non, répondit-elle en baissant instinctivement les yeux.

— Est-ce que vous vous rendez compte que je ne connais toujours pas son prénom ?

Laura releva la tête et sentit les battements de son cœur s'accélérer. Et s'il détestait le prénom qu'elle avait choisi ? Parfois les gens prenaient en grippe un prénom simplement parce qu'il leur rappelait quelqu'un ou quelque chose.

— Il s'appelle Alex, répondit-elle du bout des lèvres. Le diminutif d'Alexander.

Constantin fut immédiatement rassuré. Ce prénom était celui d'un grand conquérant ; il portait en lui tout l'héritage de son peuple.

— Un prénom d'origine grecque, observa-t-il.

— Oui. Ça me semblait... approprié.

— Dans une situation qui, elle, était loin de l'être.

Connaître le prénom de son fils le lui rendait soudain plus

réel. Il se rendit compte qu'il ignorait tout de cet enfant, qui était pourtant le sien.

— Je ne connais rien de lui, lança-t-il, sans parvenir à contenir une pointe d'agressivité.

— J'en suis consciente, mais ce n'est ni ma faute ni la vôtre. Je vous ai déjà dit que j'avais tout essayé pour vous prévenir. Le passé est le passé et nous ne pouvons rien y changer. Il faut accepter la situation telle qu'elle est.

— Ah oui ? Et de quel genre de situation s'agit-il ? Si j'ai bien compris, vous tirez le diable par la queue et vous élevez seule mon fils. Vous ne croyez pas qu'il est grand temps que je joue mon rôle ?

— Bien sûr. N'oubliez pas que c'est pour cette raison que je suis ici. Nous pourrions organiser une première rencontre si vous le souhaitez.

Il eut un rire mauvais, tandis que Laura serrait nerveusement les mains sur ses genoux.

— Ah oui ! Vous voulez me caser dans son emploi du temps, comme un rendez-vous chez le dentiste. Vous imaginez que je vais passer un de ces prochains samedis pour emmener un gamin réticent manger un hamburger quelque part ?

— Ce n'est pas ce que je voulais dire.

— Alors à quoi pensiez-vous ?

Laura se sentit brusquement totalement dépassée par la situation.

— Je ne sais pas du tout ce qu'il faut faire, reconnut-elle, piteuse.

L'expression de Constantin se durcit.

— Eh bien moi, j'ai ma petite idée, figurez-vous. J'y ai beaucoup pensé depuis hier.

Il ne précisa pas qu'il avait déjà discuté de son plan avec ses avocats : inutile d'effaroucher Laura plus que de raison.

— Pour moi, une seule solution peut satisfaire tout le monde dans cette histoire, reprit-il. Je veux que vous m'accompagniez sur mon île, en Grèce.

— Pardon ?

— Je n'ai pas fini. Je veux que vous veniez tous les deux avec moi. Et, en ce qui vous concerne Laura, il me semble que la solution idéale serait de m'épouser.

6

Laura dévisageait Constantin, le cœur battant à tout rompre. Elle ne parvenait pas à croire ce qu'elle venait d'entendre. Ce sentiment d'irréalité était si fort qu'elle n'entendait même plus le léger brouhaha qui régnait dans le restaurant. Elle se demanda si cet homme n'était pas en train de se moquer ouvertement d'elle.

— Vous épouser ? C'est une plaisanterie ?

— Pas du tout, je suis très sérieux.

— Et pourquoi est-ce que j'aurais envie de me marier avec vous ? lança-t-elle sur un ton de défi.

— L'envie n'a rien à voir là-dedans, rétorqua-t-il sèchement, secrètement vexé par cette réponse. Il s'agit plutôt d'une nécessité. Pour commencer, vous avez besoin d'argent.

— Je me débrouille très bien…

— Bon sang, quand vous n'êtes pas serveuse, vous travaillez dans une boulangerie !

Les battements du cœur de Laura s'accélérèrent encore.

— Comment le savez-vous ?

— Cela n'a pas été très compliqué : j'ai demandé à quelqu'un de se renseigner pour moi.

Laura déglutit péniblement.

— Si je comprends bien, vous m'avez espionnée ?

Il balaya sa question d'un revers de main, l'air totalement indifférent. Cette indifférence, pourtant, il était loin de la ressentir. Comment aurait-il pu oublier les clichés que lui avait montrés son détective privé ? Laura qui emmenait le garçon à l'école, dans des habits trop petits pour lui, la façade modeste de l'immeuble qui abritait la boulangerie... Etrangement, tous ces détails l'avaient attristé.

L'idée d'épouser Laura s'était rapidement imposée à son esprit. Il s'était avisé que cette petite serveuse aux mains tremblantes pourrait être une épouse idéale. Sa pauvreté, son isolement laissaient à penser qu'elle serait aisément subjuguée par son pouvoir, et suffisamment malléable pour devenir la femme dont il avait besoin. Sans compter que, depuis la nuit précédente, il ne cessait de penser au baiser qu'il lui avait volé devant le vestiaire des femmes.

Elle l'attirait, inexplicablement.

— Ne jouez pas les hystériques, Laura. Vous imaginez bien qu'une petite enquête s'imposait, vu ma position. Vous auriez très bien pu vivre avec un homme qui aurait vu en moi une manne financière.

Laura en eut le souffle coupé.

— Votre cynisme est effroyable.

— Appelez cela du cynisme si ça vous chante, je préfère parler de réalisme. L'argent corrompt les hommes, j'en ai fait maintes fois l'expérience. Cela peut vous paraître étrange, voire culotté, de m'entendre parler ainsi, mais c'est la stricte vérité. Je sais ce dont les hommes sont capables pour de l'argent. Alors, je me méfie. C'est tout naturel.

— Quoi qu'il en soit, votre proposition me laisse sans voix. Hier encore, vous deviez épouser une autre femme !

— De quelle femme parlez-vous ?

— S'il vous plaît, ne me prenez pas pour une idiote. Je veux parler de la femme qui était dans votre suite, Ingrid Johansson.

— Qui vous a dit que je projetais de l'épouser ?

— Je l'ai entendu à la radio. Tout à fait par hasard, ajouta-t-elle précipitamment.

Constantin soupira.

— Vous ne devriez pas prêter foi à ce que les médias racontent. Cela dit, je comprends un peu mieux pourquoi vous avez fait cette apparition fracassante hier soir : cette pseudo-nouvelle a dû vous affoler.

Il la dévisagea, l'air imperceptiblement moqueur. Gênée, Laura détourna les yeux.

— Il fallait que je me dépêche, reconnut-elle. Mais je n'avais pas l'intention de contrarier votre relation avec...

— La presse essaie de me marier depuis des années, coupa Constantin. Mais c'est moi qui décide, pas les journalistes.

— Je ne comprends toujours pas pourquoi vous voulez m'épouser. C'est absurde.

— Pas tant que ça, *agape mou*, rétorqua-t-il d'une voix suave, mais ferme. J'ai toujours su que je devrais me marier un jour ou l'autre. Mais je n'avais jamais ressenti d'urgence particulière jusqu'à ce jour. Je possède une importante fortune, Laura, et mon père est âgé et fragile. Son vœu le plus cher est que je lui donne un héritier. Notre mariage serait une manière très facile de réaliser son souhait, et le mien.

Laura porta la main à son cœur.

— Un froid calcul...

Constantin rit.

— Ah oui ? J'imagine que mon discours n'a rien de romantique, en effet. Contrairement à vous, je n'ai pas été abreuvé des mièvreries d'usage sur l'amour éternel. Je sais que la réalité n'est jamais à la hauteur des rêves, et que les émotions trop vives privent les hommes de leur bon sens. Pourquoi ne pas envisager le mariage de façon plus pragmatique ? Notre union remplirait une double mission : d'une part il ferait d'Alex mon héritier légitime ; d'autre part, il vous apporterait une sécurité financière.

Passé les premiers moments de stupeur, Laura perçut le danger que recelait le projet de Constantin. Si elle acceptait de devenir sa femme, il jouirait d'un pouvoir total sur elle. Un pouvoir qu'il pourrait utiliser *contre* elle, s'il le souhaitait. Il lui suffirait de la mettre progressivement de côté pour s'arroger tous les droits sur Alex. Elle serait ainsi dépossédée de ce qu'elle avait de plus cher au monde. Tout ce qu'elle avait construit jusqu'alors serait balayé par l'argent et le pouvoir de Constantin.

— Non ! fit-elle en élevant la voix.

Quelques têtes se tournèrent dans leur direction, mais elle n'en avait cure.

— Non, répéta-t-elle en attrapant son sac à main d'un geste vif.

Puis, sans ajouter un mot, elle quitta la table et se dirigea vers la sortie. Lorsqu'elle fut dehors, elle inspira profondément. La température n'avait pas baissé et l'atmosphère était imprégnée du parfum sucré des roses. Elle devait se hâter pour reprendre le bus. Au moment où elle se mettait en marche, un bras puissant la retint.

Constantin la força à se retourner. Ses yeux lançaient des éclairs.

— Ne me fuyez plus jamais de cette façon-là ! gronda-t-il.

— Je suis libre et j'entends agir à ma guise.

— Vraiment ? Eh bien dans ce cas, moi aussi.

Sans lui laisser le temps de réagir, il la prit dans ses bras. Laura aurait voulu crier, protester, mais aucun son ne sortit de sa bouche. Sa raison lui ordonnait de fuir, mais ses jambes, déjà, ne la soutenaient plus.

— Regardez-moi ! ordonna Constantin.

Elle leva la tête. L'éclairage était faible, mais elle fut saisie par la lueur de désir qui éclairait ses yeux. Pouvait-il voir la même dans les siens ? La réponse ne tarda pas.

— Maintenant, c'est le moment de parler d'envie, dit-il durement. Vous avez envie de moi, Laura… tout comme j'ai envie de vous. Ne me demandez pas pourquoi, mais je vous veux.

L'instant d'après, il écrasa ses lèvres contre les siennes. Laura capitula. Horrifiée, elle s'entendit soupirer de volupté. Constantin laissa ses mains glisser le long de son dos et s'attarder sur la courbe de ses fesses. Elle soupira de plus belle. Une onde de désir électrisait tous ses sens, balayait tout entendement, anéantissait toute résistance. D'un geste vif, Constantin l'attira dans un recoin du jardin, à l'abri des regards. Il souleva sa petite robe d'été et caressa le haut de ses cuisses, effleurant le tissu de sa culotte.

Laura crut défaillir.

Enivré par l'ardeur qui le consumait, Constantin nota que la sensualité naturelle de Laura ne s'était pas émoussée avec les années. Les images de leur nuit d'amour, sept ans auparavant, assaillirent son esprit et redoublèrent son excitation. Il désirait tant cette femme qu'il se sentait prêt à lui faire l'amour là, dans le jardin de l'hôtel. Ses caresses se firent plus insistantes et Laura se mit à gémir faiblement.

— Si seulement vous ne portiez pas cette culotte, comme ce serait facile..., murmura-t-il, d'une voix que le désir brouillait.

Cette remarque terre à terre rompit brutalement le charme de l'instant, et Laura revint à elle. La réalité refit surface aussitôt ; elle esquissa un mouvement maladroit pour se libérer.

— Arrêtez..., chuchota-t-elle.

— Que j'arrête quoi ? demanda-t-il en lui caressant l'oreille du bout des lèvres.

— Arrêtez... de me toucher, trouva-t-elle la force de répondre.

— Vous n'en avez pas envie ? insista-t-il en glissant la main dans sa culotte pour mieux la caresser. Dois-je vraiment arrêter, Laura ?

Elle émit un gémissement plus long, presque douloureux.

A ce moment-là, une voiture s'engagea dans l'allée, à quelques mètres d'eux. Le bruit du véhicule et la lueur éblouissante des phares eurent un effet immédiat sur Constantin. Il prit conscience qu'il était sur le point de faire l'amour à cette femme à deux pas d'un restaurant et d'un parking.

— Allons dans ma chambre, murmura-t-il alors.

Cette invitation inattendue pétrifia Laura.

— Dans votre chambre ?

— J'ai réservé une suite ici. Nous y serons beaucoup mieux.

Laura le repoussa, franchement cette fois-ci.

— Non !

Son cœur cognait si lourdement dans sa poitrine qu'elle en avait le vertige.

— Vous pensiez donc que j'allais passivement me glisser dans votre lit ?

— Je ne vous ai pas trouvée particulièrement passive jusqu'à présent. Vous êtes une jeune femme passionnée. Vous l'avez toujours été.

Cette remarque fit monter le rouge aux joues de Laura. L'humiliation qu'elle ressentait lui donna la force de tenir tête à Constantin.

— Je ne vous accompagnerai pas dans votre chambre !

Au grand étonnement de Constantin, Laura semblait déterminée. S'il avait imaginé qu'elle le suivrait aussi facilement que par le passé, il s'était trompé. La frustration le tenaillait pourtant, et il chercha sur le visage de la jeune femme le signe d'une possible reddition.

Mais dans les yeux de Laura, il ne lut rien d'autre qu'une détermination obstinée.

Au prix d'un effort surhumain, il reprit son emprise sur lui-même. Après tout, ils auraient le temps de faire l'amour lorsqu'elle aurait accepté son autre proposition. Il décida de tirer avantage de la situation.

— Ce charmant petit intermède ne vous a pas convaincue que nous pourrions former un couple des plus crédibles ? demanda-t-il, clin d'œil à l'appui.

— Comme c'est joliment présenté ! ironisa Laura. Mais la réponse est toujours non.

Elle fit quelques pas pour sortir de la pénombre et alla s'asseoir sur l'un des bancs, le long de l'allée principale qui menait à l'hôtel. Dans ce lieu de passage, Constantin n'oserait certainement pas se montrer entreprenant.

— Puis-je connaître la raison de votre refus ? demanda-t-il en la rejoignant.

— En dehors du romantisme douteux de votre demande ? plaisanta amèrement Laura. Alex, bien sûr ! Vous croyez vraiment que je peux lui annoncer que j'épouse son père, qu'il n'a jamais rencontré, et que nous allons tous nous installer en Grèce pour couler des jours heureux ?

— Et pourquoi pas ?

— Pourquoi pas ? répéta-t-elle en levant les yeux au ciel. On voit bien que vous ne connaissez rien aux enfants.

— Ce n'est pas faux, rétorqua-t-il avec dureté. Puisque l'on m'a privé de l'occasion de connaître le mien.

Laura s'exhorta à garder son calme et à ne pas répondre à cette provocation manifeste. Si elle voulait que Constantin comprenne son point de vue, elle devait se montrer convaincante. Manifester de la colère ne la mènerait nulle part. Il fallait avant tout le sensibiliser aux intérêts d'Alex.

— La vie d'Alex est ici, en Angleterre, reprit-elle d'une voix plus douce. C'est son univers, vous comprenez. Si on lui révélait brutalement toute la vérité, il serait perdu. Il est encore très jeune. Vous voulez l'arracher à sa maison, à son école ? Non mais, vous imaginez un peu ? Un père débarque d'un seul coup, chamboule toute son existence, sans lui laisser voix au chapitre ? Et si ça se passait mal en Grèce ?

— Nous ferons en sorte que cela fonctionne bien, répondit Constantin, le visage sombre.

— Vous ne pouvez pas tout contrôler. Les êtres humains ne

sont pas des marionnettes que l'on agite à son gré. Vous ne vous rendez pas compte du traumatisme que cela pourrait représenter pour Alex : être envoyé dans un pays étranger, comme ça, du jour au lendemain.

Constantin se raidit instantanément.

— Ne parlez pas de la Grèce comme d'un pays étranger ! Ni devant moi, ni devant mon fils ! C'est le pays de ses ancêtres, une terre riche d'un glorieux héritage. Une terre que j'ai l'intention de lui faire découvrir.

— Vous interprétez mal mes propos... et vous le savez.

— Je veux faire la connaissance d'Alex, poursuivit-il, indifférent à sa remarque. Et je veux qu'il rencontre son grand-père. Ces deux souhaits ne sont pas négociables.

— Je comprends. C'est légitime. Cela dit, il me semble préférable qu'Alex apprenne à vous connaître progressivement.

— Et comment faire selon vous ? Vous voulez peut-être que je vienne acheter le pain tous les jours chez vous ?

— Bien sûr que non, dit-elle en soupirant.

En d'autres circonstances, cette image aurait amusé Laura. Se représenter Constantin dans la petite boutique de son village avait quelque chose de décalé et de comique. Mais ce n'était pas le moment de faire de l'humour. Et puis, elle n'appréciait pas l'arrogance avec laquelle il parlait de son métier : elle n'était pas un mannequin de renommée internationale, mais elle gagnait sa vie de façon honnête. Modestement, certes, mais honorablement.

— Je travaille et vis en Grèce.

— Je le sais.

Tout comme sa vie et celle d'Alex s'étaient construites ici, en Angleterre. Laura réfléchit à toute vitesse. Il devait y avoir une solution. Elle lissa les plis de sa robe. Ses doigts s'immobilisèrent lorsqu'une idée d'une étonnante simplicité se présenta à son esprit.

— Les vacances d'été commencent bientôt, annonça-t-elle en souriant.

— Quel est le rapport ?

— Je pourrais venir en Grèce… Sans vous épouser pour autant ! Un changement de vie radical déstabiliserait certainement Alex, mais il pourrait très bien comprendre une situation à laquelle il est déjà habitué.

— Je ne comprends rien, coupa Constantin avec irritation.

— Je suppose que votre père emploie du personnel chez lui.

— Bien sûr.

— Combien de personnes ?

— Ce n'est pas dans mes habitudes de faire des inventaires de ce genre.

Comme elle le regardait toujours fixement, dans l'attente d'une réponse, il consentit à donner des précisions.

— Nous avons une gouvernante qui vit chez nous, et plusieurs personnes qui viennent du village pour nous aider.

— Est-ce que ces personnes ont des enfants ?

— De jeunes enfants ? Je ne crois pas… Mais il y en a plein au village. Pourquoi est-ce que vous me demandez tout ça ?

— Je sais comment nous pouvons procéder. Je veux bien vous suivre en Grèce cet été, mais à condition que vous m'embauchiez dans votre villa.

— Pardon ?

Constantin la regardait avec incrédulité.

— Vous voulez travailler pour mon père ? reprit-il. Mais qu'est-ce que vous feriez ?

— Nettoyer, faire les lits, servir les repas. Je peux aussi cuisiner un peu, même si je ne suis pas un grand cordon-bleu.

— Je n'en reviens pas… Quel genre de femme êtes-vous pour réclamer des tâches aussi… basses ?

Une femme digne, pensa Laura, convaincue de la pertinence de son choix.

— Et du coup, Alex passerait quelques semaines de vacances au soleil, poursuivit-elle d'une voix presque guillerette. S'il peut jouer avec les autres enfants de l'île, il apprendra quelques mots de grec. Ce séjour lui ferait le plus grand bien, et vous permettrait de faire connaissance, tous les deux.

Constantin ne répondit pas. Il ruminait ce qu'il venait d'entendre. L'humilité de la requête de Laura l'avait déstabilisé. Elle voulait travailler chez lui comme servante ! C'était une idée insensée. Pourtant, il reconnaissait que cette solution pouvait fonctionner. Il ne révélerait pas d'emblée à son père qu'Alex était son petit-fils : une nouvelle pareille risquait d'être un choc trop grand pour un vieil homme cardiaque. La plus grande prudence s'imposait. Mais il laisserait la vérité apparaître progressivement.

— Quand avez-vous l'intention de dire à Alex que je suis son père ?

Laura parut indécise.

— Est-ce que nous pouvons attendre... attendre jusqu'à ce que le moment soit parfaitement approprié ? Ne précipitons pas les choses, je vous en prie.

— Je n'attendrai pas éternellement, Laura, prévint-il.

— Non, non, je sais. Nous choisirons le bon moment, je vous le promets.

— Bon, je suis d'accord. Mais sachez que ce n'est pas un plan que j'approuve. Je n'y consens qu'avec réticence.

— Merci d'accepter ! Nous partirons donc en Grèce avec vous. Il y a tout de même un petit problème à régler.

— Oui ?

— Je dois trouver une remplaçante pour aider ma sœur à la boulangerie. Mais je suis sûre que vous pouvez m'aider, non ?

Si c'était le seul problème à régler..., songea Constantin en acquiesçant distraitement.

Pour la première fois de sa vie, il n'avait pas obtenu ce qu'il voulait. En dépit de ses moyens modestes et de sa frêle apparence, Laura était la femme la plus obstinée qu'il eût jamais rencontrée.

Soucieuse des intérêts de son enfant, elle était prête à se battre bec et ongles pour lui. Etait-ce cela, l'amour maternel ?...

Constantin se demanda les sentiments que cela pouvait procurer d'avoir une mère aussi aimante. Une mère qui s'inquiétait davantage de votre bien-être que du sien. Mais il effaça rapidement ces pensées de son esprit. Il n'avait jamais perdu de temps à essayer de comprendre ce qui dépassait son entendement.

C'était l'une des raisons de son succès.

7

Depuis l'hélicoptère, le spectacle qui s'offrait aux yeux de Laura était à couper le souffle. L'île venait d'apparaître, tel un joyau de verdure au milieu d'une mer indigo. Un halo de sable blond auréolait le petit bout de terre, qui s'agrandissait à mesure que l'appareil amorçait sa descente.

Laura lança un regard à son fils, qui paraissait aussi émerveillé qu'elle. Un bref instant, elle se demanda si elle avait eu raison d'accepter ce long voyage. Comment Alex allait-il vivre son séjour en Grèce ?

Il était parfaitement inutile de se poser la question, elle le savait. Mais elle ne parvenait pas à dominer les angoisses qui l'assaillaient plusieurs fois par jour depuis qu'elle avait accepté la proposition de Constantin.

Ce dernier avait suggéré de mettre son jet à leur disposition au départ de Londres, mais elle avait farouchement refusé. Depuis quand les domestiques arrivaient-ils sur leur lieu de travail en avion privé ?

Une fois de plus, Constantin avait dû céder. Toutefois, il avait bien spécifié que son hélicoptère personnel les attendrait à l'aéroport d'Athènes pour les mener jusqu'à la petite île de Livinos.

Laura se demandait si l'incroyable richesse de Constantin — dont il avait joui dès le plus jeune âge — expliquait la dureté de son caractère. C'était quasiment certain. Il lui avait toujours suffi de claquer des doigts pour obtenir ce qu'il souhaitait. Sachant cela, son penchant pour la tyrannie n'était guère étonnant.

L'hélicoptère se posa.

Laura prit la main d'Alex dans la sienne et descendit sur le tarmac. Son fils serrait son ours en peluche contre sa poitrine. Au moment de partir, il avait hésité à emporter le fidèle compagnon de ses nuits : n'était-il trop grand pour emporter son doudou ? Mais elle avait insisté pour que l'ours soit de la partie : la situation était si inhabituelle qu'un repère familier ne pouvait pas faire de mal !

On l'appela au loin.

Aveuglée par les rayons ardents du soleil, elle plissa les yeux. Puis elle le reconnut, à quelques mètres d'eux seulement.

Constantin ! Il était venu les chercher en personne.

Sa bouche s'assécha aussitôt et son cœur se mit à battre avec frénésie. Consciente qu'elle devait faire bonne figure devant Alex, elle accrocha un sourire à son visage et continua d'avancer.

L'instant désiré et redouté était enfin arrivé : Constantin allait faire la connaissance de son fils. Bien entendu, ce dernier ignorait encore tout de l'identité de son père, mais tôt ou tard, il connaîtrait la vérité.

En les voyant approcher dans la lumière écrasante de l'après-midi, Constantin ressentit un coup au cœur. Il n'avait pas imaginé que la vue du petit garçon le bouleverserait à ce point. En découvrant la photographie d'Alex, il avait été sensible à la ressemblance ; or, le voir en chair et en os était tout autre chose. Au milieu d'une foule de petits garçons de son âge, Constantin l'aurait immédiatement reconnu : ses traits étaient ceux des Karantinos. Les siens.

Il inspira profondément. Un sentiment mêlé de joie et de regret s'empara de lui avec une violence qui le surprit. Son fils était là, à quelques mètres, et pourtant il ne le connaissait pas.

Il détacha péniblement les yeux d'Alex et regarda Laura, qui l'observait avec inquiétude. Revêtue d'une petite robe fleurie toute simple et d'une paire de sandales qui avaient connu des jours meilleurs, elle semblait mettre un point d'honneur à afficher sa simplicité. Cela ne la rendait pas moins désirable, hélas !

Constantin lui en voulait encore d'avoir exigé d'être embauchée comme domestique. Ce n'était pas du tout ce qu'il avait prévu et il détestait que la situation lui échappe.

Il fit malgré tout l'effort de sourire. S'il voulait conquérir l'enfant, entretenir des rapports cordiaux avec la mère était indispensable.

— Bonjour Laura, dit-il en allant à sa rencontre. J'espère que vous avez fait bon voyage.

— Bonjour Constantin, je... je ne m'attendais pas à vous trouver ici...

— Mais c'est bien naturel.

Le regard de Constantin se posa de nouveau sur l'enfant et son cœur se serra d'émotion.

— Bonjour Alex.

— Bonjour, monsieur.

L'air un peu perdu, il se tourna aussitôt vers sa mère pour demander :

— Qui est-ce, maman ?

Constantin s'accroupit de manière à faire face au petit garçon. D'ordinaire, il se moquait éperdument de ce que les gens pouvaient penser de lui. La plupart des hommes mouraient d'envie de nouer des relations d'amitié avec lui et les femmes, quant à elles, étaient prêtes à tout pour se retrouver dans son lit. Constantin n'était pas dupe des intentions secrètes des uns ou des autres, mais il en faisait peu de cas.

Cette fois-ci, c'était différent.

Il avait *envie* que cet enfant l'aime. Il en avait *besoin*.

— Je m'appelle Constantin Karantinos, annonça-t-il d'une voix douce. Et tu es invité dans la maison de mon père.

Alex opina du chef en souriant avec timidité.

— Est-ce que c'est une jolie maison ?

Le visage de Constantin s'éclaira d'un grand sourire.

— Oh oui, c'est une très jolie maison, tu verras. Il y a une grande piscine.

Alex écarquilla les yeux.

— Juste pour nous ?

— Juste pour nous, répondit Constantin en lui ébouriffant les cheveux.

Alex se mordit la lèvre inférieure, comme chaque fois qu'il était soucieux.

— Le problème, c'est que, moi, je ne sais pas vraiment nager.

Une ombre passa sur le visage de Constantin, pour disparaître aussitôt.

— Eh bien dans ce cas, tu apprendras. Qu'en dis-tu ?

— Oh oui ! Merci !

— Parfait. Je propose de monter dans la voiture maintenant.

Constantin aida Alex à monter dans son imposant 4x4 et lui boucla sa ceinture. Puis il s'effaça pour laisser passer Laura.

La jeune femme lui parut étonnamment pâle. Ses yeux clairs étaient légèrement cernés, comme si elle avait très peu dormi ces derniers jours.

— Vous avez l'air fatigué, non ? fit-il remarquer.

— Un petit peu, reconnut Laura. Mais ça va passer.

En vérité, elle était épuisée, physiquement et moralement. Depuis ses retrouvailles avec Constantin, elle n'avait quasiment pas fermé l'œil. Sans compter qu'elle avait dû organiser son remplacement à la boulangerie et préparer leur voyage. Le tout en quelques jours à peine.

— La semaine a été longue, ajouta-t-elle, en guise d'explication.

— Dans ce cas, asseyez-vous et essayez de vous détendre.

— Tu as vu comme c'est grand à l'intérieur ? s'enthousiasma

Alex. Waouh ! Je n'avais jamais vu de voiture comme ça. C'est super !

Constantin s'installa à la place du conducteur et mit le contact, non sans avoir jeté un regard attendri à son fils dans le rétroviseur.

Il avait bien l'intention de rattraper le temps perdu.

— Est-ce que vous habitez à côté de la mer ? demanda ingénument Alex lorsque la voiture quitta le tarmac.

— Oui, bien sûr. Tu sais, sur cette île, on n'est jamais très loin de la mer. Avec un peu de chance, tu pourras même apercevoir un des bateaux de ma compagnie maritime.

— Ah bon ? Des vrais bateaux ?

— Oui, et très gros en plus !

— Oh la, la, j'espère que j'en verrai un… mais bon, comme maman travaillera, ça ne sera pas facile.

Constantin fronça les sourcils.

— Pourquoi est-ce que tu dis ça, bonhomme ? Je te les montrerai si tu veux.

— Oui, c'est gentil…

Alex semblait hésiter. Il lança un regard interrogateur à Laura.

— Seulement, ça m'embête un peu de laisser maman toute seule.

Un silence se fit. Laura sentit des larmes d'émotion lui monter aux yeux. Son adorable petit garçon… Déjà si protecteur ! Mais c'était à elle de veiller sur lui, et non l'inverse.

— Ne t'inquiète pas pour moi, poussin. Constantin est très gentil de proposer de te montrer ses bateaux. Je suis sûre que ce sera très amusant.

— D'accord, répondit Alex en souriant, aux anges. Cette île a l'air géniale !

— C'est un bel endroit en effet, intervint Constantin. C'est ici que j'ai grandi.

— La chance ! s'exclama Alex.

L'enthousiasme du petit garçon le touchait profondément. Tout en l'observant à la dérobée dans le rétroviseur, il se remémora sa propre enfance.

A bien des égards, les premières années de son existence avaient été idylliques. Loin de l'agitation urbaine, il avait joui d'une parfaite liberté sur cette île préservée. Combien de journées avait-il passé à nager, à grimper aux arbres ou à se promener sans craindre le moindre danger ? Comme tous les enfants de l'île, il avait profité de cette vie saine au grand air. Et cela n'avait pas de prix.

Pourtant, lorsqu'il pensait à son enfance, il se rappelait aussi le sentiment de solitude qui ne le quittait jamais. Il était riche, certes, et terriblement gâté, mais il avait manqué de l'essentiel : l'affection d'une mère. La femme qui lui avait donné la vie n'avait jamais su aimer l'enfant au caractère affirmé qu'il était.

Belle et fragile, elle avait enflammé le cœur de son père, sans toutefois se laisser elle-même consumer par le brasier qu'elle avait fait naître. A la naissance de Constantin, elle n'avait pas pu endosser son rôle maternel. De nombreuses nourrices s'étaient succédé auprès de lui, sans jamais lui faire oublier celle qui le rejetait.

Cette blessure d'enfance, il l'avait surmontée. Du moins, le croyait-il...

— Regarde par la fenêtre, Alex, proposa-t-il doucement. Ici nous avons de magnifiques plages, mais aussi des montagnes, des forêts de cèdres ou de chênes. Et je ne te parle même pas des mines d'or et d'argent.

Alex poussa un cri de stupeur.

— Des mines d'or ! Non, pour de vrai ?

— « Pour de vrai », oui, confirma Constantin, amusé. Elles ont été découvertes par les habitants de Paros.

Laura croisa le regard de Constantin dans le rétroviseur et lui adressa une supplique muette. *Arrêtez*, disaient ses yeux, *arrêtez de lui présenter un tableau aussi paradisiaque. S'il vous plaît, ne lui donnez pas le sentiment que sa vie en Angleterre est insignifiante à côté de toutes ces merveilles.*

Constantin comprit très bien le message silencieux que Laura venait de lui adresser. Mais il choisit de l'ignorer. Qu'imaginait-elle ? Cette terre faisait partie de l'héritage de son fils, et il n'avait pas l'intention d'en minimiser les attraits — certainement pas pour ménager la susceptibilité de sa mère !

— Nous avons aussi du marbre blanc, poursuivit-il. Nous l'exportons dans le monde entier.

— Ça veut dire quoi « exportons » ? s'enquit Alex. Et est-ce que j'ai déjà vu du marbre ?

Constantin éclata de rire.

— Excuse-moi, bonhomme. C'est vrai que c'est un peu compliqué tout ça. Maintenant, sois très attentif : dans quelques instants, tu apercevras la demeure de mon père.

Laura se fit la réflexion qu'il avait employé le mot *demeure* et non pas *maison*. C'était plutôt étonnant de désigner avec autant de distance le lieu où l'on avait grandi.

Elle pencha la tête vers la fenêtre et retint son souffle. Jamais elle n'avait rien vu de si beau.

Une imposante villa surplombait une colline arborée, dont l'un des versants menait à la mer. Le tableau, incroyablement coloré, était saisissant. La blancheur marmoréenne de la maison contrastait avec les couleurs acidulées des champs de citronniers et d'orangers. Et plus loin, en arrière-plan, l'azur profond de la Méditerranée étincelait sous la lumière du soleil.

La voiture franchit un gigantesque portail et s'engagea dans une allée bordée de fleurs multicolores. Le spectacle dépassait tout ce que Laura avait pu imaginer.

— Nous sommes arrivés, annonça joyeusement Constantin.

Puis il aida Alex à descendre du véhicule. Celui-ci souriait, l'air enchanté. Laura songea qu'il était beaucoup moins impressionné qu'elle. Pourtant le lieu avait de quoi intimider.

Ils montèrent les marches du perron et l'imposante porte d'entrée s'ouvrit. Une femme d'une cinquantaine d'années, vêtue d'une robe bleu clair et d'un tablier blanc, se tenait dans l'embrasure. Elle leur adressa un large sourire.

— Venez Laura, dit Constantin. Je vais vous présenter à Démétra. C'est elle qui s'occupe du personnel ici et vous travaillerez sous ses ordres. Ne vous inquiétez pas, elle parle très bien anglais ; vous n'aurez pas de mal à comprendre ses instructions.

Instructions, ordres. Les mots que venait d'employer Constantin ramenèrent brutalement Laura à la réalité. Elle se souvint que tous les privilèges dont elle avait joui depuis son arrivée cessaient à cet instant précis. Désormais, elle était un membre du personnel.

N'oublie pas que c'est ce que tu voulais, se raisonna-t-elle. *C'est toi qui as insisté !*

— *Kalimera*, dit-elle à Démétra, en espérant que cette modeste tentative pour parler sa langue ne serait pas ridicule.

La gouvernante l'examina d'un œil attentif. Puis elle dit quelques mots en grec à Constantin, qui lui répondit en hochant la tête plusieurs fois. Visiblement satisfaite, Démétra adressa un sourire à Laura.

— *Kalimera*, Laura. Je vous souhaite la bienvenue à la villa Thavmassios.

Puis elle se tourna vers Alex et sourit plus largement.

— Et je suppose que ce charmant jeune homme est votre fils ?

— Oui, il s'appelle Alex, répondit Laura en poussant discrètement son fils vers la gouvernante.

A son grand soulagement, celui-ci tendit la main, comme elle le lui avait appris. Démétra poussa un petit cri de surprise et l'attira contre elle pour l'embrasser.

— Tu verras, mon chou, cette île est un vrai paradis. Nous irons chercher les enfants du village pour que tu aies quelques compagnons de jeux. Et puis mon fils, qui est à l'université, passe ses vacances ici en ce moment ; il sera ravi de t'apprendre à pêcher si ça t'amuse.

— Merci, madame, murmura Alex, un peu intimidé, mais visiblement charmé.

Démétra se tourna alors vers Constantin et lui adressa une question dans leur langue.

— *Ochi*, répondit-il, appuyant son refus d'un signe de tête.

Puis il s'adressa à son fils :

— Alex, est-ce que tu as envie que je te montre ta chambre ? Je pourrais peut-être en profiter pour vous montrer la vôtre, ajouta-t-il à l'intention de Laura.

Le soupçon de sensualité dans son intonation fit frissonner Laura. Elle croisa le regard de Constantin et baissa les paupières aussitôt. S'il imaginait qu'il se passerait quoi que ce soit dans cette chambre, il se trompait lourdement !

Presque instantanément, elle se traita silencieusement de menteuse. A la vérité, elle brûlait d'envie que cet homme pose les mains sur elle et promène ses lèvres sur son corps...

— Vous êtes prêts ? s'enquit Constantin, la ramenant brutalement à la réalité.

— Allons-y, répondit Laura en se forçant à sourire. Je suis sûre qu'Alex meurt d'envie de voir sa chambre.

La villa était immense. En comparaison, son petit appartement de Milmouth ressemblait à une boîte à chaussures ! Laura se demanda si elle parviendrait à trouver ses repères dans ce dédale de couloirs et d'escaliers.

En entrant dans sa chambre, Alex poussa un cri émerveillé. Ce lieu semblait conçu à la mesure des rêves d'un enfant de son âge. Il y avait une bibliothèque remplie de livres et d'albums, un bureau avec une pile de feuilles de dessin, sans compter des dizaines de feutres et de crayons de couleur. Dans un coin se dressait un château fort miniature, garni de nombreuses figurines : chevaliers, princesses, chevaux, etc. De l'autre côté de la chambre, un magnifique train électrique attendait qu'une petite main le mette en mouvement.

Alex se précipita vers le château en riant aux éclats.

— C'est le paradis, ici ! Est-ce que maman vous a dit que j'aimais les chevaux ?

— Je me suis dit que tous les petits garçons devaient aimer les chevaux, répondit gravement Constantin.

— Est-ce que j'ai le droit de jouer avec ? Maintenant ?

— Mais bien sûr ! Ils sont là pour ça, voyons. Tu peux commencer à jouer pendant que je montre sa chambre à ta maman. C'est juste de l'autre côté du couloir. Après cela, nous irons manger un petit quelque chose. Plus tard, je te montrerai la piscine. Qu'en dis-tu ?

Alex battit des mains.

— Oh oui !

Laura leva les yeux vers Constantin. Les efforts incroyables qu'il avait déployés pour qu'Alex se sente le bienvenu la touchaient profondément. Elle voulut le remercier, mais l'air fermé qu'il arbora soudainement l'en dissuada.

Ils traversèrent le couloir et entrèrent dans une jolie chambre décorée dans des tons clairs. Un gigantesque lit trônait face à la fenêtre. En contrebas, on apercevait la mer.

— C'est très beau, murmura-t-elle en évitant du regard le grand lit, un peu trop évocateur à ses yeux.

— Je suis content que ça vous plaise, répondit Constantin. Démétra vous expliquera tout ce que vous avez besoin de savoir.

— Parfait... A propos, que vous a-t-elle dit tout à l'heure lorsque vous m'avez présentée à elle ?

— Elle trouvait que vous étiez un peu trop fine pour des travaux physiques.

— Ah oui ? Et que lui avez-vous répondu ?

Constantin la regarda avec intensité.

— Je lui ai dit que les travaux difficiles ne vous étaient pas étrangers.

Il n'avait pas prononcé cette phrase avec condescendance, loin de là. Laura avait même cru déceler un soupçon d'admiration dans la voix de Constantin. Mais peut-être était-ce le fruit de son imagination ?

— Et vous avez eu raison, répliqua-t-elle doucement. Merci.

Les yeux de Constantin ne la quittaient plus. En quelques instants, la situation devint terriblement embarrassante. D'un geste doux, mesuré, il ferma la porte de la chambre.

— Que les choses soient bien claires, Laura : je n'ai pas envie d'entendre des remerciements… Ce dont j'ai envie… c'est de vous.

Sans lui laisser le temps de protester, il l'attira contre lui et captura avidement ses lèvres.

Laura ne trouva pas la force de lui opposer la moindre résistance. Déjà, ses jambes ne la portaient plus. Elle accueillit de toute son âme les caresses de sa langue, comme si le monde autour d'eux s'était évanoui. Un désir impérieux irradiait son ventre et ses sens. Elle voulait détacher les boutons de sa chemise et sentir sa peau contre la sienne.

— Oh, Constantin…, soupira-t-elle entre deux baisers.

Enhardi par ce faible gémissement, Constantin l'embrassa de plus belle, tout en soulevant sa robe légère. Il aventura la main sur ses cuisses satinées et remonta jusqu'à sa culotte, qu'il entreprit de faire glisser le long de ses hanches. Auraient-ils le temps ? Il ne préférait pas le savoir et détacha la boucle de sa ceinture.

Bien qu'elle fût sur le point de défaillir, Laura perçut confusément que ce baiser risquait de les mener beaucoup trop loin. A travers l'étoffe, elle sentait le sexe de Constantin, durci de désir. Son geste impatient pour détacher son pantalon la ramena brutalement à la raison.

— Non… nous ne devons pas, haleta-t-elle. Vous savez bien que c'est une très mauvaise idée.

Constantin la lâcha d'un seul coup et inspira profondément. Il se retourna pour rajuster son pantalon et se recomposer un visage digne. La frustration était si inattendue, si cruelle, qu'il en avait le souffle coupé.

En un sens, il savait que Laura avait raison ; cependant, il lui en voulait d'avoir raison. Cet appel à l'entendement était d'autant plus difficile à accepter qu'elle le désirait tout autant que lui. D'ordinaire, c'était lui qui donnait le tempo !

Il se retourna vers elle et la regarda avec dédain.

— Vous vous conduisez toujours de la sorte ? lança-t-il sur un ton accusateur. Répondez-moi ! Vous avez l'habitude d'allumer les hommes alors que votre fils joue à quelques mètres ? Je me demande si le pauvre enfant a déjà été témoin de vos ébats.

Laura poussa un cri scandalisé.

— Jamais, vous êtes fou !

— Ah oui ? Ça m'étonnerait qu'il n'y ait jamais eu d'hommes chez vous. Une femme dotée d'un tel tempérament…

— Aucun homme n'est jamais venu chez moi ! Si vous ne me croyez pas, c'est votre problème !

Laura était révoltée. Certes, elle n'aurait pas dû se laisser embrasser de la sorte, mais elle ne voyait pas pourquoi elle serait responsable de *tous* les torts !

— De toute façon, vos reproches sont parfaitement déplacés, lâcha-t-elle.

— Ah oui ? Et pourquoi donc ?

— Vous n'êtes pour rien dans ce qui vient de se passer peut-être ?…, ironisa-t-elle. Vous étiez là, parfaitement innocent, lorsque je me suis jetée dans vos bras et vous ai forcé à m'embrasser !

— Je vous conseille de changer de ton, Laura. Lorsqu'une femme envoie des signaux aussi forts, tout homme normalement constitué y répond. C'est la nature.

— Des signaux ? reprit-elle interloquée.

Laura rougit de colère et de honte. Constantin ne pouvait

pas lui reprocher de l'avoir attisé. A aucun moment elle n'était sortie de sa réserve, avant le baiser tout du moins. Seulement, il n'était pas totalement impossible qu'il eût senti le désir qu'il lui inspirait.

Mais comment pouvait-elle contrôler cela ?

— Ecoutez, ce qui vient de se produire est regrettable, déclara-t-elle alors. Le plus simple est de tirer un trait sur cet épisode et de faire en sorte que cela ne se reproduise jamais.

Une lueur moqueuse illumina les pupilles de Constantin.

— Vous croyez que c'est si facile ? Que le désir est une machine que l'on peut allumer ou éteindre à volonté ?

— Je pense que l'on peut se contrôler.

— Sans doute, mais je n'ai pas l'intention de le faire, répondit-il d'une voix terriblement rauque.

Leurs regards s'affrontèrent quelques instants. La bouche de Laura était sèche. Les derniers mots de Constantin avaient fait naître un frisson intérieur, qu'elle s'en voulut aussitôt d'éprouver.

— Il serait sans doute préférable que vous me laissiez à présent. J'aimerais me rafraîchir un peu avant d'aider Alex à défaire ses bagages.

— Très bien, je vous laisse.

— Au fait...

— Oui ?

— Euh... quand suis-je censée commencer à travailler ?

Constantin eut un petit sourire. Il n'appréciait pas du tout le fait que Laura travaille à son service, mais puisqu'elle l'avait voulu, il était impatient de voir comment elle allait supporter cette situation.

— Ce soir, Alex et vous dînerez avec Démétra. Elle en profitera pour vous dire ce qu'elle attend de vous.

— Vous... vous ne serez pas là, ce soir ?

— Non, *agape mou*, je sors.

— Ah...

— Eh oui ! Si nous avions été mariés, je ne vous aurais certainement pas laissée seule le soir de votre arrivée, mais vous avez fait un choix, Laura. A vous d'en assumer les conséquences.

Blessée dans son orgueil, elle releva la tête.

— Au moins, j'ai ma conscience pour moi.

— Tant mieux pour vous ! ricana Constantin. Demain, Alex déjeunera avec mon père et moi. Il rencontrera enfin son grand-père.

— Très bien...

Laura s'aperçut qu'elle savait bien peu de choses sur la vie de Constantin. Aussi ne put-elle s'empêcher de demander :

— Et... et votre mère ?

— Ma mère est morte il y a des années.

Il avait parlé d'une voix atone. Laura prit cela pour l'expression d'un chagrin toujours douloureux. Ayant elle-même perdu ses parents, elle savait d'expérience qu'il fallait que les morts continuent d'exister dans le discours des vivants.

— Oh, pardon, je suis vraiment désolée... Que s'est-il passé ?

— Elle a succombé à une pneumonie, répondit-il, le visage fermé. Mais mon histoire familiale ne vous concerne pas.

Laura sentit ses joues s'empourprer.

— C'est également l'histoire d'Alex, lui rappela-t-elle.

— Très juste. C'est pour ça que c'est avec *lui* que j'en discuterai. Si vous aviez accepté de m'épouser, votre curiosité aurait été légitime, évidemment ; mais ici vous trouverez d'autres types d'occupations.

Il marqua une pause et savoura le spectacle qui s'offrait à lui : Laura était blessée, de toute évidence.

Peu lui importait. Il lui avait rendu le mal qu'elle lui avait fait.

8

A son réveil, le lendemain matin, Laura se sentit désorientée. Les premiers rayons du soleil, filtrés par les croisées, dessinaient des zébrures dorées sur sa peau. Elle se souvint alors qu'elle était en Grèce, sur l'île de la famille Karantinos.

Elle avait passé une nuit agitée, peuplée de rêves troublants. Plusieurs fois, elle s'était éveillée en sursaut, songeant à Constantin, au baiser qu'ils avaient échangé et à la froideur dont il avait fait preuve lorsqu'elle avait mis un terme à leur étreinte.

Elle ne l'avait pas revu depuis ce moment. Comme prévu, elle avait dîné de bonne heure avec Démétra. Le repas, pris dans la cuisine, avait été aussi délicieux qu'agréable. La gouvernante s'était d'abord intéressée à sa vie et aux occupations d'Alex avant de lui présenter les tâches qui l'attendaient.

Après cela, le fils de Démétra, Stavros, les avait accompagnés pour une promenade à l'extérieur de la propriété. Ce jeune étudiant les avait guidés dans les jardins, en prenant le temps de leur faire admirer toutes les curiosités qu'il recelait. A la nuit tombée, il avait pris Alex sur les épaules et lui avait nommé les constellations qui illuminaient le ciel.

Alex... Elle l'avait déposé dans son lit la veille, à moitié endormi. Elle espéra qu'il avait passé une bonne nuit dans ce lieu inconnu. Et s'il avait fait des cauchemars ? Peut-être avait-il essayé de trouver le chemin de sa chambre pour se faire consoler ?

D'un bond, elle se leva. Simplement vêtue de sa chemise de nuit, elle se précipita dans la chambre de son fils. Qu'elle trouva vide.

— Alex ! s'écria-t-elle.

— Il est dehors, lui répondit une voix derrière elle.

Laura fit volte-face. Constantin était là.

Un peu honteuse de se trouver devant lui en si petite tenue, elle passa la main dans ses cheveux décoiffés pour se donner un semblant d'allure.

— Où ça dehors ?

— Il est à la piscine, avec Stavros.

— Vous voulez dire que vous avez laissé mon fils...

— Notre fils..., corrigea Constantin.

— ... avec quelqu'un qu'il ne connaît pas, ou si peu, poursuivit Laura, furieuse. Vous l'avez laissé près d'une piscine, alors qu'il ne sait pas nager ?

— Bon sang, Laura, est-ce que vous croyez vraiment que je l'aurais exposé au moindre danger ? Je connais Stavros depuis toujours ; il n'y a pas meilleur nageur que lui ! Ils s'entendent merveilleusement bien, tous les deux. Si vous n'aviez pas fait la grasse matinée, vous vous en seriez rendu compte vous-même !

Il marqua une pause et fronça les sourcils.

— D'ailleurs, puisque nous en parlons, je ne comprends vraiment pas pourquoi Alex ne sait pas encore nager.

— C'est parce que...

— Parce que quoi, Laura ?

Elle hésita. Mais après tout, à quoi bon lui dissimuler la vérité ?

— Eh bien, les leçons coûtaient très cher et...

Elle s'interrompit en lisant la stupeur sur le visage de Constantin.

— Cher ?

A l'entendre, on aurait pu croire qu'il venait seulement de découvrir l'existence de ce mot ! Comment pouvait-il comprendre une chose pareille ? Il ne savait pas ce que c'était que de compter chaque penny.

— Mais tous les week-ends, il fait du foot dans un club, annonça-t-elle, en ayant l'impression désagréable de se justifier. Je ne peux pas payer pour tout. C'est triste, mais c'est comme ça.

— Quand je pense à tout ce dont mon fils est privé..., murmura Constantin.

Laura tiqua, blessée dans son orgueil. Depuis la naissance de son fils, elle avait tout fait pour lui offrir une vie décente. Seulement, sa volonté de bien faire ne suffisait pas toujours, hélas ! Son dépit dut se lire sur son visage, parce que Constantin ajouta :

— Je ne vous le reproche pas. J'ai simplement un peu de mal à accepter cette idée, voyez-vous.

Laura remarqua alors à quel point il avait l'air fatigué. Ses beaux yeux sombres étaient cernés, comme s'il avait peu ou mal dormi la nuit précédente. Le multimilliardaire habillé comme un prince semblait loin en cet instant. Pieds nus, revêtu d'un jean délavé et d'un T-shirt blanc, Constantin paraissait beaucoup plus naturel que d'habitude.

Il lui rappelait l'homme qu'elle avait connu quelques années auparavant. L'homme qui lui avait fait l'amour. Le père de son fils.

Cette pensée la troubla d'autant plus qu'elle était fort peu vêtue. Sa petite nuisette lui arrivait à mi-cuisses. Jugeant plus prudent de s'éloigner de Constantin, elle passa devant lui en murmurant de vagues excuses, puis se dirigea vers sa chambre.

Elle s'aperçut très vite qu'il l'avait suivie.

— Non..., dit-elle d'une petite voix, lorsqu'il entra chez elle.

Mais il referma la porte sans un bruit, comme s'il n'avait rien entendu.

— Mais si..., Vous ne vous promèneriez pas dans cette tenue si vous n'étiez pas prête à cela, nota-t-il en dardant sur elle un regard dénué d'ambiguïté.

— Mais... je voulais simplement aller voir mon fils !

— Vous tremblez chaque fois que je m'approche...

Laura aurait dû lutter, mais elle ne fit rien. Incapable de

prononcer la moindre parole, elle le regarda, les lèvres légèrement entrouvertes. Lorsqu'il la prit dans ses bras, elle soupira et se laissa glisser contre lui.

C'était trop tard.

Il écrasa sa bouche contre la sienne, dans un baiser ardent qui la laissa chancelante. Puis, il la plaqua vigoureusement contre ses reins, ne lui laissant rien ignorer du désir qui le consumait. Sans cesser de l'embrasser, il lui ôta sa chemise de nuit.

Elle était nue désormais, et frémissait de tout son être.

Sans attendre, il glissa la main entre ses cuisses et la caressa langoureusement. Lorsque Laura se mit à gémir, il en ferma les yeux de contentement. Il poursuivit son geste, en l'intensifiant progressivement. Arquée contre lui, Laura poussait des petits cris à présent.

Ivre de plaisir, Laura sentit le rythme des caresses s'accroître. Soudain, une vague d'une puissance inouïe déferla sur elle, et elle s'abandonna à la jouissance.

— Constantin..., murmura-t-elle quelques minutes plus tard, en posant la tête sur l'épaule de son compagnon.

— J'ai envie de toi, dit-il d'une voix âpre.

Et il lui prit la main pour la poser sur son membre durci.

— Sens à quel point je te veux.

Elle aussi brûlait de désir, mais ils étaient terriblement exposés dans cette chambre, au beau milieu de la matinée. Démétra ou Alex pouvait l'appeler d'un instant à l'autre.

— Non... pas maintenant, bredouilla-t-elle. C'est trop risqué.

Constantin entendit la petite voix de Laura le rappeler à la raison, mais le désir le brûlait, anéantissait sa volonté. Son cœur battait si lourdement dans sa poitrine, et dans tout son corps lui semblait-il, qu'il parvenait à peine à penser. Lorsqu'elle lui répéta que c'était impossible, il comprit qu'il devrait de nouveau endurer une terrible frustration.

— Vous trouvez ça normal de me refuser le plaisir que vous venez de prendre ?

Abasourdie, honteuse, elle secoua la tête.

— Vous croyez que vous pouvez aller si loin avec moi, puis jouer les princesses outragées au dernier moment ? C'est ce que vous êtes, une aguicheuse ?

Les lèvres de Laura tremblaient.

— Non, non, répondit-elle d'une voix mourante.

— Ah oui ? Pourtant, vous m'avez laissé vous caresser, vous m'avez laissé croire que les choses iraient plus loin. Pour moi, c'est ça une aguicheuse.

Laura ne pouvait s'empêcher de secouer la tête. Pourtant, elle était bien obligée de reconnaître qu'il y avait une part de vérité dans les propos incendiaires de Constantin. Or, contrairement à ce qu'il pensait, elle n'avait jamais voulu l'aguicher. Elle s'était laissé faire, oui, parce que sa volonté vacillante ne lui avait pas permis de résister avant le dernier moment. Elle n'avait pas voulu le frustrer.

— Ecoutez, je ne vais pas essayer de vous faire croire que je n'ai pas envie de vous, alors que je viens de vous prouver le contraire, murmura-t-elle. Ce n'était simplement pas le moment. Alex peut arriver d'un moment à l'autre…

Constantin la dévisagea froidement.

— Dans ce cas-là, quand sera-ce le moment ?

Il semblait si terre à terre, si froid en cet instant que Laura dut se retenir pour ne pas pleurer. Lui avouer qu'elle le désirait lui avait beaucoup coûté, et la sécheresse de sa réplique était une humiliation de plus. Elle savait néanmoins qu'il était parfaitement illusoire de lutter contre lui. Il suffisait qu'il apparaisse pour que ses sens s'enflamment.

— Rejoignez-moi ce soir, dit-elle dans un souffle. Tard… lorsque la maison sera endormie.

Constantin la prit par la taille et l'attira contre lui. Manifestement,

Laura savait que la résistance était une arme particulièrement efficace dans le domaine de la séduction. Il la regarda avec intensité puis l'embrassa fougueusement.

Lorsqu'il releva la tête, Laura semblait égarée. De toute évidence, elle luttait contre lui, mais aussi contre elle-même.

— Je vais penser à cela toute la journée, *agape mou*. Soyez sûre que je vous rejoindrai.

Il esquissa un petit sourire tentateur et caressa ses lèvres frémissantes du bout des doigts.

— Maintenant, dépêchez-vous de vous vêtir ; sinon, je vais avoir beaucoup de mal à attendre...

Lorsque Laura fut douchée et habillée, elle retrouva enfin un semblant de calme. L'uniforme très fonctionnel que lui avait remis Démétra — une robe bleu clair qui arrivait en dessous du genou — n'était pas des plus flatteurs ; mais, après tout, ce n'était pas le but recherché.

Elle examina son reflet dans le miroir et esquissa une grimace. Il n'y avait aucune raison d'avoir honte de son statut. Elle avait déjà officié en tant que domestique ou serveuse. Pourtant, c'était différent cette fois-ci : elle était au service du père de son fils, au service d'un homme à qui elle venait de promettre une nuit d'amour. A cette idée, ses joues s'empourprèrent.

— Cesse de te tourmenter, marmonna-t-elle à mi-voix avant de quitter la pièce.

Elle se rendit près de la piscine, où son fils l'accueillit avec des cris de joie.

— Maman ! Regarde, Stavros m'apprend la brasse.

Laura sourit à l'étudiant qui émergeait du bassin.

— Merci beaucoup Stavros. Alex a l'air ravi !

Ce dernier saisit une serviette et attira l'enfant contre lui.

— J'aime bien enseigner, et ce jeune homme montre de grandes dispositions pour la natation. A son âge, on apprend vraiment très vite. Allez Alex, montre à ta maman ce que tu sais faire !

Alex descendit dans la piscine et se mit à nager comme un petit chien, à côté du bord.

— Regarde, regarde, s'égosilla-t-il. J'y arrive bien, hein ?

— Bravo, mon trésor. Mais ne parle pas en nageant, tu vas finir par boire la tasse !

Lorsqu'il fut sorti de l'eau, Laura l'aida à se sécher.

— Est-ce que tu as pris ton petit déjeuner, mon cœur ?

— Oui, je l'ai pris avec Constantin. On a mangé des yaourts avec du miel ! Et puis, il m'a emmené dans le jardin pour choisir des oranges. Et ensuite, on les a pressées tous les deux. C'était génial !

Laura sourit. Son fils s'adaptait incroyablement bien à cette nouvelle vie, et semblait se lier très facilement avec Constantin. Il n'avait pas toujours eu une existence facile ; à présent, il devait avoir l'impression d'être au paradis.

Un sentiment de peur s'empara d'elle. Alex était sous le charme de cette île et de Constantin. Comment vivrait-il son retour en Angleterre, dans le petit appartement qu'ils occupaient au-dessus de la boulangerie ? Comment pouvait-elle rivaliser avec tout ce que Constantin offrait à son enfant ?

— Tu veux nager avec moi ? demanda l'enfant. Ce serait drôle.

— Pas tout de suite, mon chéri. Là, il faut que je travaille. Je te laisse en compagnie de Stavros. Démétra doit m'attendre.

Le cœur lourd, Laura se dirigea vers la cuisine. Démétra insista pour qu'elle se nourrisse avant de commencer.

— Vous êtes beaucoup trop mince, lui asséna-t-elle d'un ton péremptoire. Une femme a besoin de prendre des forces avant de commencer sa journée.

Joignant le geste à la parole, elle lui présenta une assiette de toasts et des fruits.

— Vous avez raison, répondit Laura en s'attablant.

Elle avait besoin de forces, assurément. De force mentale plus que de force physique — et cela, ni le miel ni le pain ne pouvaient la lui apporter. La gentillesse de Démétra la toucha néanmoins. Sa présence bienveillante, presque maternelle, la renvoyait à l'époque où ses parents étaient encore là pour prendre soin d'elle. Cela faisait si longtemps...

Lorsqu'elle eut achevé son repas, Laura se mit au travail. Occupée à laver des salades et à garnir de riz des feuilles de vigne, son esprit s'allégea. Démétra lui apprit à faire un gâteau typiquement grec, que l'on nappe de jus de citron après l'avoir cuit. Puis, la gouvernante confectionna devant elle des biscuits à la cannelle, fourrés aux raisins et aux noisettes.

— Où avez-vous appris à cuisiner comme cela, Démétra ? demanda Laura.

— Oh, vous savez, j'ai cuisiné toute ma vie. D'abord pour mon mari, puis pour gagner ma vie. Vous comprenez, je suis devenue veuve alors que Stavros était encore un tout petit bébé. Il a fallu que je me mette à travailler. C'est pour ça que j'ai été embauchée par la famille Karantinos. J'ai toujours été très heureuse ici. *Kyrios* Constantin est un homme bien. Petit garçon, il lui arrivait de pêcher avec mon mari. A la mort de celui-ci, il s'est assuré que Stavros puisse faire de bonnes études. Il a tout fait pour que mon fils ne manque jamais de rien.

Laura baissa les yeux. La reconnaissance de Démétra à l'égard de Constantin la mettait mal à l'aise. Elle aurait préféré l'oublier durant quelques heures... jusqu'à la nuit en tout cas.

— Il est temps que je mette le couvert, murmura-t-elle.

La table devait être dressée sur une terrasse protégée du soleil par une charmille. Ce lieu, délicatement ombragé, était un petit îlot de verdure et de fraîcheur. Le doux ruissellement de l'eau de la fontaine ajoutait à l'atmosphère apaisante. Laura mit le couvert consciencieusement, en prenant soin de respecter les indications données par la gouvernante.

— Je ne me lasse pas de vous regarder, vous savez.

Laura se retourna et aperçut Constantin, qui l'observait depuis l'autre côté de la terrasse. Il semblait sortir de la douche : ses cheveux, peignés en arrière, étaient encore humides. De plus, il avait troqué son jean et son T-shirt contre un pantalon noir et une chemise de soie blanche. Il s'était également rasé.

— Es-ce que vous m'épiez depuis longtemps ? demanda-t-elle en fronçant les sourcils.

— Suffisamment pour admirer vos courbes délicieuses. Vous réussissez même à rendre sexy cet uniforme !

Laura jeta des coups d'œil furtifs en direction de la cuisine.

— Je vous en prie, quelqu'un pourrait nous entendre !

Il émit un petit rire moqueur.

— Vous voyez, nous sommes en train de conspirer, comme de vrais amants... Pourtant, nous ne le sommes pas encore tout à fait. Je dois encore patienter quelques heures, ce qui m'est très difficile. Croyez-moi, je n'ai pas l'habitude d'attendre.

— Je vous crois volontiers...

Elle saisit le plateau qu'elle avait déposé sur la desserte et passa devant Constantin pour se rendre dans la cuisine.

— Hé ho, ne soyez pas si pressée !

Laura s'arrêta.

— Il faut que j'aide Démétra, protesta-t-elle.

Comme à son habitude, il fit comme s'il n'avait rien entendu.

— Je me sens l'âme du prisonnier qui compte les secondes, les minutes et les heures avant la délivrance.

— Vous exagérez..., susurra-t-elle en déglutissant péniblement.

— Pas le moins du monde, chère amie. S'il ne tenait qu'à moi, je vous ferais l'amour dans la seconde.

Laura se sentit immédiatement toute chose, comme si elle avait été faire de neige et fondait sous le feu du regard de Constantin.

— Arrêtez, je vous en prie. Arrêtez... de me troubler comme vous le faites.

— Mais j'adore vous troubler, justement. Votre visage est exquis lorsque vous rougissez.

— Dans quelques minutes, je vais servir à table, devant votre père. De quoi aurais-je l'air si vous continuez à me parler ainsi ?

— Très bien, je vous laisse tranquille… pour le moment. Mais franchement, vous êtes vraiment une femme étrange.

— Pourquoi ?

— Eh bien pour commencer, vous avez exigé d'être employée comme domestique chez moi. Je n'arrive toujours pas à comprendre pourquoi. Ça doit faire partie d'un plan, sans doute.

— Un plan ? Mais qu'allez-vous imaginer !

— Les femmes ont toujours une idée derrière la tête. C'est quasiment génétique.

— Vous êtes terriblement cynique.

— Ce jugement est simplement le fruit d'une longue expérience. J'ai vu l'ambition féminine se manifester de milliers de façons. Et de toutes les femmes que j'ai connues, vous êtes celle qui a le plus à gagner.

— Si vous imaginez que mon but est de vous dépouiller, laissez-moi vous dire…

Il ne la laissa pas achever sa phrase :

— Pour le moment, je ne sais que penser. Vous demeurez une énigme. Mais je vous percerai à jour.

Elle soutint son regard quelques instants.

— Je vois… Maintenant, si vous voulez bien m'excuser, j'ai à faire en cuisine.

Quelques minutes avant le début du repas, Laura monta dans la chambre de son fils pour s'assurer que ce dernier était présentable. Elle rajusta le col de sa chemisette en coton et peigna à la hâte ses cheveux indisciplinés.

— Est-ce que le papa de Constantin est un très vieux monsieur ? demanda l'enfant.

— Je suppose, mon chéri. Je crois qu'il a eu quelques ennuis de santé ces derniers temps, alors je compte vraiment sur toi pour te tenir correctement.

— Oui, maman, c'est promis !

Elle conduisit Alex jusqu'à la terrasse. Stavros, qui était également invité, se tenait déjà à côté de la table. Au bout de quelques instants, Constantin apparut avec son père. Ce dernier se déplaçait à l'aide d'une canne, et son fils calquait le rythme de son pas sur le sien. Laura fut frappée de constater à quel point il était âgé. Il devait avoir quatre-vingts ans, ce qui signifiait qu'il avait déjà autour de la cinquantaine à la naissance de son fils. Même s'il semblait très fragile, on devinait aisément qu'il avait été un très bel homme. Constantin lui ressemblait de manière frappante ; et autant qu'elle pouvait en juger, Alex aussi...

Le regard du vieux patriarche se posa sur elle avec bienveillance. Il s'avança pour lui serrer la main. Touchée par ce geste, Laura lui sourit timidement.

— Je suis très heureuse de vous rencontrer, *Kyrios* Karantinos, dit-elle.

— Mon fils m'a raconté que vous vous étiez rencontrés en Angleterre, c'est bien cela ?

— Oui, monsieur.

— Et vous l'avez persuadé de vous embaucher ici pour l'été.

— C'est exact. C'était une belle occasion d'élargir mon horizon et d'offrir des vacances à mon fils.

Il y eut une pause, durant laquelle le père de Constantin se tourna vers Alex, qui attendait sans bouger d'être présenté.

— Et je suppose que votre fils est ce petit jeune homme ?

— Oui. Il s'appelle Alex.

— Bonjour, *Kyrios* Karantinos, dit ce dernier d'une voix fluette.

— Bonjour, mon garçon.

Le regard fatigué du vieillard s'attarda sur Alex ; l'espace d'un instant, Laura eut l'impression d'y lire un soupçon d'incertitude.

Avait-il été sensible à la ressemblance, lui aussi ? Laura espérait que non. Il était encore beaucoup trop tôt pour révéler la vérité. Fort heureusement, le père de Constantin reprit une expression posée et décréta qu'il était grand temps de passer à table.

Les quatre hommes s'installèrent. Le patriarche demanda à Alex ce qu'il avait fait de sa matinée. Au grand soulagement de Laura, son fils se mit à raconter sa leçon de natation au vieil homme. Elle aurait voulu écouter toute la conversation, mais Constantin lui fit signe pour attirer son attention.

Un éclair moqueur incendia ses prunelles lorsqu'il lui demanda d'apporter le vin. L'orgueil de Laura fut touché, mais elle n'en laissa rien paraître. De toute évidence, cette situation amusait Constantin et il avait l'intention d'en profiter.

Tout au long du repas, elle s'efforça d'ignorer l'expression sardonique qui accompagnait chacun de ses ordres et fit de son mieux pour servir selon les règles de l'art. Pourtant, il lui était terriblement difficile de jouer ce rôle alors que son fils était invité à la table des maîtres ! Dire que c'était elle-même qui avait voulu cette situation parfaitement absurde !...

Peu avant la fin du déjeuner, elle se fit la réflexion que Constantin et son père semblaient peu complices. Les deux hommes communiquaient à peine et, lorsqu'ils le faisaient, c'était avec une distance polie.

Elle espéra que ce n'était pas ce type de relation que Constantin envisageait de nouer avec son propre fils.

Inconscient des enjeux qui planaient au-dessus de lui, Alex passait à l'évidence un très bon moment. Il était le centre de l'attention, mais ne profitait pas de cet avantage pour se rendre intéressant, comme il aurait sans doute été tenté de le faire en d'autres circonstances. Les trois adultes lui posaient des questions, riaient de ses plaisanteries et évoquaient de bon cœur les grandes figures sportives du moment. Alex n'avait jamais eu d'hommes dans son entourage et Laura percevait à présent le manque dont il avait souffert.

Constantin se montrait particulièrement attentionné avec son fils. Au moment du dessert, Laura l'observa peler une orange pour lui, avec des gestes sûrs et efficaces. Il tendit le fruit à Alex et ce dernier lui adressa un sourire radieux.

Laura fut étrangement touchée par cette scène. Mais, très vite, Constantin la ramena à la réalité.

— Pourriez-vous m'apporter d'autres glaçons, s'il vous plaît ? demanda-t-il négligemment.

Il la regarda disparaître. Sous l'étoffe de son uniforme, il devinait les courbes fermes de son jeune corps. Les battements de son cœur s'accélérèrent sensiblement. Pourquoi cette jeune anglaise l'attirait-elle autant ? Parce qu'elle était la mère de son fils ? Parce qu'elle était la seule jeune fille vierge avec qui il eût jamais couché ? Ou parce qu'elle lui avait résisté, tout simplement ?

Une question le taraudait entre toutes : le désir qu'il éprouvait pour elle s'évanouirait-il lorsqu'il lui aurait fait l'amour ?

Bien sûr que oui ! Une femme comme elle n'allait tout de même pas accaparer son esprit plus de quelques jours !

Laura revint avec des glaçons dans une coupelle.

— Je vous remercie, lança-t-il, d'une voix froide et polie.

Laura s'effaça discrètement en attendant que le repas touche à sa fin. Dans la cuisine, elle commença à ranger la vaisselle, en songeant à l'étrange situation qui lui était donné de vivre sur cette petite île méditerranéenne.

Elle s'était promis de lutter contre l'attirance que le ténébreux Constantin Karantinos lui inspirait, et voilà qu'elle avait consenti à lui donner un rendez-vous nocturne.

Une partie d'elle-même était en train de lui échapper, ce qui était à la fois terrifiant et... très excitant !

Ce soir-là, Constantin serait son amant.

Mais le lendemain, que se passerait-il ? N'aurait-elle pas le cœur brisé, tout simplement ?...

9

Un rayon de la lumière du couloir entra dans la chambre lorsque la porte s'ouvrit. Laura retint son souffle. La silhouette massive de Constantin apparut dans l'embrasure.

Si elle faisait semblant de dormir, partirait-il ? se demanda-t-elle, sans trop croire à cette éventualité.

Dans le doute, elle demeura immobile.

Un rire discret se fit entendre à côté du lit.

— Vous n'espériez tout de même pas me faire croire que vous étiez endormie, *agape mou* ? demanda Constantin d'une voix douce.

Elle entendit le léger glissement d'une fermeture éclair et le son amorti d'un vêtement qui tombait sur le sol — son pantalon selon toute vraisemblance. Puis, Constantin souleva le drap et se glissa à côté d'elle.

Sans attendre, il l'attira dans ses bras puissants.

— Mais... vous êtes nu, dit-elle dans un souffle.

— Vous vous attendiez à quoi ? Vous auriez peut-être préféré me regarder me déshabiller ?

— Non... je...

Les sons mouraient dans sa gorge. Elle garda le silence, bouleversée. Elle n'avait fait l'amour qu'une seule fois, avec l'homme qui la serrait dans ses bras en cet instant même. Lui, au contraire, avait l'habitude de coucher avec les plus belles femmes du monde. Son manque d'expérience la mettait aux abois.

— En tout cas, je constate que vous n'êtes pas nue, vous. Du moins pas encore...

La pièce était plongée dans la pénombre, mais la nuit était si claire que les yeux s'accommodaient vite à l'obscurité. Constantin souleva légèrement le T-shirt qu'elle portait.

— Je n'arrive pas à croire que vous portiez quelque chose d'aussi peu flatteur lorsque vous donnez un rendez-vous à un amant.

Laura jugea préférable de ne pas lui révéler que c'était bien la première fois qu'elle donnait un tel rendez-vous. De toute façon, le commentaire amusé de Constantin n'appelait pas de réponse particulière. Doucement, il la débarrassa de son vêtement. Elle frissonna.

— Vous avez froid ? demanda-t-il en déposant un baiser à la naissance de son cou.

— Euh... non...

— Ce n'est pas de la peur tout de même ?

De la peur ? Le mot était faible pour décrire le sentiment de terreur qui s'était emparé d'elle. Néanmoins, elle hocha la tête.

— Très bien, fit-il en lui caressant les cheveux. Parce que vous m'avez fait attendre longtemps, belle Laura. Beaucoup trop longtemps... Vous m'avez rendu à moitié fou, vous savez ?

Sa voix était plus grave que d'habitude, imperceptiblement éraillée par le désir. Il approcha doucement ses lèvres et elle entrouvrit la bouche pour accueillir son baiser. Il poussa un grognement de plaisir en sentant les courbes de ses seins contre son torse. Ivre d'impatience, il se mit à explorer avidement les formes ensorcelantes de Laura. Sa peau était si douce, si ferme, si délicieusement parfumée qu'il gémit de nouveau.

C'était la première fois depuis bien des années qu'une femme l'avait fait languir de la sorte. Son désir s'en trouvait décuplé. Curieusement, il ne s'agissait pas seulement d'assouvir un besoin sexuel : c'était elle qu'il voulait étreindre, et aucune autre. Laura avait enflammé ses sens et son imagination. Ce qui était tout nouveau pour lui.

Sentant que les choses risquaient d'aller plus vite que prévu, il saisit son jean et retira un préservatif de la poche.

Il l'enfila et retourna dans les bras de Laura.

— Voyons, où en étais-je donc, murmura-t-il. Peut-être là ?

Il déposa un baiser sur le lobe de son oreille.

— Ou là ? poursuivit-il en mordillant doucement sa lèvre inférieure.

Laura poussa un petit cri impatient.

— Etes-vous toujours aussi enflammée ? demanda-t-il.

— Et vous ? osa-t-elle répliquer.

Intérieurement, il dut bien reconnaître que jamais il n'avait été excité par une femme de cette manière-là. Mais après tout, c'était la première fois qu'il faisait l'amour à une femme qui avait porté son enfant.

— Vous ne répondez pas à ma question..., protesta-t-il.

Laura savait que rien ne l'obligeait à dire la vérité, mais son intuition lui disait que sa réponse risquait de faire plaisir à Constantin.

— Je ne suis aussi enflammée qu'avec vous, car vous êtes le seul amant que j'aie jamais eu.

Constantin garda le silence, totalement désorienté. Pour un peu, il se serait senti faiblir.

— Le seul ? reprit-il avec incrédulité.

— Oui... Mais je vous en prie, n'en faites pas tout un plat, sinon vous allez finir par me donner des complexes.

Il émit un son rauque et l'embrassa de plus belle. Laura s'adonna sans retenue aux caresses divines qu'il lui prodiguait. Constantin explorait chaque parcelle de son corps du bout de ses doigts et de ses lèvres, lui arrachant des soupirs de bonheur.

Enhardie par le feu brûlant qui consumait tout son être, elle osa répondre à ses caresses les plus audacieuses.

— Tu vas me rendre fou, lâcha soudain Constantin.

Lorsqu'il sentit qu'il ne pouvait plus attendre, il la regarda dans les yeux et la pénétra doucement, dans un long soupir rauque.

Laura rejeta la tête en arrière et accorda instinctivement ses mouvements à ceux de Constantin. Très vite, ses gémissements se transformèrent en cris de volupté. Emportée dans un tourbillon voluptueux, elle eut tout juste le temps d'entrevoir le terme lumineux de leur étreinte avant d'être emportée par une jouissance d'une intensité inouïe.

— Oh Constantin ! cria-t-elle, éblouie. Constantin...

Des larmes perlaient à la naissance de ses cils.

Constantin la rejoignit alors dans l'extase. Le plaisir qu'il ressentit le surprit par sa violence. Jamais auparavant il n'avait eu le sentiment de s'abandonner de la sorte à la volupté.

Quelques instants plus tard, lorsque le dernier frisson de plaisir mourut sur sa peau, il eut l'étrange impression que Laura lui avait pris quelque chose. Quoi ? Il n'aurait su le dire. C'était absurde mais l'expérience qu'il venait de vivre, bien qu'unique par son éclat et son intensité, l'avait fragilisé...

Il regarda Laura en silence. D'ordinaire, les femmes lui adressaient des paroles très tendres après l'amour. Certaines lui infligeaient même de véritables déclarations. Leurs propos étaient terriblement prévisibles et il les accueillait en général avec un ennui teinté de dédain.

Mais Laura ne disait rien. Immobile à côté de lui, les bras repliés sur la poitrine, elle gardait les yeux fermés. Constantin voyait encore la trace des larmes aux commissures de ses paupières. Elle devait sentir qu'il l'observait, mais ne bougeait toujours pas.

Cela rendait l'étape suivante — sortir au plus vite de sa chambre et regagner tranquillement ses quartiers — encore plus facile que prévu. C'était ce qu'il avait décidé ; il n'aimait pas s'endormir auprès d'une femme après l'amour. Les supposés charmes du réveil romantique au matin l'avaient toujours laissé de marbre.

Dans ce cas, pourquoi éprouvait-il autant de difficulté à s'arracher à la contemplation de Laura ?

Durant un long moment, elle ne put ni bouger, ni penser. Ce qu'elle venait de vivre l'avait profondément ébranlée et elle était encore sous le choc. Elle lutta pour ne pas dire à Constantin à quel point elle avait aimé faire l'amour avec lui. Pour un peu, elle lui aurait presque avoué qu'elle regrettait d'avoir refusé sa demande en mariage. Heureusement, l'immobilité et le silence lui permirent de retrouver un semblant de raison.

Faire l'amour avec Constantin l'avait comblée et fragilisée tout à la fois. Laura devait à présent rétablir un minimum de distance avec lui si elle ne voulait pas se ridiculiser et souffrir. Le sexe engendrait des illusions : partager une telle intimité pouvait donner l'impression d'être proche d'un homme, mais elle devait envisager la situation avec sang-froid. Pour lui, ce qui venait de se passer était totalement ordinaire. Une aventure de plus. D'ailleurs, lorsque leur étreinte s'était achevée, il s'était immédiatement éloigné, comme pour lui signifier une absence totale d'implication émotionnelle.

Il était temps qu'elle retrouve un semblant de fierté.

— Je... je pense que vous feriez mieux de partir à présent, dit-elle doucement.

— Vous me demandez de partir ? demanda Constantin, incrédule. Tout de suite ?

Laura ouvrit les yeux. Allongé sur le côté, il la regardait sans ciller. Il lui fit penser à une magnifique statue, froide et lointaine.

— Oui... ça me semble préférable. Alex pourrait très bien se réveiller de bonne heure, et pour rien au monde je ne voudrais qu'il nous surprenne dans le même lit.

— Votre prudence vous honore, lança-t-il avec une pointe d'aigreur.

Au fond, il était furieux. Certes, Laura avait tout à fait raison. Mais d'ordinaire, c'était lui qui donnait le signal du départ, en aucun cas ses maîtresses !

D'un geste brusque, il rejeta le drap. Il était nu à présent. Et en dépit de son amertume, son désir pour Laura était demeuré intact, si… visible qu'elle ne pouvait pas l'ignorer. Il vit à sa façon de déglutir qu'elle avait remarqué son excitation. Presque aussitôt, les pointes de ses seins se dressèrent, comme pour l'inviter à les caresser.

— Si vous continuez à me regarder de la sorte, je vais avoir beaucoup de mal à partir.

Laura ne baissa pas les yeux. Elle aurait pu lui demander de sortir, mais n'en fit rien.

Au contraire, elle se redressa légèrement pour se rapprocher de lui. Alors il fondit sur elle et couvrit son corps de baisers. Leur première étreinte n'avait pas suffi à épuiser le désir qui torturait leurs corps. Sans attendre, Constantin mit un autre préservatif et la pénétra avec fougue. Une fois de plus, le plaisir fut sauvage et ravageur. Ils atteignirent l'orgasme au même moment, unis dans un même cri libérateur.

Dès qu'il eut retrouvé ses esprits, Constantin s'arracha aux bras de Laura et se releva. En quelques instants, il avait remis ses vêtements.

— Constantin…

— Mmm ?

— Peut-être… peut-être que vous pourriez rester finalement. Je veux dire… à condition de partir de très bonne heure.

Constantin la regarda en plissant les yeux. La situation se retournait à son avantage. En en sens il s'en réjouissait, mais l'attitude de Laura l'irritait tout autant. Si elle imaginait qu'il était le genre d'homme que l'on faisait tourner en bourrique, elle se méprenait lourdement.

Il fit la grimace.

— Non, ce n'est pas une bonne idée, *agape mou*. Alex est de l'autre côté du couloir. Tant qu'il ignorera que je suis son père, il est préférable qu'il ne me trouve pas dans votre lit. D'ailleurs, je ne fais que répéter vos propos.

Laura hocha la tête, confuse.

— Oui.

— Eh bien, il ne me reste plus qu'à vous souhaiter une bonne nuit.

Il sortit de la pièce et, durant quelques instants, Laura resta étendue sur le lit sans bouger. Son corps vibrait encore du plaisir qu'il avait reçu, mais elle avait le cœur gros. La froideur de Constantin lorsqu'il avait pris congé contrastait si violemment avec l'ardeur dont il avait fait preuve quelques instants auparavant ! Ce changement très brutal était une vraie douche froide. Non sans naïveté, elle avait imaginé que le sexe créait une véritable intimité entre un homme et une femme. Manifestement, il n'en était rien. Lorsque tout était terminé, la distance semblait d'autant plus grande que, pendant un court instant, elle avait semblé abolie.

Lorsqu'elle ouvrit les yeux, il était 6 heures du matin. Elle tendit l'oreille : la maison était parfaitement silencieuse. Les souvenirs de la nuit l'assaillirent alors. Elle se remémora les instants voluptueux qu'elle avait partagés avec Constantin et le départ abrupt de ce dernier. Tout en soupirant, elle rejeta le drap et se leva. Après s'être douchée et habillée, elle alla discrètement dans la chambre d'Alex.

Il était profondément endormi et son beau petit visage respirait la plénitude. Cette vision allégea le cœur de Laura, qui sortit de la pièce sur la pointe des pieds.

La cuisine était vide lorsqu'elle s'y rendit. Elle profita de ce moment de solitude pour se préparer un café, qu'elle alla déguster dans le jardin.

Le soleil se levait à l'horizon, halo ocre et rosé dans un ciel indigo. C'était un spectacle magnifique. L'île de Constantin était un vrai petit paradis — même s'il recelait certainement des zones d'ombre.

Une heure plus tard, alors que Laura était en train de composer une coupe de fruits pour le petit déjeuner, Démétra fit son apparition dans la cuisine. Tout en se servant une tasse de café, elle se plaignit de l'absence de véritable boulanger au village. Laura s'apprêtait à lui dire qu'elle savait faire le pain lorsqu'un bruit caractéristique se fit entendre au-dehors.

— L'hélicoptère décolle ? s'enquit-elle, étonnée.

— Oui, répondit la gouvernante. *Kyrios* Constantin doit se rendre à Athènes.

— A... Athènes ? s'écria Laura.

Elle regretta de s'être exclamée de la sorte. Rien ne justifiait qu'elle s'intéresse aux allées et venues de son employeur. Démétra la regarda en biais. Consciente d'avoir manqué de retenue, Laura s'efforça de corriger l'impression qu'elle avait laissée. Que pouvait-elle dire de léger pour donner le change ?

— Euh... le pilote vit sur l'île ?

— Oh, il n'a pas besoin de pilote : c'est lui qui est aux commandes de l'appareil !

— Ah... et il... il va travailler à Athènes, c'est bien ça ?

— Oui, bien sûr...

Démétra prit un air entendu et ajouta :

— Et puis j'imagine qu'il y va aussi pour les femmes. Avec lui, elles sont toutes comme les mouches autour de la confiture !

Laura sursauta. Ce fut plus fort qu'elle. Le couteau qu'elle tenait lui fit une entaille au pouce.

— Que je suis maladroite !

— Ne bougez pas, je vais vous chercher du désinfectant et un pansement, déclara aussitôt Démétra.

10

— Vous vous êtes coupée au pouce, observa Constantin.

— Oh, ce n'est rien...

— Rien ? Attendez, montrez-moi ça de plus près.

Il prit la main de Laura dans la sienne pour examiner sa blessure. Ce contact, en apparence innocent, la troubla vivement. « Lâchez-moi », supplia-t-elle intérieurement. Bien sûr il n'en fit rien... Cette petite coupure, somme toute anodine, semblait l'absorber entièrement.

Plus tôt dans la journée, Constantin était revenu d'Athènes, où il avait passé trois nuits. De manière un peu ridicule, Laura avait ressenti une grande joie en entendant l'hélicoptère se poser. Durant ces quelques jours, elle n'avait pu s'empêcher d'imaginer ce qu'il faisait, le plus souvent avec une pointe de jalousie.

A son arrivée, Constantin avait annoncé qu'il souhaitait les emmener, Alex et elle, dans une petite crique qu'il connaissait bien. Laura, dont c'était le jour de repos, avait accepté avec une joie secrète.

Sur la plage, Constantin et Alex avaient entrepris de bâtir un gigantesque château de sable. Ce projet les avait occupés pendant plus d'une heure. Laura les avait regardés depuis sa serviette, attendrie. Constantin s'appliquait autant qu'Alex et prenait un plaisir évident à partager ce moment avec son fils. Dans cet émouvant tableau, Constantin apparaissait sous un jour inédit : détendu, souriant, presque enfantin ; il ne ressemblait plus à l'homme d'affaires redoutable qu'il était.

Après s'être baignés, ils avaient dégusté une salade, quelques sandwichs confectionnés par Démétra et des fruits.

A présent, Alex faisait une sieste à l'ombre d'un rocher, le visage protégé par un chapeau de paille. Constantin était venu étendre sa serviette à côté d'elle. Pour un peu, ils auraient presque pu passer pour une véritable famille !

— Comment est-ce que vous vous êtes blessée ? reprit-il en observant son pouce avec un petit sourire moqueur.

— En pelant un fruit, répondit-elle en rougissant.

— Petite maladroite ! la taquina-t-il.

Seigneur, que ne la laissait-il en paix ! Ce contact léger, presque anodin, lui rappelait trop l'étreinte passionnée qu'ils avaient partagée quelques jours auparavant.

— Alors... que faisiez-vous à Athènes ?

Il la regarda avec un petit rictus au coin des lèvres et lâcha sa main.

— Je ne vois pas en quoi ça vous regarde.

C'était la pire réponse qu'elle aurait pu imaginer. Une fois de plus, Constantin prenait un malin plaisir à la remettre à sa place. Mais cette fois-ci, c'était plus douloureux encore. Sans doute parce qu'elle se doutait qu'il n'avait pas passé ces quelques jours seul.

— Je me demandais simplement si vous étiez passé de mon lit à celui d'une autre femme, avoua-t-elle en baissant la voix.

Il rit doucement.

— Ah oui ? Pourquoi ? C'est comme ça que vous fonctionnez, vous ?

Elle referma le poing et sentit la tiédeur du sable au creux de sa paume.

— Vous savez très bien que vous êtes le seul homme que j'aie connu.

C'était la seconde fois que Constantin entendait cela, mais cette déclaration ne lui fit pas moins d'effet. Prétendre le contraire aurait été un mensonge. Pour autant, il n'avait pas l'intention de montrer à quel point cette étonnante révélation l'avait touché l'autre soir, ni combien elle le flattait de nouveau.

— Ah... désolé, *agape mou*, mais je ne peux pas en dire autant.

Laura sentit des larmes de honte lui monter aux yeux.

— On dirait que vous prenez un malin plaisir à me blesser, lui reprocha-t-elle, en regrettant aussitôt de se montrer si ouvertement vulnérable.

— Le plaisir n'a rien à voir là-dedans et vous ne devriez pas être blessée. Si l'on ne se protège pas, on finit toujours par souffrir des liens que l'on tisse... ou de ceux que l'on ne tisse pas !

Son expression n'était plus la même. Le ton badin du début avait cédé la place à tout autre chose. Laura le regarda et fut frappé de le voir si songeur.

— C'est ce qui s'est passé pour vous ?

— Que voulez-vous dire ?

— Quelqu'un vous a blessé ?

— Disons que j'ai constaté que certaines femmes étaient douées pour faire du mal et pour manipuler les autres.

— Vous parlez d'anciennes petites amies sans doute ?

— Non, je ne parle pas de mes « petites amies » comme vous dites.

Le visage de Constantin s'était complètement fermé. Ce n'était pas la première fois que Laura le voyait si dur et si lointain en même temps. Cette situation s'était déjà produite quelques jours auparavant. Et elle se souvenait très bien du sujet qui avait provoqué cette réaction, c'est pourquoi elle hésita quelques instants avant d'ajouter :

— Vous parlez peut-être de votre mère ?

En guise de réponse, il haussa les épaules. Il espérait ainsi décourager toute autre question. Pourtant, Laura insista :

— Que s'est-il passé ?

Constantin sentit la colère l'envahir. Bon sang, on n'avait donc jamais appris à Laura à se taire ?

— C'était il y a très longtemps, alors passons à autre chose, si vous le voulez bien.

Laura se pencha vers lui.

— Non. Je n'ai pas envie de passer à autre chose. Il s'agit de la grand-mère d'Alex et, un jour, il aura envie de savoir. Pourquoi est-ce que vous ne me racontez pas ?

Elle avait parlé avec tant de douceur que, pour la première fois de sa vie, Constantin fut tenté de se confier. Sans trop comprendre ce qui lui arrivait, il laissa les mots franchir le barrage de ses lèvres.

— Ma mère était beaucoup plus jeune que mon père. Elle aurait quasiment pu être sa fille. C'était une jeune femme d'une grande beauté et elle l'a totalement envoûté. Mon père avait presque cinquante ans au moment de leur mariage. C'était la première fois qu'il était épris à ce point d'une femme, et la passion l'a totalement emporté… Un peu comme une fièvre, je suppose. Il a tout oublié pour elle. Il ne pensait qu'à l'aimer, qu'à la gâter. Inutile de préciser qu'elle était incapable de lui rendre le centième de cet amour. Ma mère était incapable d'aimer quiconque, à part elle-même.

— Même vous ? demanda Laura, frappée par la dureté de ces paroles, chargées d'une amertume ancienne.

— Même moi, répondit Constantin.

En prononçant ces mots, il eut l'impression de s'enfoncer un poignard dans le cœur. Sans doute aurait-il dû mettre un terme à cette conversation, mais il était trop tard à présent. Une force inconnue le poussait à parler.

— Ma mère n'était pas faite pour cette vie-là. Epouser un

quinquagénaire, lui donner un fils, ce n'était pas son rêve. Du moins, je ne le crois pas. Elle passait le plus clair de son temps à s'étourdir de fête en fête. Elle se nourrissait à peine et s'abreuvait de champagne. Plutôt que l'air pur de cette île, elle préférait celui des salles enfumées. A sa mort, mon père a continué de l'idolâtrer. Il vivait dans ses souvenirs — des souvenirs enjolivés et idéalisés pour la plupart. Ce n'est que lorsque j'ai pris les commandes de l'entreprise familiale que j'ai pris conscience de l'ampleur des dégâts. Mon père a souffert... Il était devenu indifférent à tout, sauf à elle bien sûr.

Laura regardait le beau visage de Constantin, transformé par le chagrin. Elle comprenait à présent pourquoi on percevait tant de distance entre son père et lui.

— Je suis désolée, dit-elle doucement.

En une seconde, l'expression de Constantin changea. Il la regarda durement, comme s'il regrettait de s'être livré de la sorte.

— Je n'ai pas besoin de votre compassion.

— Mais je pense...

— Je n'ai pas besoin de conseils non plus, coupa-t-il. Cela part sans doute d'un bon sentiment, mais peu importe. Vous venez d'un milieu humble, ce que je ne vous reproche pas... En revanche, que les choses soient claires : vous ignorez tout de mon mode de vie. Vous en avez un aperçu parce que vous êtes la mère de mon fils. Mais ce n'est qu'un aperçu. N'oubliez pas votre place.

Sans dire un mot, Laura saisit ses lunettes de soleil et cacha ses yeux soudain humides derrière cet écran protecteur. S'il avait voulu lui faire sentir à quel point elle était insignifiante à ses yeux, c'était réussi. Elle savait parfaitement qu'ils n'appartenaient pas au même monde, mais il le lui avait signifié avec une brutalité effroyable. Etait-elle trop pauvre pour être digne de l'écouter ? Quoi qu'il en soit, plus question pour elle de s'exposer à de telles blessures d'amour-propre.

— Après ce que vous venez de me dire, il me semble préférable que nous évitions de nous voir durant le reste de mon séjour, déclara-t-elle d'une voix blanche.

Constantin plissa les yeux.

— Vous n'y pensez pas? fit-il, soudain radouci. Ce serait vraiment dommage. Pourquoi ne pas profiter des plaisirs de la vie ensemble? Et, pour votre gouverne, sachez que je n'ai fait que travailler à Athènes. Eh oui, la passion que vous m'avez témoignée l'autre nuit m'a véritablement obsédé... Du coup, il m'a été impossible de penser à une autre femme.

— Je suppose que je devrais me sentir flattée?

— Franchement, venant de moi, c'est très flatteur.

Laura entreprit de ranger les affaires du pique-nique dans le panier qu'ils avaient apporté.

— Oh, au fait, Laura...

— Oui?

— Vous ne croyez pas qu'il serait temps qu'Alex sache qui je suis vraiment?

Laura se mordit la lèvre. Ce moment devait arriver tôt ou tard, mais elle avait espéré retarder l'heure de la révélation. Après tout, à quoi bon repousser l'inévitable? Dans l'intérêt d'Alex, n'était-il pas préférable qu'il construise une relation avec son père le plus rapidement possible?

— Et pour votre père? demanda-t-elle doucement. Il faut qu'il sache, lui aussi. Je ne pense pas qu'Alex puisse garder une telle nouvelle pour lui très longtemps.

Après la plage, Constantin les emmena déguster une glace sur la place du village. Alex s'attirait invariablement la sympathie des passants, qui s'arrêtaient pour le saluer ou lui passer la main dans les cheveux.

— Pourquoi est-ce que tout le monde me caresse la tête ici? demanda-t-il. Et qu'est-ce qu'ils te disent sur moi, Constantin?

— Tu sais, Alex, les gens aiment beaucoup les enfants sur

cette île, comme dans toute la Grèce d'ailleurs. Certains villageois m'ont dit que tu leur rappelais le petit garçon que j'étais autrefois.

— Ah bon ? Parce que je te ressemble ?

Le silence s'installa soudain. Constantin interrogea Laura du regard, et celle-ci lui fit un petit signe approbateur de la tête.

— Oui, beaucoup... Est-ce que tu sais pourquoi ?

Alex ne répondit pas tout de suite. Laura le vit poser un regard perplexe sur Constantin, puis sur elle, puis de nouveau sur Constantin. Son visage exprimait à la fois l'espoir et l'incrédulité.

— Est-ce que tu es mon papa ? demanda-t-il enfin.

Constantin eut l'impression que le temps s'était curieusement dilaté. Son fils le fixait de ses grands yeux graves et sombres, dans l'attente d'une réponse. Il lui fallut quelques secondes pour la lui donner.

— Oui.

Laura retenait son souffle, une boule dans la gorge. Il n'y eut pas de grande scène hollywoodienne, avec larmes et effusions, mais lorsqu'ils reprirent le chemin de la villa, Alex glissa sa main dans celle de Constantin. Ce dernier continua d'avancer, la tête bien droite, mais une vive émotion lui comprimait la poitrine.

Une fois arrivés, Constantin annonça à son père qu'il avait un petit-fils. Laura se tenait à son côté à ce moment-là. Le vieil homme les regarda l'un après l'autre et se mit à rire :

— Et tu croyais peut-être que je ne m'en étais pas aperçu, Constantin ? Voyons, tu arrives un beau jour avec ce petit garçon et sa maman, tu me racontes qu'ils ont besoin de vacances, l'enfant est ton portrait craché et tu imaginais que je n'y verrais que du feu.

Laura sentit l'émotion la submerger. Le père de Constantin fit un pas vers son fils. Elle espéra que les deux hommes se serreraient dans les bras, effaçant ainsi des années de distance et de reproches silencieux. Mais Constantin esquissa un léger mouvement en arrière et son père se figea aussitôt. Laura plissa les yeux. Pourquoi était-il aussi dur ? Pourquoi refuser le pardon à son père ?

Les traits légèrement tirés, le patriarche se tourna vers elle.

— Vous avez un fils merveilleux, ma chère. Vous pouvez être fière de lui, et je vous félicite pour l'excellente éducation que vous lui avez donnée.

— Merci, répondit Laura, d'une voix tremblante. Vous devez trouver ça étrange que nous ayons gardé le secret, mais...

— Ne dites rien, l'interrompit-il en secouant la tête. Peut-être que les circonstances n'étaient pas faciles... Est-ce que le petit est heureux de connaître l'identité de son père ?

— Il est fou de joie, répondit Laura en souriant.

— Et moi aussi. D'ailleurs, j'aimerais organiser une grande réception en son honneur. Nous pourrions inviter les habitants de l'île et nos relations d'Athènes. Cela fait si longtemps que nous n'avons pas fait de fête !

A la grande surprise de Laura, Constantin opina du chef.

— Pourquoi pas, en effet ?

Pour Laura, c'était presque trop d'émotions. Elle salua rapidement ses hôtes et s'éclipsa. En dépit de tout, les deux hommes souhaitaient annoncer à la terre entière qu'Alex faisait désormais partie de leur existence. Peut-être que pour eux, c'était un premier pas vers une réconciliation. Elle le souhaitait en tout cas.

Pourtant, à présent que la vérité avait éclaté au grand jour, elle se demandait ce qu'il allait advenir d'elle. Et Alex ? Elle voulait que son fils construise une relation forte avec son père et son grand-père, mais que se passerait-il ensuite ? Comment l'enfant vivrait-il son retour en Angleterre après avoir connu ces vacances luxueuses et ensoleillées ? Son existence auprès d'elle, au premier étage de la boulangerie, risquait de lui paraître terriblement terne.

11

— Mais qu'est-ce que vous faites ici ? demanda Constantin en entrant dans la cuisine.

— A votre avis ? répondit Laura. Je suis en train de préparer la vaisselle pour la réception. Il y a beaucoup de travail, figurez-vous.

— Dites-moi que je rêve ! Laura, posez ces assiettes immédiatement et regardez-moi.

Elle obtempéra en soupirant.

— Expliquez-moi ce qui vous prend ? reprit-il. Pourquoi êtes-vous en train d'aider en cuisine ?

Elle eut un petit rire nerveux.

— Il me semble que c'est mon travail. Je vous rappelle que nous étions convenus de...

— Attendez, attendez ! *Vous* avez insisté pour être employée ici, ce n'était pas *mon* idée ! Je ne veux plus vous voir à la tâche, c'est terminé cette comédie. Mon père ne le tolérera pas non plus. Vous êtes la mère d'Alex et c'est en tant que telle que nous vous présenterons ce soir. Il est hors de question que vous serviez les petits fours ! Bon sang, vous ne vous rendez pas compte que ce n'est plus possible ?

— Mais, les gens...

— Quoi, les gens ?

— Eh bien, vous ne croyez pas que ce serait bizarre ? Sur l'île, tout le monde sait que je suis employée ici. Si d'un seul coup, on apprend que je suis la mère de votre fils... je ne sais pas ce qu'on dira.

— Je me moque pas mal de ce que les gens diront. C'est ce que je pense qui est important. Et je ne supporte plus de vous voir dans cet uniforme ! Pensez à Alex aussi : que va-t-il se dire ? Nous organisons cette réception en son honneur et vous êtes sa mère !

Laura baissa les yeux, vaincue par la force de persuasion de Constantin.

— Bon, d'accord, je serai de la fête si vous insistez.

— Et comment ! A ce sujet, vous allez avoir besoin d'une tenue.

Laura se raidit aussitôt.

— Que voulez-vous dire ? Qu'est-ce qui cloche avec les vêtements que j'ai apportés ? Ils ne sont pas assez chic pour vous, c'est ça ?

— Très franchement, oui.

Elle poussa un petit cri indigné.

— Laura, ne prenez pas cet air outré. Attendez de voir les robes que je vous ai trouvées.

— Vous m'avez acheté des robes ? s'étonna-t-elle, les yeux écarquillés.

Il hocha la tête.

— Lorsque j'étais à Athènes, j'ai profité d'une ou deux heures de liberté pour choisir quelques tenues. J'espère qu'elles vous iront.

— Mais... pourquoi ?

— Je savais que, tôt ou tard, nous mettrions un terme à cette comédie de l'employée modèle. Je voulais que, le jour venu, vous puissiez être élégante, comme n'importe quelle femme de mon clan.

Un sentiment de colère s'empara de Laura. Constantin croyait peut-être lui faire plaisir, mais il se méprenait sur son compte. Le mépris qu'il lui témoignait l'insupportait au plus au point. S'il comptait sur elle pour jouer les groupies reconnaissantes, il en resterait pour ses frais.

— Je ne fais pas partie de votre « clan », lança-t-elle avec aigreur.

— Ce n'est pas parce que vous avez refusé de m'épouser que vous ne faites pas partie du clan. Vous êtes la mère de mon fils et, à ce titre, j'estime être en droit de vous offrir des cadeaux.

— Comme c'est aimable ! ironisa-t-elle. Je suppose que je devrais être émue de votre sollicitude.

— Manifestement, ce n'est pas le cas.

— Non.

— Vous êtes une drôle de femme, Laura. C'est bien la première fois que mes cadeaux sont si mal reçus.

— Sans doute parce que vous me les offrez pour de mauvaises raisons.

Constantin n'en revenait pas. Jamais personne n'avait osé lui répondre sur ce ton ! D'ordinaire, ses maîtresses se pâmaient lorsqu'il se montrait généreux. Mais de quel bois était donc faite Laura ?

— Vous allez me faire perdre patience, très chère. De grâce, ayez la simplicité d'accepter ces tenues. Est-ce vraiment la peine de transformer tout cela en affaire d'Etat ?

— Bon d'accord, soupira-t-elle, vaincue. J'accepte de regarder ce que vous avez choisi pour moi. Mais je maintiens que ce n'était vraiment pas la peine.

— Parfait, mais cela devra attendre un peu. Pour le moment, j'ai plutôt envie de vous déshabiller...

Elle fit un pas en arrière.

— Tout... tout de suite... ?

— Tout de suite.

— Mais vous n'y pensez pas ! La maison grouille de monde, Alex n'est pas loin et...

Constantin lui mit le doigt devant la bouche pour lui imposer le silence.

— Je sais. C'est pour ça que je venais vous chercher. Mon père a accepté de garder Alex. Je crois qu'il est en train de lui apprendre à jouer aux échecs. Et moi, je vous emmène faire un petit tour.

Je ne veux plus être votre employeur. Soyons plus simples l'un avec l'autre. Pour commencer, il serait temps qu'on se tutoie.

Il déposa un baiser dans son cou pour ponctuer sa remarque.

— Maintenant, fais-moi plaisir : retire ton uniforme et retrouve-moi devant l'entrée principale dans dix minutes.

— Mais où allons-nous ? interrogea Laura, tandis qu'ils roulaient sur les petites routes escarpées de l'île.

— Tu verras... répondit Constantin, l'air énigmatique.

— Je te trouve bien mystérieux...

Leur destination se révéla être une charmante maison en pierres située à quelques pas d'une petite crique isolée. C'était un lieu magnifique, mais Laura eut à peine le temps de goûter à l'extraordinaire sérénité des lieux : dès que Constantin eut refermé la porte, il l'attira contre lui et entreprit de déboutonner sa robe.

— Euh... tu ne me fais pas faire le tour du propriétaire ? balbutia-t-elle, alors que son corps bouillonnait déjà de désir.

— Pour le moment, j'ai trop envie de toi. Ici, nous sommes enfin seuls, libres de nous laisser aller.

La force érotique de ces mots enflamma les sens de Laura, qui se jeta à son cou pour l'embrasser. Ils se laissèrent alors glisser sur le sol et firent l'amour dans l'entrée, sans avoir à se soucier d'être vus ou entendus. Très rapidement leurs gémissements de plaisir se transformèrent en cris extatiques.

Lorsque leurs sens furent enfin apaisés, ils restèrent enlacés longuement. Une sueur fine perlait à la surface de la peau de Laura.

— Tu as chaud ? murmura Constantin.

— Je brûle !

— Si on allait se baigner ? La mer est divine à cette heure-ci.

— Je n'ai pas emporté de maillot de bain.

— Et alors ? Rien ne t'empêche de nager nue. Tu es tellement belle.

Le compliment fit rougir Laura.

— Quel spectacle pour les voyeurs !

— Il s'agit d'une plage privée. Personne n'y a accès. C'est pour ça que je t'ai emmenée ici. Je voulais profiter de ton corps à la lumière du jour. Je suis las de ces rencontres furtives au beau milieu de la nuit. Aujourd'hui, j'avais envie de passer la journée à te faire l'amour, librement, sans me soucier de rien.

Ils n'eurent aucun mal à remplir ce programme. Après s'être baignés quelques instants, ils s'étendirent sur le rivage et donnèrent libre cours à leur désir, toujours intact. Plus tard, ils recommencèrent dans une chambre de la maison, puis sous la douche. C'était pour Laura un éblouissement sans cesse renouvelé. L'attirance qu'ils éprouvaient l'un pour l'autre ne connaissait pas de limites.

En fin de journée, ils reprirent le chemin de la villa. Laura était encore égarée par les instants magiques qu'elle venait de vivre, mais déjà elle songeait à la soirée qui l'attendait. En temps normal, cette perspective l'aurait terrifiée ; pourtant, depuis son arrivée à Livinos, elle avait beaucoup changé. Mûri sans doute.

Les épreuves qu'elle avait traversées depuis ses retrouvailles avec Constantin lui avaient beaucoup appris sur elle-même. Elle savait à présent qu'elle était profondément amoureuse du père de son fils. Cette idée l'attristait, car elle savait que ce dernier était totalement hermétique à ce type de sentiments. Les blessures de son passé expliquaient sans doute la distance dont il faisait preuve avec les autres. Seul Alex avait su trouver le chemin de son cœur, ce qui était malgré tout une consolation.

A certains moments, comme cet après-midi par exemple, elle avait l'impression d'être proche de Constantin. Elle savait cependant qu'il ne s'agissait que d'une illusion. Il aimait faire l'amour avec elle, passait de bons moments en sa compagnie, mais cela s'arrêtait là.

Elle jeta un coup d'œil à sa gauche. Constantin avait le regard fixé sur la route. Son expression, parfaitement neutre, ne permit pas à Laura de deviner ses pensées. Après avoir été si proche d'elle, il redevenait tel qu'elle le connaissait : terriblement lointain.

Lorsqu'ils furent rentrés, ils se séparèrent aussitôt.

— A plus tard, dit simplement Constantin.

— A plus tard, murmura-t-elle, sans parvenir à dissimuler la tristesse qui l'habitait.

Elle résolut de retrouver Alex le plus vite possible. Ce dernier était en train de jouer au tennis avec Stavros. Le petit garçon l'accueillit avec joie, très fier de lui montrer à quel point il avait progressé. Elle l'admira durant quelques minutes puis, comme il souhaitait poursuivre la leçon, elle remonta dans sa chambre. Là-bas, elle trouva un grand nombre de housses de vêtements posés sur le lit. Elle hésita un instant et s'avisa qu'elle ferait bien de prendre une douche avant de regarder de plus près.

Une fois lavée, elle s'autorisa à admirer les tenues que Constantin avait choisies. Les robes de soirée étaient si belles qu'elle en eut le souffle coupé. C'était de magnifiques fourreaux de soie et d'organza, divinement coupés. Lorsqu'elle les essaya, elle eut l'impression que ces toilettes de princesse avaient été faites pour elle. Les étoffes précieuses épousaient à la perfection les formes de son corps.

Laquelle choisir pour la réception ? N'ayant pas l'habitude de s'habiller de la sorte, elle n'en avait pas la moindre idée. Peut-être pourrait-elle appeler Sarah pour lui demander son avis ? Cela faisait bien longtemps qu'elle n'avait pas discuté avec sa sœur. L'occasion était parfaite : en véritable artiste, Sarah saurait être de bon conseil.

Elle saisit son téléphone portable, mais se souvint que son forfait ne lui permettait pas de passer d'appels internationaux. Elle décida de demander à Constantin si elle pouvait utiliser le téléphone de la villa.

Ce ne fut pas lui qu'elle trouva mais son père, en train de lire dans la bibliothèque.

— Bonjour Laura, comment allez-vous ? demanda-t-il en souriant.

— Je vais bien, merci. Euh… en fait, j'aurais aimé appeler ma sœur en Angleterre. J'ai un téléphone portable, mais mon forfait…

— N'en dites pas plus et entrez. Vous pouvez utiliser le téléphone de la villa aussi souvent que vous le voulez, ma chère. Et ne soyez pas gênée pour cette histoire de forfait. Je suis heureux que Constantin n'ait pas choisi une femme matérialiste.

Elle fut tentée de préciser que Constantin était loin de l'avoir « choisie », comme le sous-entendait le vieil homme, mais elle lut tant de chaleur dans son sourire qu'elle ne put s'y résoudre.

— Merci beaucoup. Je vais trouver un autre endroit pour téléphoner : je ne voudrais surtout pas vous déranger.

— Oh, restez, je vous en prie. J'avais l'intention de partir de toute façon.

Le père de Constantin se leva, prit sa canne et avança jusqu'à elle.

— Dites-moi, est-ce que vous avez des projets avec mon fils ? s'enquit-il, l'air un peu hésitant. Mais peut-être suis-je indiscret…

Laura se sentit brusquement très mal à l'aise. De toute évidence, le vieil homme espérait un mariage prochain. Le pauvre, il risquait d'être terriblement déçu ! Jugeant toutefois que ce n'était pas à elle d'en parler, elle décida de rester évasive.

— Nous n'avons fait aucun projet pour le moment.

— Vous êtes la femme idéale pour mon fils.

Cette déclaration inattendue décontenança Laura, qui se mit à bredouiller :

— Oh, non, je ne crois pas que…

— Si. Vous lui faites beaucoup de bien. Votre gentillesse, votre douceur sont de véritables trésors. Constantin n'a pas suffisamment reçu d'affection dans son enfance. Et je sais que je suis responsable de cette immense carence.

— Vous êtes dur avec vous-même, protesta-t-elle.

— Non, Laura, j'ai été un très mauvais père. J'en suis parfaitement conscient. J'étais fou amoureux de sa mère, voyez-vous. Oui, j'ai été l'un de ces hommes aveuglés par la beauté d'une femme… Je ne voyais rien d'autre. Oh, j'aimais mon enfant bien sûr, mais je n'ai jamais su m'en occuper. Pauvre petit… il a grandi entre deux adultes égoïstes. Il ne manquait de rien, mais nous l'avons négligé.

Laura sentit sa gorge se serrer. Elle imagina Constantin en petit garçon esseulé et un flot de tendresse inonda son cœur.

— Est-ce que vous avez essayé d'expliquer tout cela à votre fils ? Est-ce que vous lui avez dit à quel point vous étiez désolé ?

— Oh, j'ai essayé des centaines de fois, mais mon fils est un homme orgueilleux. Il n'entend que ce qu'il veut entendre… Ne vous méprenez pas : je ne suis pas en train de le critiquer. Seulement, vous voyez, je l'aime et…

Sa voix se mit à trembler.

— Je suis un vieil homme.

Laura comprit ce qui était sous-entendu. Il craignait de mourir sans avoir fait la paix avec son fils.

Le vieillard sourit tristement, posa la main sur le bras de Laura un bref instant et quitta la pièce.

Elle était bouleversée. Le père de Constantin avait commis une erreur, mais il risquait de quitter cette terre sans avoir pu se réconcilier avec son fils unique. Si seulement Constantin parvenait à surmonter ses propres blessures pour pardonner !

Elle se souvint de ce qui l'avait amenée dans cette bibliothèque et rassembla ses esprits avant de composer le numéro de sa sœur.

Ce fut étrange d'entendre la voix de Sarah, comme si cela faisait des siècles qu'elles ne s'étaient parlé.

— La jeune fille que Constantin nous a envoyée pour te remplacer est adorable ! s'exclama Sarah. Et puis, elle a un cousin… il faudra que je t'en parle ! Il s'appelle Matthias et il est magnifique !

Laura se mit à rire de bon cœur. Pourtant, consciente que l'appel risquait de coûter une petite fortune, elle coupa rapidement sa sœur, qui semblait intarissable au sujet de ce fameux Matthias.

— Sarah, j'ai besoin que tu me conseilles pour ma tenue de ce soir.

Elle lui décrivit rapidement les robes que Constantin lui avait offertes.

— Qu'en penses-tu ?

— Eh bien, il me semble que tu devrais choisir le fourreau le plus ajusté pour mettre en valeur ta sublime silhouette. Ah oui ! Si j'étais toi, je me ferais un chignon. C'est plus sophistiqué. Et n'hésite pas à te maquiller pour une fois ! Ça te va si bien.

Après avoir remercié sa sœur, Laura remonta dans sa chambre, bien décidée à suivre chaque conseil à la lettre. Elle maquilla soigneusement ses yeux, les ourlant d'un fard grisé qui intensifiait leur éclat naturel. Une légère touche de blush rehaussa la ligne de ses pommettes. Puis, après avoir hésité, elle opta pour un rouge à lèvres carmin pour souligner sa bouche.

Lorsqu'elle eut coiffé ses cheveux, elle revêtit précautionneusement le fourreau de soie crème que lui avait conseillé Sarah et enfila les escarpins assortis.

Elle se regarda dans la glace et ne put retenir un soupir étonné La transformation était vraiment saisissante ! Elle espéra que Constantin serait sensible à cet effort.

Au même moment, on frappa à la porte. Elle ouvrit pour se retrouver face à son amant, plus beau et ténébreux que jamais dans son smoking.

— Alors, que penses-tu de cette robe ? demanda-t-elle timidement.

Il la regarda sans rien dire. Gênée par ce silence, Laura se serra les mains nerveusement. Lorsqu'elle prit conscience de ce geste gauche, elle arrêta aussitôt. Un peu tard sans doute, car une lueur amusée brillait à présent dans le regard de Constantin

— Tu ne dis rien ? insista-t-elle.

— Je ne sais que dire à la vérité…

L'espace d'un instant, elle crut sincèrement que le résultat lui déplaisait. Peut-être n'était-elle pas convaincante dans cette tenue trop élégante pour elle ?

— Tu es si belle…, murmura-t-il enfin.

Elle poussa un soupir de soulagement.

— La robe était déjà très jolie sur le mannequin qui la présentait dans le magasin d'Athènes mais, sur toi, c'est un véritable enchantement.

Il glissa la main dans sa poche et en sortit un écrin de velours noir.

— Tiens, mets ça à ton cou et tu seras une vraie reine.

Il ouvrit le coffret et Laura découvrit une magnifique rivière de diamants, ainsi qu'une paire de boucles d'oreilles assorties.

Elle poussa un cri de stupeur.

— Je ne peux pas porter ça, dit-elle dans un souffle.

— Et pourquoi pas ?

— Mais, j'aurais trop peur de perdre une des pierres.

— Ne t'inquiète pas, ces bijoux sont assurés, répondit-il le plus naturellement du monde.

Puis sans lui laisser le temps de protester, il accrocha lui-même le précieux collier à son cou.

— Mets les boucles d'oreilles s'il te plaît.

D'une main tremblante, elle obéit, puis releva la tête pour avoir l'avis de Constantin.

— Magnifique ! Et maintenant, allons-y !

En descendant l'escalier principal au bras de Constantin, Laura avait la sensation de ne pas être crédible. Elle se sentait déguisée, loin de tout ce qu'elle avait été jusqu'à présent. Pourtant, elle s'efforça d'être à la hauteur du rôle qui devait être le sien durant cette soirée.

La réception fut particulièrement réussie. Il faisait divinement bon et les invités semblaient ravis de profiter de l'hospitalité des Karantinos. Alex passait de groupe en groupe, tantôt seul, tantôt accompagné de ses père et grand-père. Il avait conquis tous les habitants de l'île et paraissait aussi à l'aise qu'un poisson dans l'eau.

Ce n'était pas le cas de Laura, qui regretta plusieurs fois de ne pas pouvoir se cacher derrière un uniforme de serveuse. Car ce soir-là, elle dut bien se rendre à l'évidence que tous les regards convergeaient sur elle. Mais si les hommes se montraient particulièrement chaleureux et prévenants, les femmes de la haute société d'Athènes, bien que polies, cachaient derrière leurs sourires une surprise teintée de réprobation. Certaines d'ailleurs ne se privèrent pas de flirter outrageusement avec Constantin.

Un toast à la santé et à la prospérité des Karantinos fut porté de bonne heure, afin que le père de Constantin pût quitter la réception avant d'être trop fatigué. Laura lui offrit son bras au moment où il se retirait, trop heureuse d'échapper un bref instant au tumulte mondain de la soirée.

Ensuite, elle se mêla de nouveau aux invités, jouant son rôle du mieux possible. Peu avant minuit, elle estima qu'il était grand temps de coucher Alex. Elle-même ne souhaitait pas prolonger l'expérience.

En dépit de l'heure avancée, son fils était surexcité. Pourtant il dormait déjà presque au moment où elle éteignit la lumière.

Elle regagna sa chambre en silence, retira ses précieux atours et se glissa dans son lit, épuisée. Malheureusement, elle peina à trouver le sommeil. Au bout d'une heure, elle ne dormait toujours pas. De l'extérieur lui parvenaient encore quelques éclats de rire. Ceux-ci diminuèrent progressivement en intensité, puis elle n'entendit plus rien.

Elle se demanda si Constantin viendrait la rejoindre cette nuit-là. Sans doute était-ce cette incertitude qui l'avait tenue éveillée. Elle ignorait d'ailleurs si elle espérait sa visite ou si elle la redoutait.

Quelques minutes plus tard, alors que tout semblait enfin calme dans la maison, elle entendit la porte de sa chambre grincer.

Elle se redressa aussitôt.

— Est-ce que tu peux te lever et passer un peignoir ?, lui demanda Constantin, d'une voix curieusement éteinte.

Décontenancée, elle alluma la lumière.

— Oui, que se passe-t-il ?

Elle l'interrogea du regard, mais son expression était indéchiffrable.

12

— Rien de grave, j'espère ? insista Laura.

— Non, rien de particulier. Mais assieds-toi, je t'en prie. J'aimerais que l'on discute un peu.

Constantin lui désigna le petit canapé qui se trouvait devant la baie vitrée. Laura s'y installa, ne sachant trop à quoi elle devait s'attendre.

— Tu as l'air bizarre, ne put-elle s'empêcher d'observer.

— Je ne comprends pas pourquoi tu as quitté la fête sans dire au revoir à nos invités, lança-t-il tout à trac.

— Eh bien... Tout d'abord, il ne s'agissait pas de *nos* invités, mais des tiens. Et ils ne sont pas venus pour moi, mais pour faire la connaissance de ton fils.

— Ah oui ? Pourtant, j'ai eu l'impression que la plupart des hommes ne parvenaient pas à détacher leur regard de toi.

Laura se mit à rire.

— A qui la faute ? C'est toi qui as voulu que je mette une belle robe !

— Oui, et je commence à me demander pourquoi je l'ai fait.

— Rappelle-toi, voyons, ironisa-t-elle, c'est parce que tu craignais que j'aie l'air trop ridicule à côté de tes invités ! Tu ne voulais pas avoir honte.

— Pas du tout ! Je voulais simplement que tu te sentes à ton aise.

— Et tu crois vraiment que je me sentais à l'aise avec un collier un million autour du cou ? C'est mal me connaître. D'ailleurs, st-ce que tu pourrais le récupérer ? L'avoir dans ma chambre uffit à me rendre nerveuse.

— Laura, pourquoi t'énerves-tu de la sorte ? Je ne suis pas enu pour me disputer avec toi.

— Dans ce cas, tu ferais mieux de me dire pourquoi tu es venu ne voir au beau milieu de la nuit. J'espère que tu as une bonne aison, parce que je tombe de fatigue.

Constantin fit un pas vers elle.

— Oui, j'ai une très bonne raison. Je suis venu te demander ne nouvelle fois de m'épouser.

Laura soupira. Comme la vie pouvait se montrer cynique arfois ! Dans ses rêves, elle avait toujours imaginé que la emande en mariage de l'homme qu'elle aimait la comblerait e bonheur. Quelle désillusion ! Car la demande de Constantin 'avait rien de romantique.

— Je suppose que c'est parce que tu souhaites légitimer ton fils ?

— Naturellement, lâcha-t-il en haussant les épaules.

Laura en aurait pleuré. Pour un peu, elle lui aurait presque eté l'objet le plus proche à la figure. Mais comme il s'agissait de rivière de diamants, elle s'abstint.

Constantin la vit se rembrunir.

— Bien sûr, ce n'est pas la seule raison..., bredouilla-t-il.

— C'est-à-dire ?

— Eh bien... L'expérience a montré que nous étions tout à it capables de nous entendre, sur le plan physique en tout cas.

Laura en était parfaitement consciente, mais elle savait ussi que l'attirance sexuelle tendait à s'émousser avec le temps rsqu'elle n'était pas nourrie par un amour véritable. Si elle cceptait d'épouser Constantin, celui-ci finirait par se lasser e leurs ébats passionnés. Que lui resterait-il alors, sinon le entiment de s'être compromise ?

— Je refuse, lança-t-elle d'une voix nette.

— C'est non ?

Constantin paraissait incrédule, presque déstabilisé.

— C'est non, répéta-t-elle fermement.

— Comment peux-tu refuser alors que tu sais très bien qu'Ale serait le premier à vouloir ce mariage ?

— Vraiment ? J'espère que tu ne lui en as pas parlé derrièr mon dos ?

— Pour qui me prends-tu ? Bien sûr que non ! Mais je sais qu'i le souhaiterait. Alex est heureux ici. Il suffit de le regarder pour l comprendre. Il s'est incroyablement épanoui depuis son arrivée

Un sentiment de culpabilité s'empara de Laura. Elle savai que Constantin avait raison, mais elle ne plierait pas.

— C'est du chantage…

— Demande-lui ce qu'il en pense, répliqua sèchemen Constantin.

— Je ne le ferai pas, parce qu'il est hors de question que j me marie avec toi. Tu pourrais être le dernier homme sur terre ma réponse ne changerait pas. Je te trouve froid et cruel. Tu e incapable de pardonner à ton propre père, qui est pourtant l premier à reconnaître ses torts.

Les yeux de Constantin lancèrent soudain des éclairs.

— Tu as parlé à mon père ?

— Et alors, est-ce un crime ? Est-ce que je dois te demande la permission pour discuter avec quelqu'un ?

— Tu viens de m'accuser d'avoir parlé à Alex derrière to dos, et je découvre que c'est toi qui procèdes de la sorte ! Ave mon propre père en plus !

— N'essaie pas de retourner la situation en ta faveur, je n me laisserai pas impressionner. Ton père a fait des erreurs, c'es vrai. Ta mère aussi. J'ai cru comprendre qu'elle n'était pas fait pour être mère. Certaines personnes ont du mal à donner d l'amour, même à leurs propres enfants. C'est malheureux, j sais, mais cela ton père n'y est pour rien…

— Est-ce que tu as fini ? coupa brutalement Constantin.

— Non ! Je ne comprends pas pourquoi tu me proposes ce mariage absurde. Tu as souffert de la froideur des adultes à ton égard quand tu étais enfant. Pourquoi cherches-tu à reproduire cela avec ton fils ?

— Ce n'est pas du tout ce que je souhaite ! rugit-il.

— Peut-être, mais c'est ce qui se produirait si j'acceptais de t'épouser. Les enfants comprennent beaucoup de choses, même — et surtout — ce qu'on ne leur dit pas. Crois-tu qu'Alex serait heureux s'il sentait des tensions et des non-dits entre nous ? Comment pourrait-il un jour connaître l'amour s'il grandissait dans un foyer marqué par la discorde et le ressentiment ? Je refuse de lui donner un si piètre exemple.

Elle s'arrêta, un peu essoufflée. Constantin l'observait en silence. La colère qui avait enflammé son regard avait totalement disparu. Son visage était inexpressif, comme éteint.

— C'est ce que tu penses ?

— Oui, murmura-t-elle.

Et elle en souffrait affreusement…

— Très bien, Laura. Je comprends. Au moins, si tu pars, je n'aurai plus à supporter que tu te mêles de ce qui ne te regarde pas.

— Constantin…

Il la fit taire d'un regard noir.

— Nous allons devoir réfléchir à un arrangement qui convienne à tout le monde. Pour commencer, tu auras besoin de mon soutien financier.

Elle ouvrit la bouche pour protester, mais il ne lui en laissa pas la possibilité.

— Je t'en prie, ne perdons pas de temps avec des questions de fierté mal placée. Tu es la mère de mon fils, et je tiens à ce que tu disposes de revenus suffisants pour lui apporter tout ce dont il a besoin. J'aimerais qu'il aille dans une école où il ne sera pas malmené par ses camarades.

— Qui t'a raconté ça ? s'écria Laura.

— Lui, bien sûr ! Il n'a pas été aussi explicite, mais j'ai bien compris le message. Quant à toi, tu as besoin d'un peu plus de confort matériel. Je ne veux plus que tu sois obligée de courir après les petits jobs pour t'en sortir. Par ailleurs, j'ai envie de voir Alex aussi souvent que possible. Il faudra que l'on se mette d'accord là-dessus.

— C'est tout à fait normal.

— Je vais m'arranger pour que tu puisses rentrer en Angleterre le plus vite possible. C'est sans doute ce qu'il y a de mieux à faire, compte tenu des circonstances. Mes avocats prendront contact avec toi dès ton retour. Et demain, j'aimerais passer du temps seul avec Alex.

Il marqua une pause, puis ajouta d'une voix imperceptiblement voilée :

— Il me faut que je dise au revoir à mon fils.

13

— Mais maman, pourquoi est-ce qu'on doit rentrer chez nous ?

Laura parvint à garder le sourire, même si intérieurement elle se sentait profondément désespérée. Après sa querelle avec Constantin, la nuit précédente, elle avait décidé de parler de leur départ à Alex comme de la chose la plus normale du monde. Et d'ailleurs, n'était-il pas tout naturel qu'ils rentrent chez eux ?

— Mon chéri, nous avions prévu de passer quelques semaines ici, pas plus. Tu t'en souviens, n'est-ce pas ?

— On devait rester plus longtemps, grommela l'enfant. Et moi, je suis bien ici.

Laura le savait pertinemment. Et cela lui brisait le cœur d'arracher son fils à ce lieu qu'il aimait tant. Seulement, elle n'avait pas le choix. Alex avait été heureux en Angleterre et il le serait encore, surtout s'il changeait d'école comme Constantin l'avait demandé.

— Tu sais, mon ange, tu ne pars pas pour toujours. Tu pourras retourner à Livinos plein de fois pour rendre visite à ton papa. Et puis il viendra te voir en Angleterre. Tu verras, ça va être formidable.

Mais malgré ces paroles apaisantes, le visage de son fils restait obstinément fermé.

— Est-ce que je peux aller nager avec Stavros une dernière fois ?, demanda-t-il, les yeux rivés sur ses pieds.

Laura retint à grand-peine les larmes qui lui montaient aux yeux.

— Mais bien sûr, mon ange. Mais souviens-toi que l'hélicoptère part dans deux heures. Nous ne pouvons pas nous permettre d'être en retard.

Alex ne dit plus un mot jusqu'à ce qu'elle le laisse en compagnie de Stavros, qui lui aussi semblait désolé de les voir partir.

Assurée qu'Alex était entre de bonnes mains, Laura monta dans sa chambre préparer ses bagages. Elle contempla les belles robes que Constantin lui avait offertes, caressant les étoffes précieuses du bout des doigts. Subitement, elle décida de les laisser dans la penderie. A quoi bon les emporter avec elle ? Jamais elle n'aurait l'occasion de les porter de nouveau. Lorsqu'elle eut rassemblé ses effets personnels, elle alla dans la chambre d'Alex pour préparer sa valise. Dans ce petit paradis pour enfants, il fut plus difficile de résister à la tentation d'emporter quelques jouets. Mais la raison reprit le dessus : ces objets risquaient de rappeler constamment Livinos à son fils, donc de le rendre malheureux. Par ailleurs, il n'y avait pas assez de place dans la petite chambre qu'il occupait à Milmouth. Elle se consola à l'idée qu'il retrouverait tous ses trésors à sa prochaine visite chez son père.

Elle déglutit péniblement. Ce monde merveilleux attendrait Alex. Dans quelques mois, son petit garçon retrouverait sa chambre, ses jouets, la mer et les bateaux. Peu à peu, il s'habituerait à cette vie luxueuse et, en grandissant, le contraste avec sa maison anglaise lui paraîtrait plus flagrant. Risquait-il un jour de rejeter le pays de sa naissance ? L'héritage paternel ne serait-il pas toujours plus intéressant que le sien ?

Cette pensée la terrorisait, même si une partie d'elle-même savait qu'Alex ne rejetterait jamais complètement sa mère.

Lorsque tout fut terminé, elle jeta un coup d'œil à sa montre. L'heure du départ approchait. Son estomac se noua à cette idée. Elle avait déjà fait ses adieux au père de Constantin et à Démétra ous deux avaient semblé peinés de la voir partir. Il lui restait ıne heure à présent. Que faire ? Elle résolut de se promener dans e parc, afin de s'imprégner de ses couleurs et de ses parfums vant de retrouver l'Angleterre.

Dehors, le paysage irradiait sous les feux du soleil. L'azur du iel se mariait avec celui à peine plus soutenu de la mer. Les rbres, gorgés de fruits et de fleurs, lui parurent plus beaux ue jamais. La nature s'exprimait dans toute son ardeur, mais aura se sentait comme un fantôme errant sans but. Elle était trangère à l'harmonie de ce jardin enchanteur.

Elle marchait depuis quelques minutes, sans but particulier, orsqu'elle entendit un craquement derrière elle.

Elle sut que Constantin était là avant même de se retourner.

— Tu te caches, Laura ?

Elle s'arrêta.

— Pourquoi devrais-je me cacher ? répondit-elle d'une voix ıal assurée.

Elle marqua une pause puis ajouta :

— Comment savais-tu que j'étais ici ?

— Je t'ai suivie.

Le silence se fit. Ni l'un ni l'autre ne bougeait.

— Pourquoi m'as-tu suivie... ? demanda-t-elle finalement 'une voix faible.

Constantin ne répondit pas. Son visage semblait grave, resque douloureux.

— Pourquoi ? insista Laura, le cœur battant la chamade.

— A ton avis ?

— Je... je ne sais pas du tout.

Il s'approcha doucement. Son visage était incroyablement ır, son regard résolu.

— Eh bien, l'usage veut que l'on se dise au revoir, non ?

Elle n'eut pas le temps de répondre. D'un geste vif et précis, il ttira contre lui et captura sa bouche dans un baiser fougueux.

Laura ne put faire autrement que répondre aux caresses impérieuses de ses lèvres. Il lui était impossible de lutter contre le tumulte de ses sens.

D'un seul coup, il s'arracha à elle.

— Eh bien, au revoir, Laura, laissa-t-il tomber en dardant sur elle un regard indéchiffrable.

Et, sans dire un mot de plus, il tourna les talons.

Elle ne le revit que devant l'hélicoptère, mais osa à peine croiser son regard. Au moment du départ, Constantin passa la main dans les cheveux d'Alex en souriant.

— Je viendrai bientôt te voir en Angleterre, promit-il à son fils, qui refoulait à grand-peine ses larmes.

— Quand ça, papa ?

— Eh bien... disons le mois prochain, qu'en penses-tu ?

— Ce serait super génial !

— Allez, sois courageux mon grand. La séparation ne sera pas longue, je te le jure.

Laura et Alex montèrent dans l'appareil, qui s'éleva bientôt dans les airs. A travers la vitre, Laura vit l'île s'éloigner. Très vite elle devint un minuscule point dans l'immensité bleue.

Elle disparut enfin, et Laura se sentit délaissée, vide, abandonnée...

14

Lorsqu'elle n'entendit plus les bruits de pas d'Alex et de Sarah, Laura referma la porte d'entrée. Elle espérait que son fils passerait une bonne journée avec sa sœur. Depuis son retour de Livinos, il arborait une petite mine triste qui faisait peine à voir.

Cela faisait pourtant déjà une semaine qu'ils étaient rentrés. Une semaine qui avait semblé durer une éternité...

Retrouver leur petit appartement lui avait fait tout drôle. Curieusement, Laura avait éprouvé des difficultés à s'y sentir totalement chez elle, comme si son voyage en Grèce l'avait durablement déconnectée de cette réalité, sa réalité quotidienne pourtant.

Combien de fois Alex lui avait-il dit que son père lui manquait ? Elle préférait ne pas y penser. Et pourtant, elle aussi ressentait un manque terrible. L'absence de Constantin lui pesait chaque jour davantage.

Sarah de son côté rayonnait. Elle profitait de chaque occasion pour se rendre à Londres, où l'attendait Matthias, le cousin de l'étudiante grecque que Constantin leur avait envoyée pour aider à la boulangerie. Ce dernier connaissait les Karantinos et ne tarissait pas d'éloges à leur sujet. Il avait même soutenu à Sarah que Constantin n'était distant qu'avec ceux qui ne le fréquentaient que par intérêt.

Laura se serait bien passée d'entendre des propos pareils,

alors qu'elle faisait des efforts surhumains pour chasser le père d'Alex de son esprit.

Heureusement, elle disposait d'une journée de calme pour rassembler ses forces. Etait-ce son air défait ou la tristesse d'Alex qui avaient donné à Sarah l'idée d'emmener son neveu se promener ? Quoi qu'il en soit, Laura lui était reconnaissante de sa gentillesse.

Un coup sec frappé à la porte la fit sursauter. Sarah avait-elle oublié quelque chose ? Elle se précipita vers la porte et l'ouvrit.

— Alors, qu'est-ce que vous avez... ?

Laura se figea. Ce n'était pas Sarah.

Elle écarquilla les yeux, se demandant un instant si elle n'était pas victime d'une hallucination. Mais non, c'était bien Constantin, encore plus beau que dans son souvenir avec ses cheveux plaqués en arrière par le vent. Il la regardait avec une expression qu'elle ne lui avait jamais vue auparavant.

— Constantin... Mais, que fais-tu là ? bredouilla-t-elle dans un souffle.

Ce ne fut qu'à ce moment-là qu'elle comprit : il était venu rendre visite à son fils plus tôt que prévu. Il devait lui manquer.

— Oh, quel dommage... Alex vient de partir.

— Je sais.

Laura ouvrit de grands yeux.

— Ah bon ?

— Mais oui. J'ai appelé Sarah ce matin pour lui demander de l'emmener faire un tour aujourd'hui.

— Attends, attends... Tu as appelé ma sœur pour ça, et elle a accepté ?

— Mais oui.

Laura eut l'impression de perdre pied avec la réalité. Certes, depuis qu'elle fréquentait Matthias, Sarah ne passait plus son temps à claironner que Constantin était le diable incarné ; mais de là à accepter une requête de sa part...

— Pourquoi as-tu fait cela?

Il arqua un sourcil malicieux.

— Tu veux vraiment que je te l'explique sur le pas de la porte?

— Non, non, bien sûr. Entre.

Elle le guida jusqu'au salon, en espérant que les battements urieux de son cœur ne s'entendaient pas.

— Je t'écoute, dit-elle une fois qu'ils furent installés.

Constantin prit une inspiration profonde. Il n'avait pas l'habiude d'exprimer ses sentiments. A la vérité, il ne s'était jamais éritablement autorisé à en avoir. Laura le dévisageait avec ses grands yeux gris et il résista à l'envie de la serrer de toutes ses orces contre son cœur. D'abord, il devait trouver les mots.

— J'ai pensé à tout ce que tu m'as dit l'autre nuit, au sujet de 'amour et de l'influence du passé sur le présent. Ces phrases, je 'avais pas envie de les entendre; mais je les ai comprises, Laura. orsque ma colère est retombée, immédiatement après votre épart, j'ai compris que tu avais raison, que je devais pardonner mon père... A ma mère aussi, en un sens.

— Constantin...

— C'est ce que je suis venu te dire. J'ai eu... j'ai eu une longue onversation avec mon père et je lui ai dit que...

Sa voix se déroba d'un seul coup; la souffrance se lisait sur on visage.

— Tu n'es pas obligé de tout me confesser, murmura Laura.

— Si, au contraire. Il me reste plein de choses à t'avouer... 'ai donc dit à mon père qu'il était grand temps que nous soyons éellement un père et un fils l'un pour l'autre, et qu'il soit un éritable grand-père pour Alex.

— C'est très bien.

— Mais ce n'est pas assez. Laura, je me suis comporté comme n idiot avec toi. Je n'ai pas su voir ce qui était juste sous mes eux. Tu es la femme qui me fait rire, la seule qui ose me tenir ête et qui n'ait pas peur de me dire la vérité. Tu es celle dont les baisers me rendent fou. A côté de toi, le plus beau des diamants semble terriblement terne.

Laura crut défaillir. Constantin prit ses mains dans les siennes et poursuivit, d'une voix altérée par l'émotion.

— Tu es la femme que j'aime. Je t'aime, Laura, je t'aime tellement.

— Oh, Constantin ! s'écria-t-elle, n'osant cependant croire à ce qu'elle venait d'entendre.

Mais l'expression torturée de Constantin était suffisamment éloquente pour prouver la véracité de son aveu.

— Il ne me reste plus qu'à te demander si toi aussi tu m'aimes...

Laura ouvrit de grands yeux. Etait-il fou ?

— Bien sûr !

— Aussi passionnément que moi ?

— Oui !

— Alors je te le demande pour la troisième fois : Laura, acceptes-tu de devenir ma femme ?

Un sourire immense illumina son visage, tandis que ses magnifiques yeux gris s'embuaient imperceptiblement.

— Oh oui ! Je t'aime, Constantin. Je t'aime depuis si longtemps. Je suis si heureuse de pouvoir enfin te l'avouer !

— Promets-moi que tu ne cesseras jamais de le dire.

— Je le promets.

Des larmes coulaient à présent le long de ses joues. Elle le regardait avec tant d'émotion que Constantin sentit son cœur battre à coups redoublés.

— Ne pleure pas, mon amour, murmura-t-il. Je t'aime tant.

Il l'attira contre lui pour l'embrasser. Le baiser qu'ils échangèrent fut différent de tous les autres : un mélange de passion ardente et de tendresse infinie.

Cet abandon total submergea Laura de bonheur, et elle sentit à ses gestes, à ses regards, que Constantin partageait cette félicité.

Enfin une véritable vie à deux — à trois ! — allait pouvoir commencer...

Épilogue

Le mariage eut lieu en Grèce. Ce fut Alex qui présenta les deux alliances sur un petit coussin en velours au moment du traditionnel échange de vœux.

Le bonheur de son fils, qui irradiait littéralement, transporta Laura, pourtant déjà au comble de la béatitude.

La cérémonie fut simple et émouvante, comme Constantin et elle l'avaient souhaité. Une grande réception fut ensuite donnée à la villa de Livinos.

Parmi tous les messages de félicitations qu'ils reçurent, l'un d'eux leur fit particulièrement plaisir. Il s'agissait d'une lettre d'Ingrid Johansson, qui s'appelait désormais Ingrid Rockefeller. La jeune femme vivait à présent dans le centre de Manhattan et semblait très heureuse en ménage.

Laura savait désormais que la relation de Constantin avec Ingrid n'aurait pas duré même si elle n'avait pas brusquement surgi dans leur vie. Malgré cela, il était rassurant de savoir l'ancienne mannequin heureuse.

Sarah s'était inscrite dans une école d'arts en plein centre de Londres. La boulangerie et le petit appartement avaient été vendus pour une somme tout à fait honorable, qui avait permis d'acheter un deux-pièces à côté de l'université où sa sœur suivait ses cours. Il avait fallu ajouter quelques deniers bien sûr, mais Constantin et elle avaient fini par convaincre Sarah qu'elle méritait leur aide. Elle avait noué une relation sérieuse avec Matthias, et ils commençaient à parler de fiançailles !

Après le mariage, Constantin et Laura s'installèrent à Livinos. Ils avaient décidé qu'Alex irait à l'école sur l'île, jusqu'à ce qu'il soit assez grand pour poursuivre ses études à Athènes. Laura avait résolu de se mettre au grec, pour mieux s'intégrer dans son nouvel environnement mais également pour mener à bien un projet qui lui tenait à cœur...

La première boulangerie de Livinos ouvrit quelques mois plus tard et connut un succès très rapide. Deux femmes du village prêtaient main-forte à Laura, ce qui lui permettait de consacrer tout le temps nécessaire à Alex et Constantin.

Son nouveau métier signifiait beaucoup à ses yeux, car elle ne souhaitait pas être seulement l'épouse de Constantin Karantinos, mais tenait à jouer un vrai rôle sur cette île qu'elle avait appris à aimer.

Durant leur nuit de noces, Constantin lui avait révélé qu'il était tombé amoureux d'elle parce qu'elle était fière et indépendante autant que belle et généreuse. Elle était la seule femme de sa connaissance qui ne se serait pas damnée pour des diamants.

De fait, Laura n'avait pas souhaité recevoir de bague de fiançailles. Cela avait été leur seul motif de discorde durant les préparatifs du mariage. Et une discorde toute relative !

— C'est la tradition, avait déclaré Constantin. Que puis-je t'offrir en cadeau de mariage ?

Laura avait ri aux éclats tant la question lui avait semblé superflue.

— J'ai déjà ce qu'il y a de plus précieux au monde : ton amour, Constantin. Je ne désire rien de plus.